Miss Seeton kann's nicht lassen

ECON Unterhaltung

ECON Krimi
Morde auf die feine englische Art

Im ECON Taschenbuch Verlag ist von Heron Carvic außerdem lieferbar:
Miss Seetons erster Fall (TB 25995)

Aus der Reihe *Morde auf die feine englische Art* sind außerdem lieferbar:

Georgette Heyer: **Schritte im Dunkeln** (TB 25994)
Georgette Heyer: **Vorsicht, Gift!** (TB 25997)
J. C. Masterman: **Das Oxford-Komplott** (TB 25998)
W. Bolingbroke Johnson: **Tod in der Bibliothek** (TB 25999)

Zum Buch:

Miss Seeton, die pensionierte Zeichenlehrerin, steht auch heute noch gerne an ihrer Staffelei. Über ihr Zeichentalent kann man zwar geteilter Meinung sein, nicht aber über ihr Talent, sich immer wieder in den unmöglichsten Situationen wiederzufinden, deren Gefährlichkeit der alten Dame nicht einmal bewußt zu sein scheint.
Auch diesmal bereiten ihr beim Zeichnen mysteriöse Probleme Kopfzerbrechen. Miss Seeton hat den Auftrag bekommen, die kleine Effie Goffer zu zeichnen, doch jedesmal, wenn sie mit ihrer Arbeit beginnt, wird daraus das grausige Bild einer Leiche. Ist Miss Seeton etwa einer Serie von Kindermorden auf der Spur?
Sergeant Ranger von Scotland Yard erfährt natürlich zunächst nichts von Miss Seetons neuem Einsatz. Für ihn wird die Situation erst brenzlig, als sie von ihren Ermittlungen auf eigene Faust nicht mehr zurückkommt. Und mit seiner Vermutung hat er recht: Miss Seeton steckt mal wieder in der Klemme, während der Täter schon längst das Weite gesucht hat.

Zum Autor:

Heron Carvic hat sich in vielen Berufen versucht, ehe er zu schreiben begann. Er war als Tänzer, Innenarchitekt und Blumenhändler erfolgreich; als Diener und Fotograf erlitt er Schiffbruch. Dies ist sein zweiter Kriminalroman in der Miss-Seeton-Reihe, weitere werden folgen.

Heron Carvic

Miss Seeton kann's nicht lassen

Kriminalroman

ECON Taschenbuch Verlag

Veröffentlicht im ECON Taschenbuch Verlag,
ECON Verlag GmbH, Düsseldorf 1996
Lizenzausgabe

Titel des englischen Originals: Miss Seeton Draws the Line

Aus dem Englischen übersetzt von Anne-Marie Uhde

Umschlaggestaltung: Theodor Bayer-Eynck, Coesfeld
Gesetzt aus der Caslon
Satz: KompetenzCenter Urban, Düsseldorf
Druck und Bindearbeiten: Ebner Ulm
Printed in Germany
ISBN 3-612-25996-2

Für Viola und Phoebe

Die Hauptpersonen

Miss Emily Seeton	tut recht und scheuet niemand, was verblüffende Folgen hat.
Effie Goffer	war zu ihren Lebzeiten ein unausstehliches Kind.
Lilly Hosigg	hat Grund, der Polizei aus dem Weg zu gehen.
Len Hosigg	wird nachts mit Diebesgut gefaßt.
Doris Quint	verschafft sich Einblick in Vermögensverhältnisse anderer Leute.
Dick Quint	ist tagsüber leidend.
Der Taubstumme	hat begreiflicherweise Kontaktschwierigkeiten.
Maryse Palstead	wird durch eine Drahtschlinge von ihrem zweifelhaften Ruf befreit.
Der Bankkassierer	wird ein Opfer seiner Schädelform.
Amelita Forby	geht den Dingen auf den Grund.
Superintendent Delphick *Sergeant Ranger*	sind im Notfall auch zur Anwendung unorthodoxer Methoden bereit.

1

Vorsicht!«
Das kleine Mädchen beachtete den Ruf nicht und trat auf die Fahrstraße. Miss Seeton rannte hin, die Hand mit dem Regenschirm schoß nach vorn, hakte den Griff um den Arm des gefährdeten Kindes und riß es zurück. Hart setzte sich das Kind auf den zementierten Kantstein, und wenige Fingerbreit vor den kleinen Füßen kam das Auto abrupt zum Stehen. Das Kind machte sich von dem Schirm los, blickte seine Retterin an und sagte:

»Blöde Kuh.«

»Effie!« schrie die Frau auf der anderen Straßenseite. »Komm sofort her! Und wenn du noch mal beinahe totgehst, dann kannst du was erleben, das sag' ich dir!«

Das untersetzte kleine Ding stand auf und stapfte auf das Haus zu.

»Und bedank dich auch schön, hörst du?« rief die Mutter mahnend. »Los – sag, daß du's nicht wieder tun willst!«

Das Kind wandte sich um, musterte erst den Wagen und dann Miss Seeton, streckte ihr die Zunge heraus, drehte sich nochmals um und verschwand im Haus.

»Vielen Dank auch!« rief die Mutter über die Straße. Damit folgte sie dem Kind, und die Tür schlug zu.

Mit freundlichem Lächeln wandte sich Miss Seeton an den Fahrer. »Ach ja – Kinder. So gedankenlos. Aber nicht alle«, schränkte sie ihre Worte dann ein. »Manche sind wirklich brav. Sie lernen's auch in der Schule, wissen Sie – es gibt Klassen mit Lollies –, ich meine die Schülerlotsen mit den weißen Mänteln und so einer Scheibe auf 'ner langen Stange, die führen sie über die Straßen, wie die römischen Legionäre. Bloß vergessen sie es manchmal – ich meine die Kinder. Wirklich fabelhaft, wie schnell Sie angehalten haben! Es hätte ja einen Unfall geben können«, fügte sie erklärend hinzu.

Zwei unbewegte Gesichter starrten sie an. Dem jungen Fahrer fiel eine Strähne des sauberen kurzgeschnittenen Haars über die Stirn; die Haut war hell, das Gesicht verdrossen mit vorsichtig abwartenden Augen. Neben ihm saß ein Mädchen mit glattem, lose auf die Schulter fallendem Haar, apathischer Miene und Furcht in den Augen. Keiner sprach. Miss Seeton lächelte noch einmal und trat zurück. Der Junge schaltete, und der Wagen fuhr an.

Miss Seeton sah ihm nach. Junge Leute ... So schüchtern.

Sie warf noch einen Blick auf die gegenüberliegenden Häuser – alles sozialer Wohnungsbau – und setzte dann ihren Heimweg fort. Ach ja, Effie Goffer. Zugegeben: nicht gerade ein angenehmes Kind. Aber sie wollte es doch noch einmal versuchen, um Mrs. Goffers willen. Ja – heute nachmittag wollte sie ihre Zeichensachen hervorholen. Es gab ja nun mal häßliche Entlein ... Miss Seeton versuchte tapfer, sich Effie Goffer als künftigen Schwan vorzustellen, doch auch das mißlang. Vielleicht als Froschkönig ...? Aber das war ja das falsche Geschlecht. Außer vielleicht bei Pantomimen. Ein Jammer, daß sie eben gar kein Talent hatte für die Art Porträts, wo man einfach einen Würfel zeichnete und ihm irgendwo Augen einsetzte. Sie lächelte schuldbewußt. Ein Würfel mit Augen: im Grunde war das – leider – keine schlechte Beschreibung von Effie.

Als Miss Seeton ihre Haustür erreicht hatte, war das Problem gelöst. Sie würde einfach gar kein richtiges Porträt zeichnen, sondern eher etwas nettes Allegorisches mit nur einer Andeutung von Effie. Das war die Lösung.

Zu ärgerlich.

Sie betrachtete die Zeichnung, die vor ihr auf dem Schreibtisch lag. Allegorisch war sie nicht und hübsch erst recht nicht, sondern eher scheußlich und – ja: erschreckend. Ein kleiner Schauer lief ihr über den Rücken; sie zog die Schultern ein und warf den Stift auf den Tisch. Wirklich kindisch. Vielleicht wurde sie allmählich wunderlich. Jetzt wollte sie erst mal die ganze Sache eine Weile vergessen und an etwas anderes denken – etwas recht Hübsches. Sie schob den Zeichenblock zur Seite, drehte den Stuhl um und blickte durch die Glastür ins Freie.

Zum Beispiel an die Knospen, die am Aufbrechen waren. Ein weicher grüner Schimmer lag wie farbiger Nebel auf den kahlen Zweigen. Krokus, Primeln, Narzissen ... grün und gelb. Das Banner der Jugend, der wehe Ruf der Unschuld. Viele Schriftsteller wurden lyrisch im Frühling. Es war ja auch so leicht, ein Lämmchen liebzuhaben – nur dauerte es meist nicht lange, bis das süße Lämmerhüpfen der behäbigen Idiotie des Schafs Platz machte, und ein Schaf liebzuhaben, war nicht mehr so leicht. Sommer –? Ja, aber eigentlich noch zuviel Kraft und Farbe. Nein: Der Spätherbst war das Wahre, wenn die Konturen wieder da waren mit pastellfarbenen Übergängen an Farbe und Erfahrung, wenn die Hoffnungen erfüllt oder gestorben waren. Es war wohl eine Frage des Alters.

Vor ihr lag eine ruhige Aussicht. Der Garten fiel sanft ab bis zum Royal Military Canal, der trotz des martialischen Namens in fast der ganzen Länge kaum mehr als ein breiter Graben war. Jenseits der Bäume am Kanal sah man die Felder von Kent, flach bis zur Küste: Im Westen lag Rye, im Osten New Romney.

Wieder wandte sie sich dem Zeichenblock zu, nahm das oberste Blatt ab und legte es beiseite. Dann ordnete sie die Zeichenstifte und suchte einen weichen Bleistift aus.

Ein neuer Versuch. Unsinnig, sich einzubilden, daß hier irgendwas nicht stimmte. Nichts als Mangel an Konzentration. Sie mußte sich konzentrieren.

Sie konzentrierte sich also und betrachtete dann das Resultat. Liebe Zeit. Zu dumm – dies war nun der dritte Versuch, und er war kein Jota besser als die andern.

Sie nahm die beiden ersten und legte alle drei nebeneinander auf den Tisch. Dann deckte sie die rechte Hälfte jeder Zeichnung mit weißen Papierbogen ab; übrig blieben drei Halbporträts desselben Kindes mit den gleichen strähnigen Haaren, dicken Backen und Knopfaugen, dem gleichen schlauen hochgezogenen Mundwinkel, dem gleichen olivenfarbenen Teint. Sie legte die Deckbogen auf die andere Gesichtshälfte und hatte nun dreimal die gleichen verwischten und undeutlichen Konturen vor sich, das gleiche halboffene Schlitzauge, den gleichen heruntergezogenen Mundwinkel und die gleiche grün-bläuliche Färbung. Die gleiche Totenmaske. Sie nahm die Deckbogen ab und ließ die Zeichnungen offen liegen. Jede für sich war bedenklich. Alle drei zusammen waren makaber.

Was sollte sie bloß tun? Sie hatte doch Mrs. Goffer ein Porträt ihrer Tochter zugesagt. Natürlich nicht eindeutig versprochen, denn sie hatte allmählich gelernt, daß solche direkten Wege in einem Dörfchen wie Plummergen undenkbar waren. Aber nach dem letzten Hausputz hatte Martha beim Abschied erwähnt, sie habe beim Einholen Mrs. Goffer getroffen, und Mrs. Goffer habe ganz nebenbei bemerkt, sie hätte eigentlich nichts dagegen, wenn jemand mal eine kleine Zeichnung von Effie machte, da wäre doch eigentlich nichts dabei, nicht wahr, und Martha fand auch: Warum eigentlich nicht?

Warum eigentlich nicht: Dafür gab es drei triftige Gründe, und die lagen hier auf dem Tisch.

Es war unmöglich, Mrs. Goffer eines dieser Bilder auch

nur zu zeigen. Sie waren – sie waren einfach schrecklich. Zugegeben: ähnlich waren sie, das war aber hier nicht gerade ein Vorteil, denn ehrlich gesagt war Effie Goffer leider ein ausgesprochen reizloses Kind. Miss Seeton hatte also Martha keine direkte Zusage gemacht; sie fühlte sich aber andererseits irgendwie verpflichtet, denn Putzfrauen waren heute nicht leicht zu finden, und Mrs. Goffer hatte bereitwillig zweimal wöchentlich ausgeholfen, als Martha verreist war. Und deshalb hatte sie nun das Gefühl, ihr etwas zu schulden. Und zwar etwas Besseres als diese drei Skizzen hier. Sinnend betrachtete sie die Zeichnungen. Jedesmal war ihr die linke Seite – die in Wirklichkeit Effies rechte Seite war – mühelos gelungen. Aber wenn sie dann zur rechten – also Effies linker – Seite kam, dann ging's los. Beim erstenmal hatte sie es erst hinterher gemerkt, aber beim zweiten- und drittenmal hatte sie eigens aufgepaßt: Ihre Hand verlor die Leichtigkeit, die Finger wurden fast taub, und der Arm fühlte sich bleiern schwer an. Und sie merkte, wie etwas sie zwang – ja, tatsächlich *zwang* –, die falschen Farben zu nehmen. Ob es vielleicht etwas mit ihr selbst zu tun hatte? Wenn man Kummer hatte, war es immer das beste, der Sache ins Auge zu sehen und sie in Worte zu fassen.

Sie setzte sich aufrecht hin und machte sich bereit, der Sache ins Auge zu sehen und sie in Worte zu fassen.

Ob sie vielleicht einen ...? Vielleicht sollte sie Dr. Knight fragen? Er konnte ihr raten oder eine Behandlung empfehlen, wenn es wirklich *DAS* gewesen war ... Lächerlich.

Sie nahm einen Bleistift und schrieb mutig mit großen Buchstaben auf ein Blatt Papier: *SCHLAGANFALL*.

So – das war besser. Jetzt war es heraus, und man hatte es sichtbar vor sich. Wenn es nämlich wirklich *DAS* gewesen war – sie besah sich das Wort und nickte ihm zu –, womit man in ihrem Alter ja immerhin rechnen mußte, dann müßte es sich doch gewiß auch auf andere Weise zeigen. Dann war man nicht mehr zu allem fähig, was man jetzt noch fertigbrachte. Allein mit den Armen und Händen. Noch in der letzten Woche war ihr doch die Kuhgesichtsposition – wirklich ein komisches Wort – gelungen, das Vorbild aus dem ausgezeichneten Buch *Durch Yoga jünger jeden Tag*, das ihr so geholfen hatte. Wenn es nämlich an der Koordination zwischen dem Gehirn und dem rechten Arm fehlte, würde sie es kaum fertigbringen, den einen Arm auf den Rücken zu legen, den anderen über den Kopf zu halten, dann die Hände zu verschränken und in dieser Stellung sitzen zu bleiben und tief zu atmen. Nein, also wirklich – wo sie es jetzt offen vor sich hatte, war sie überzeugt: *DAS* konnte es nicht sein, was sie da aufgeschrieben hatte. Aber immerhin: Irgend etwas war nicht in Ordnung, das sah man an den Bildern. Es war doch wohl besser, Dr. Knight anzurufen und zu fragen, ob sie ihn wohl mal aufsuchen dürfe.

Sie nahm die Zeichnungen und legte sie in eine Mappe. Bevor sie sie zumachte, betrachtete sie das oberste Bild noch einmal und schüttelte den Kopf.

Zu dumm, wirklich.

Detective Superintendent Delphick war mit der Untersuchung im feuchten Gras fertig und erhob sich von den Knien.

»So – ihr könnt ihn wegbringen.«

Er ging von dem beleuchteten Fleckchen Erde durch die neblige Dämmerung und das trübe Licht der Straßenlaternen zurück auf die Landstraße. Die Ambulanzleute bückten sich. Das Gemurmel der Menge hinter der Absperrung schwoll an, und hinten rief eine Frauenstimme:

»Warum tut ihr nichts? Warum wird nicht endlich Schluß gemacht? Wie viele sollen . . .?«

Delphick wandte ihr das Gesicht zu, ohne sie anzusehen, und sie brach ab. Schweigend wartete die Menge. Einer der Pressefotografen ließ die Kamera sinken – dies war nicht der richtige Moment. Der Inspector aus Lewisham war vorgetreten und hatte offenbar etwas sagen wollen; er blieb stehen und ließ es ungesagt. Das Schweigen dauerte an, bis der Superintendent in den Wagen gestiegen war.

Sergeant Ranger war seinem Vorgesetzten aus der Ecke des Kinderspielplatzes gefolgt und blieb jetzt stehen, um den Leuten zuzusehen, die den Körper des Zwölfjährigen aufhoben und eine Decke über die Bahre legten. Sie verbarg die zerkratzten Schuhe, die grauschmutzigen Knie und die Shorts, den Pullover, an dem kleine Zweige hängengeblieben waren von dem Busch, unter dem man den Jungen gefunden hatte. Sie verbarg auch das angeschwollene Gesicht.

»Das Orakel nimmt's schwer, was?« meinte der Inspector aus Lewisham, und Ranger nickte. »Na ja, das ist schon sein fünfter«, setzte der Inspector hinzu. »Für uns ist dies erst der erste.«

Wieder nickte der Sergeant. »Ja. Sieht aus, als ob er was im Sinn hat. Sie machen hier jetzt wohl wie üblich weiter, Inspector. Wir hören dann voneinander.« Er hatte den Polizeiwagen erreicht, preßte seine massige Gestalt hinter das Steuerrad und schlug die Tür zu.

»Scotland Yard«, sagte Delphick.

Als sie wieder im Büro saßen, machte sich Ranger daran, seine Notizen zu übertragen. Sie waren nicht sehr ausführlich, denn er hatte nicht viel Zeit gehabt. Also: Lawrence Massyn, zwölf Jahre drei Monate alt, gefunden etwa um 16.15 Uhr von Kindern auf dem Spielplatz. Offenbar war die Leiche unter einen ... busch geschleppt worden. Ranger versuchte, seine stenographischen Hieroglyphen zu entziffern. Was mochte das heißen? Konnte alles bedeuten. Vielleicht wußte das Orakel ... Er warf einen verstohlenen Blick auf den Superintendent.

Delphick saß regungslos, den Blick auf einen an der Wand

hängenden Glaskasten geheftet. Es war ein Kasten, wie ihn ein Angler anbringen mochte, um darin seinen größten Fang auszustellen. Nicht informierte Besucher der letzten Monate hatten zuweilen angenommen, Delphick angle in seinen Mußestunden, sozusagen aus lieber Gewohnheit – schließlich legte er ja auch dienstlich seine Angelhaken aus. Der Kasten enthielt jedoch einen zerbrochenen Regenschirm – und darüber hinaus eine Erinnerung für Delphick: nicht an einen Erfolg, sondern an ein Versagen. Die Sache hatte zwar mit einer Verhaftung geendet, aber das war nicht sein Verdienst, sondern das Glück eines anderen gewesen.

Der Sergeant kehrte zu seinen Hieroglyphen zurück. Nein, im Augenblick fragte man das Orakel besser nicht nach botanischen Details. Der Junge war einfach unter einem Busch gefunden worden, Schluß. Er war jetzt mit der Niederschrift fertig und machte sich noch eine Notiz: Nebelzeit nachprüfen. Hier oben hatte sich der Nebel schon bald nach zwei Uhr gelichtet, der Mord war also vermutlich vorher verübt worden. Aber in Lewisham mochte es anders gewesen sein. Das mußte er nachprüfen, wenn sie wieder dort waren. Wieso eigentlich: wieder dort – sie hätten gar nicht weggehen sollen. Er hatte noch nie erlebt, daß das Orakel so etwas tat: wortlos den Fall einfach liegenlassen. Ob er ihn daran erinnern sollte? Nein, das ging nicht. Man konnte Delphick nicht an etwas erinnern, und schon gar nicht, wenn er in dieser Stimmung war. Eher war es umgekehrt: Er erinnerte einen an gewisse Dinge, die noch zu erledigen waren. Lewisham? Was, zum Teufel, war doch noch los mit Lewisham? Irgend etwas war da gewesen.

Ranger fuhr zusammen, als der Superintendent plötzlich nach dem Telefonhörer griff.

»Chief Superintendent Gosslin, bitte. Chief? Hier Delphick. Ja … Ja, und ich müßte natürlich dort sein, aber … Ja, bitte. Ja, sofort.« Delphick legte auf und verließ den Raum.

Ranger sah ihm nach. Delphick wollte doch nicht etwa den Fall niederlegen? Um Ablösung bitten? Ach was, ausgeschlossen, so was tat man nicht. Selbst bei einem Fall wie diesem hier, wo man wirklich zuviel kriegen konnte: So was tat man nicht. Er bückte sich, zog die unterste Schublade des Schreibtischs heraus und entnahm ihr vier Aktendeckel.

Brentwood, Richmond, Wimbledon, West Malling. Drei in oder nahe bei London und einer in Kent in der Nähe von Maidstone – wieso ausgerechnet Maidstone? –, und nun dies hier in Lewisham. Was war da bloß gewesen – irgendwas hatte er gelesen oder gehört. Ach ja, natürlich, in der Kantine, da hatte einer was erzählt von einem Überfall auf die Poststelle in Lewisham. Na, das half auch nicht viel weiter. Jeder Lehrling versuchte sich heute zuerst an einer Landpoststelle, bevor er zu den richtigen Überfällen auf Banken und Eisenbahnzüge überging. Drei Jungen, ein Mädchen; der Täter schien sich wenigstens nicht auf ein Geschlecht zu verlegen. Alle zwischen zehn und vierzehn. Und jetzt wieder ein Junge, in Lewisham. Vermutlich war also beim nächstenmal wieder ein Mädchen an der Reihe. Alle erdrosselt und bei keinem die Spur von einem Motiv. Einfach erstickt, und dann war der Täter abgehauen. Scheußlich. Kein Wunder, daß die Zeitungen zetermordio schrien. Einige hatten Aufsätze von Psychiatern gebracht, mit Ratschlägen für die Polizei, nach welchem Tätertyp hier zu suchen sei. Fabelhafte Hilfe. Als ob sie nicht wüßten, daß sie es hier mit einem Verrückten zu tun hatten. Bloß war die Verrücktheit eben nicht zu sehen – oder doch erst dann, wenn der Betreffende selbst auf der Wache erschien und sich als Kaiser von China vorstellte.

Der Sergeant schob die Aktendeckel zusammen und knallte sie vor sich auf den Schreibtisch.

Was war zu tun, wenn man einen Wahnsinnigen vor sich hatte? Wie sollte man jemanden finden, der nicht alle Tassen im Schrank hatte, wenn man ihn nicht auf frischer Tat ertappte? Es gab keinerlei Anzeichen und kein Motiv, weder Sex noch Geld. *Was* also konnte man tun?

»Was kann sie denn tun?« Bevor Delphick antworten konnte, fuhr Sir Hubert Everleigh, der Assistant Commissioner vom C.I.D., fort: »Wenn wir Ihren Vorschlag befolgen oder auch nur ins Auge fassen wollen – einen Vorschlag, der nach meiner Erfahrung einzig dasteht –, wenn die Polizei also, kurz gesagt, sich geschlagen geben und den Fall der Öffentlichkeit übergeben will –« Delphick wollte protestieren, aber Sir Hubert verbesserte sich und fuhr fort: »– oder vielmehr, genauer gesagt, einem Mitglied der Öffentlichkeit, dann muß ich – obwohl ich Euripides darin beipflichte, daß die Vorsehung viele verschlungene Wege kennt – doch fragen: Welchen Weg soll Ihrer Meinung nach diese ältliche Zeichenlehrerin einschlagen? Mit anderen Worten – was kann sie tun?«

Chief Superintendent Gosslin, der bei solchen Konferenzen immer dabei war, um seinen Untergebenen als Puffer zur Seite zu stehen, wollte Delphick Zeit zur Überlegung geben und grunzte daher halblaut: »Mit ihrem Schirm herumfuchteln, wenn ich mich recht erinnere.«

Sir Hubert ignorierte die Bemerkung und blickte Delphick weiterhin fragend an.

Ach, zum Teufel, dachte Delphick, wie sollte man dem A. C. Gefühle und Gedanken klarmachen, die so vage waren, daß man sie kaum für sich selbst benennen konnte. Gosslin kannte ihn, mit dem hatte er lange und voll gegenseitigen Vertrauens zusammengearbeitet; der würde ihn immer in vernünftigen Grenzen gewähren lassen, auch wenn mal ein Tüpfelchen auf dem i fehlte. Aber das reichte hier nicht aus: Der A. C. war entschlossen, der Sache auf den Grund zu gehen.

»Es ist leider noch recht unklar, Sir«, begann er.

»Das sind Gefühle immer«, stimmte Sir Hubert zu. »Meinen Sie, so unklar wie bei Gerard Croiset?«

Delphick zog entgeistert die Luft ein. Verdammt noch mal. Als er merkte, daß er nach Luft rang wie ein gestrandeter Fisch, fing er an zu lachen.

»Finden Sie den Vergleich so komisch?«

»Nein, Sir, durchaus nicht. Ich war nur überrascht, weil Sie mir einen Schritt voraus waren und ich noch nach einer Erklärung suchte.«

Gosslin räusperte sich. »Ich verstehe nur immer Bahnhof, Sir. Wer ist dieser Gerard Soundso? Ich habe nie von ihm gehört.«

»Ist auch gar nicht nötig«, erwiderte Sir Hubert. »Er ist ein holländischer Hellseher oder eine Art von Medium, der öfters in schwierigen Fällen von der kontinentalen Polizei zugezogen wird.« Gosslin knurrte ablehnend. »So was ist hier natürlich nicht üblich, jedenfalls nicht offiziell. Wir halten nichts davon oder behaupten es jedenfalls.« Er wandte sich wieder an Delphick. »Ich nehme an, Sie sind darauf gekommen durch die Zeichnungen, die sie letztes Jahr machte in einem Fall, in den sie zufällig hineingezogen wurde, stimmt's?«

»Ja, das stimmt. Nur unterscheidet sich Miss Seeton insofern von Croiset, als es bei ihr mehr oder weniger unbewußt vor sich geht. Sie wäre sicher entrüstet, wenn man ihr irgendwelche übersinnlichen Kräfte unterstellte. Das würde sie geradezu für unfein halten. Sie würde höchstens zugeben, daß das Zeichnen ihr zum Verständnis der Verständnis der gezeichneten Menschen verhilft.«

»Ja, das ist wahr.« Sir Hubert nickte. »Wenn ich mich recht entsinne, war das auch alles, was damals aus den Berichten hervorging: Ihre Skizzen zeigten echtes Verständnis für den Menschen. Wahrscheinlich war es eher die Übertragung des

Eindrucks von einer Persönlichkeit auf ihr eigenes zeichnerisches Medium und nicht so sehr die Manifestation einer latenten übersinnlichen Gabe. Nein, nein –«, wehrte er Delphicks Unterbrechung ab –, »das ist nicht als Kritik gemeint, nur als Kommentar zunächst. Wenn also Chief Superintendent Gosslin nichts dagegen hat ...?« Er blickte Delphicks Vorgesetzten fragend an.

Gosslin zog die breiten Schultern hoch und beugte sich ein wenig vor. »Also offen gesagt: Mir ist das ein bißchen zu hoch. Wenn ein Beamter sich bewährt hat, meine ich, dann sollte man ihm – außer wenn triftige Gründe dagegen sprechen – einigermaßen freie Hand lassen. Aber Phantasie und Gefühle sind nicht meine starke Seite. Bei Schlußfolgerungen aus Beweismaterial, da weiß ich, woran ich bin und stehe meinen Mann so gut wie jeder andere. Aber Zeichnungen nach überhaupt keinen Anhaltspunkten: also das ist nicht mein Bier. Und genau das ist hier die Schwierigkeit: Wir haben keine Anhaltspunkte. Bei diesen Kindermorden haben wir keinerlei Spur. Wir wissen jetzt, daß der Mann verrückt sein muß, aber darüber hinaus sind wir heute keinen Schritt weiter als beim ersten Fall. Ich bin jetzt so weit, daß ich jeden Vorschlag überlegenswert finde, auch wenn er noch so abwegig aussieht.«

»Sogar diesen gräßlichen Vorschlag von Delphick«, meinte Sir Hubert, »eine harmlose ältere Dame ins Leichenschauhaus zu schleppen, wo sie eine Kinderleiche ansehen soll, und dann eine Zeichnung von ihr zu verlangen – offenbar in der Hoffnung, damit die Lösung auf einem Tablett serviert zu bekommen.«

Verdammt, dachte Delphick, damit hatte der A. C. es ihm gründlich gegeben. Als er damals nach dem zweiten Mord erkannte, daß es sich hier nur um einen Verrückten handeln konnte, hatte er beschlossen, sich genauer über Verrückte und ihre Behandlungsmethoden zu informieren. Er hatte erst einen Psychiater aufsuchen wollen, war aber doch lieber in die kleine Privatklinik in der Nähe von Plummergen zu Dr. Knight gefahren, den er im letzten Sommer während Miss Seetons Eskapaden kennen- und schätzengelernt hatte. Dr. Knight war, bevor er sich aus Gesundheitsgründen aufs Land zurückzog, einer der führenden Neurologen Londons gewesen. Er hatte sich Delphicks Problem angehört und ihm aufschlußreiche Erläuterungen gegeben; aber als Delphick dann nach London zurückfuhr, den Kopf voll von psychomotorischer Epilepsie – die offenbar das war, was er immer für Schizophrenie gehalten hatte – und Schizophrenie, die ganz was anderes war, da war er bedauernd zu dem Schluß gekommen, er hätte lieber noch im Dorf bleiben und Miss Seeton aufsuchen sollen, die ihm als Zugabe vielleicht noch eine Zeichnung von dem Mörder geliefert hätte. Von dieser Vorstellung kam er nicht mehr los. Sie war nach dem dritten und vierten Mord zur fixen Idee geworden: der Gedanke an die ganz entfernte Möglichkeit eines Anhaltspunktes, der vielleicht weiterführte. Und jetzt in Lewisham war er plötzlich ganz sicher gewesen. Als er dann wieder im Büro saß, hatte er sich bemüht, die Sache kühl und logisch zu betrachten, bevor er sie seinem Chef vortrug. Eigentlich war es ihm nur gelungen, sich selbst zu überzeugen, daß dies die logische Antwort sei. Aber nun – nein. Der A. C. hatte recht. Der Gedanke, Miss Seeton dahin zu schleppen, damit sie ein totes Kind zeichnete, das sie nie zuvor gesehen hatte ... Sie hatte ihm allerdings letztes Jahr, als sie das Herumfuchteln mit dem Regenschirm eingestellt und die Arbeit mit dem Zeichenstift aufgenommen hatte, mehrere Hinweise auf Menschen und ihre Handlungsweise gegeben, ob es nun Menschenkenntnis, Intuition, Gedankenübertragung oder einfach übersinnlich gewesen war; aber die Zeichnungen von damals waren alles Bilder von Leuten gewesen, die sie vorher gesehen oder mit denen sie zu tun gehabt hatte. Was konnte man bei einem toten Jungen von ihr erwarten? Und überdies hatte er sich gar nicht genügend Gedanken gemacht, wie das Unternehmen auf sie selbst wirken würde. Womöglich endete sie im Krankenhaus ... Und er hatte den Chef veranlaßt, diese Konferenz einzuberufen. Völliger Wahnsinn, den die schiere Verzweiflung geboren hatte. Der A. C. würde ihm das ankreiden, zweifellos. Vollkommen verrückt.

»Vollkommen verrückt«, fuhr Sir Hubert fort. »Was aber, da wir es ja eingestandenermaßen mit einem Verrückten zu tun haben, seine eigene Logik hat. Wenn andere Polizeiorgane Leute wie Croiset anstellen können, so sehe ich nicht ein, warum wir hinterherhinken sollen. Besonders wenn wir ein einheimisches Gewächs zur Verfügung haben, wodurch hohe Flugkosten gespart werden, und vor allem, wenn wir unsere Pläne gar nicht aufzudecken brauchen. Wir stellen die Dame ganz offiziell ein, als Zeichnerin. Ich werde mit der Finanzabteilung reden wegen eines angemessenen Honorars, plus Unkosten – ebenfalls angemessen. Ist sie eigentlich in London?«

Gosslin hüstelte. »Leider nicht. Wir haben die Schule in Hampstead angerufen, wo sie unterrichtet, aber jetzt sind natürlich Osterferien, und sie soll da unten in Kent sein, in einem kleinen Haus, das sie kürzlich geerbt hat. Delphick kennt es – es ist das Dorf, wo sie letztes Jahr so viel Allotria getrieben hat.«

Delphick wußte, er mußte hier einen Riegel vorschieben, bevor Gosslin noch weiterging. »Aber nach dem, was Sie jetzt sagten, Sir, finde ich doch ...«

»Daß dies der richtige Weg ist?« beendete Sir Hubert den Satz. »Sehr schön – das ist auch meine Ansicht. Sie fahren also am besten gleich hin. Übrigens – Miss Seeton kennt doch Ihren Sergeant, nicht wahr?«

Delphick dachte an die Ereignisse des letzten Jahres und mußte grinsen. »Ja, aber ...«

»Gut«, sagte Sir Hubert bestimmt, »dann nehmen Sie ihn mit, er kann Sie fahren. Gibt's da irgendeine Unterkunft?« Er war offensichtlich nicht mehr zu halten.

»Ja – letztesmal haben wir im *George and Dragon* übernachtet, aber ...«

»Dann lassen Sie dort Zimmer reservieren. Heute abend sprechen Sie mit Miss Seeton, und wenn sie sich überreden läßt, bringen Sie sie morgen mit her.« Er schlug einen Tischkalender auf, der vor ihm lag.

Delphick warf einen hilfeflehenden Blick auf seinen Chef, doch Gosslin sah ihn nicht an. Nichts zu machen – er mußte sich Klarheit verschaffen. »Verzeihung, Sir«, sagte er, »aber Sie selber –«

»Ja, ja, selbstverständlich«, unterbrach ihn Sir Hubert. Er schlug eine Seite im Kalender um. »So – Moment mal. Wie wär's mit vier Uhr morgen nachmittag? Nein, das wird mir vielleicht doch ein bißchen knapp. Sagen wir halb fünf, wenn Sie glauben, daß die Dame damit genügend Zeit hat. Haben Sie eine Ahnung, ob sie die Zeichnung im Leichenschauhaus macht oder ob sie nach dem Gedächtnis arbeitet?«

»Meistens nach dem Gedächtnis, glaube ich. Die Skizzen, die ich von ihr gesehen habe, waren jedenfalls alle so gemacht.«

Sir Hubert nickte. »Gut. Ich nehme an, Sie werden am frühen Nachmittag noch genug in Lewisham zu tun haben. Soll sich also Ihr Sergeant um sie kümmern. Er kann auch dafür sorgen, daß sie was zum Lunch bekommt, und kann sie dann hierherbringen – Ihr Zimmer ist ja dann frei, da kann sie arbeiten. Das wird ihr doch weiter nichts ausmachen, oder?«

Nun mußte Delphick doch lachen. »Ich – nein, ich denke nicht. Soweit ich mich erinnere, gibt es nur weniges, das ihr was ausmacht.«

»Schön.« Sir Hubert klappte den Kalender zu und schob

ihn beiseite. »Wenn ich also nichts Gegenteiliges höre, treffen wir uns hier morgen nachmittag um halb fünf. Ich werde für Tee sorgen. Ihr Sergeant soll auch mitkommen. Das ist zwar gegen alle Regeln, aber für die ganze Sache gibt es ja keinen Präzedenzfall, wir brauchen uns also um Formalitäten nicht zu kümmern. Sie wird sich dann eher wie zu Hause fühlen –« er betrachtete sein Arbeitszimmer – »oder doch nicht allzuweit entfernt. Ach ja, noch eins«, fuhr er fort, als Delphick etwas sagen wollte, »es ist wohl besser, daß ich vorher informiert bin, warum Sie eigentlich die Leiche von Miss Seeton zeichnen lassen wollen, anstatt wie üblich einen Fotografen zu holen. Welchen Grund geben Sie ihr gegenüber an – und was sagen Sie den Kollegen in Lewisham?«

Delphick ergriff die Gelegenheit. »Persönlich würde ich...«

»Ausgezeichnet«, unterbrach ihn Sir Hubert. »Persönlichkeit. Ja, das dürfte genügen, oder doch beinahe. Selbst die besten Fotos von Toten sind eben doch nur Fotos. Mit geschlossenen Augen haben sie etwas Totes, und wenn die Augen offen sind, sehen sie aus wie Fische beim Fischhändler. Von Persönlichkeit kann da gar keine Rede sein.«

Der Verzweiflung nahe, erhob sich Delphick: »Sir...«

»Ja?«

»Nach dem, was Sie vorhin sagten...«

»Wirklich zu freundlich«, fiel Sir Hubert ein. »Ich ahnte nicht, daß mir jemand zuhört. Ich dachte immer, die Leute lassen mich einfach reden und kümmern sich gar nicht oder fast gar nicht um das, was ich sage.«

Delphick blieb standhaft. »Sie sagten, meine Idee sei verrückt.«

»Stimmt. Und wenn Sie so gut zugehört haben, wie Sie behaupten, dann haben Sie auch gehört, daß ich hinzusetzte, gerade diese verrückte Idee habe vielleicht etwas für sich.«

Delphick ließ sich nicht beirren. »Ja, aber ich hatte nicht überlegt...«

Sir Hubert hob die Hand und sagte erstaunt: »Nicht überlegt? Aber mein lieber Superintendent, Sie wollen mir doch hoffentlich nicht sagen, daß die ganze Sache nur ein spontaner Einfall von Ihnen war? Daß Sie nicht überlegt hatten, als der Fall, der ja sowohl finanzielle wie verfahrenstechnische Aspekte hat, mir vorgelegt wurde und Mr. Gosslin ganz kurzfristig diese Besprechung anberaumte, die mich weit über die Bürozeit hinaus hier festhält, wofür ich, nebenbei bemerkt, nicht bezahlt werde, nur damit ich mir Ihren Vorschlag anhöre und mich von Ihren Argumenten überzeugen lasse. Ich will doch wirklich nicht hoffen, Superintendent, daß Sie jetzt sagen wollen, das alles sei nicht überlegt gewesen und es handele sich nur um einen flüchtigen Einfall von Ihnen.«

»Nein, Sir, selbstverständlich nicht. Ich war...«

»Selbstverständlich nicht, nein. Ich bitte um Verzeihung. Eine solche Rücksichtslosigkeit wäre –« er überlegte sorgfältig – »tatsächlich unentschuldbar gewesen. Und nun machen Sie sich schleunigst auf den Weg nach Kent, sonst finden Sie Miss Seeton im Bett, wenn Sie ankommen.« Er nickte verabschiedend, nahm eine Akte aus seinem Schreibtisch, öffnete sie und begann zu lesen.

Leicht betäubt verließ Delphick das Zimmer.

Gosslin hüstelte. »Ich habe mich absichtlich da herausgehalten, Sir, aber meinen Sie nicht, Sie haben ihn ein bißchen reichlich zurechtgestaucht? Er bekam sichtlich kalte Füße wegen seines absonderlichen Vorschlags, das merkte ich.«

»Kalte Füße?« Sir Hubert ließ den Aktendeckel auf den Schreibtisch fallen. »Frostbeulen wäre wohl eher der richtige Ausdruck, mein lieber Gosslin. Er hatte sich die Sache nicht überlegt, jedenfalls nicht, was die Frau angeht, das war sein Fehler. Ich will Ihnen was sagen: Der Fall wächst ihm über den Kopf. Wenn ich ihn jetzt nicht zurechtgestaucht hätte, dann wäre es noch so weit gekommen, daß ich diesen Einfall auf mich genommen und ihm nur die Ausführung übertragen hätte, und das hätte mir denn doch nicht gepaßt.«

Gosslin blies erstaunt die Backen auf. »Wollen Sie damit sagen, daß Sie an dieses übersinnliche Zeug glauben? Meinen Sie wirklich, die Dame Seeton hilft uns weiter? Im Ernst?«

»Eh – nein«, sagte der A. C. sinnend. »So würde ich es nicht sagen. Meine Gründe waren ganz anderer Art. Nach den Zeitungs- und Polizeiberichten vom letzten Jahr halte ich es eher für möglich, daß die Frau als Katalysator wirkt.« Ein amüsierter Blick streifte Gosslin, der ihn grinsend zurückgab.

»Ein Katalysator verändert Metalle, nicht wahr?«

»Ja, schon«, gab Sir Hubert zu. »Im allgemeinen stimmt das. Die Definition aus dem Wörterbuch lautet: ›...eine Substanz, die gemeinsam mit anderen Substanzen eine chemische Reaktion auslöst, bei der sie selbst unversehrt bleibt.‹ Wir sind in diesen Kindermordfällen an einem toten Punkt angelangt, Gosslin. Wir müssen unsere Methoden ändern oder uns anders einstellen als bisher. Wenn wir jetzt einen Katalysator benutzen, hoffe ich auf eine Reaktion. Mit anderen Worten: Miss Seeton wird zwar wahrscheinlich oder sogar sicher unverändert bleiben, aber der Fall wird sich verändern. Damit können wir wohl rechnen.«

In Brettenden bog der Wagen links ab. Als Sergeant Ranger das Straßenschild – Plummergen Road – erblickte, fiel ihm etwas ein.

»Sir?«

»Hm?«

»Sie kennen doch das Dorf und wissen, wie da getratscht wird. Wenn wir im Gasthaus übernachten und morgen früh dann Miss Seeton mitnehmen, wird das halbe Dorf denken, sie sei verhaftet worden.«

»Verdammt«, sagte Delphick. »Daran habe ich nicht gedacht.«

2

»Also, wenn Sie mich fragen: die ist verhaftet worden. Ja – ein Pfund Äpfel noch, bitte.«

In jeder Stadt sorgt die Lokalzeitung für die tägliche Verbreitung der Neuigkeiten. Auf dem Dorf findet man immer Leute mit dem richtigen Sinn fürs Gemeinwohl, die diese Aufgabe übernehmen und stündlich die Meldungen aus der Gemeinde weitertragen.

In Plummergen gibt es zwei Damen, denen dieser freiwillige Dienst an der Öffentlichkeit von niemandem streitig gemacht wird. Es sind Miss Erica Nuttel und Mrs. Norah Blaine (von ihren Bekannten Bunny genannt), Vegetarierinnen und im Dorf bekannt als *die Zicken.* Das Haus, das sie gemeinsam bewohnen, heißt zwar offiziell *Lilikot,* wird aber allgemein *der Ziegenstall* genannt; es hat große Fenster und ist in dem Stilmischmasch der Straße immerhin das modernste. In Plummergen gibt es nur diese eine Straße, und das Haus steht genau in der Mitte, gegenüber von Crabbes Tankstelle, woraus sich ergibt, daß den beiden Damen so leicht nichts entgeht vom Kommen und Gehen der anderen Dorfbewohner, wenngleich sie vieles falsch auslegen.

Der schnellste und beste Weg, eine Neuigkeit unter die Leute zu bringen, ist zweifellos eine Einkaufstour. In Plummergen gibt es fünf Läden: eine bescheidene Bäckerei, eine kleine Schlachterei und drei Gemischtwarenläden: den Krämer, den Kurzwarenhändler und die Poststelle. Von den dreien gebührt die Krone der Poststelle: Sie ist moderner als die beiden andern, führt mehr Kolonialwaren als der Krämer, mehr Konfektionsgüter als die Kurzwarenhandlung und besitzt nicht nur eine, sondern drei Tiefkühltruhen.

»Verhaftet – ja, das kann gut sein«, stimmte Norah Blaine ihrer Freundin zu. Sie nahm eine Dose mit falschen Fleischklößchen in die Hand und betrachtete das bunte Etikett: braune Gebilde mit schimmelartigen Grünflecken in einem roten See. »Eigentlich ganz klar, was da passiert ist, und es überrascht mich nicht im geringsten. Ich hab's ja schon immer gesagt: Kein Mensch wird in eine Mordsache verwikkelt, wenn nicht irgendwo was faul ist. Habe ich nicht recht?«

Bei Miss Seeton war zwar nichts ›faul‹ – sie hatte im letzten Sommer ein kleines Häuschen und ein bescheidenes Einkommen von ihrer Patentante, Mrs. Bannet, geerbt; bevor sie jedoch ihr Erbe antrat, hatte sie das Pech gehabt, als einzige Zeugin einen Mord in London zu beobachten; die Folgeerscheinungen der Tat waren ihr bis hinunter nach Kent gefolgt und von den Dorfbewohnern als eigens für sie bestellte Sonderschau betrachtet worden.

»Sicher hast du recht«, bestätigte Miss Nuttel entschieden. »Ich jedenfalls hab' noch nie was mit 'm Mord zu tun gehabt.«

»Na siehst du, das sag' ich ja!« triumphierte Mrs. Blaine. »Sie ist erst seit zwei oder drei Tagen wieder hier. Schulferien – lachhaft.« Sie kicherte. »Sieht eher aus . . .«

»Als ob sie weggelaufen wäre?« half Miss Nuttel weiter.

»Nun, wir wissen natürlich nichts Genaues, und ich bin die letzte, die irgendwelche Geschichten in die Welt setzt. Aber es liegt eigentlich alles auf der Hand, meine ich. Die Londoner Polizei ist ihr auf die Schliche gekommen, daraufhin ist sie schleunigst nach hier abgedampft, und nun sind sie hinter ihr her und haben sie verhaftet. Sonnenklar. War übrigens auch höchste Zeit, wenn man bedenkt, was sie gestern hier angestellt hat – schubst die kleine Effie Goffer vom Kantstein runter, direkt auf die Straße! Um ein Haar wäre sie überfahren worden. Und der Wagen, der ist einfach weitergefahren, ohne anzuhalten. Unerhört, diese rücksichtslosen Fahrer von heute, so was müßte verboten werden! Und Miss Seeton sollte sich was schämen.«

Eine kleine Welle der Erregung lief durch die anderen Kunden der Poststelle, die sich unauffällig näher schoben, um ja keins der erleuchteten Worte zu verlieren. Doch jetzt hatte auch die Opposition ihren Führer vorgeschickt in Gestalt von Miss Treeves, die wenige Schritte hinter den beiden Damen stehenblieb.

»Guten Morgen, Miss Nuttel. Morgen, Mrs. Blaine.« Norah Blaine fuhr zusammen und ließ um ein Haar die Dose fallen. Die Zuhörer hielten sämtlich den Atem an. Mrs. Blaine wandte sich um, lächelte der Schwester des Pfarrers zu und ging sofort zum Angriff über:

»Oh – guten Morgen, Miss Treeves. Vielleicht wissen Sie etwas Näheres? Wir sprechen gerade ...«

»Über Miss Seeton?« Der Ton klang streng. »Das habe ich gehört.«

Mr. Stillman, der Poststellenleiter, trat mit der abgewogenen Apfeltüte heran und lenkte vom Thema ab. »Darf's sonst noch etwas sein?«

Nachdenklich runzelte Miss Nuttel die Stirn. »Ich glaube nicht. Brauchst du noch etwas, Bunny?«

»Ja, vielleicht das hier –« Mrs. Blaine hielt die Dose mit den imitierten Fleischklößen in die Höhe. »Sie wissen ja, wir essen niemals Fleisch – was ist hier wohl drin?«

Mr. Stillman schätzte Miss Seeton. Er hatte zwar noch keine Gelegenheit gehabt, sie näher kennenzulernen, aber was er von ihr gesehen hatte, gefiel ihm. Sie war freundlich und unauffällig, immer höflich und rücksichtsvoll, und sie bezahlte stets sofort, was man keineswegs von allen Kunden sagen konnte. Er sah die beiden Damen ausdruckslos an und sagte:

»Klößchen aus Ziegenkäse.«

Alle Zuhörerinnen ließen erfreut und hörbar den angehaltenen Atem entweichen.

Mrs. Blaine, ohne Ahnung von ihrem Spottnamen, beschloß: »Gut, die nehmen wir.« Sie ergriff ihre Einkäufe, schob sie in den Beutel, trat vom Ladentisch zurück, blickte Miss Treeves an und sagte: »Aber Sie müssen doch zugeben, die Sache sieht komisch aus, nicht? Heute morgen um halb zehn haben wir rein zufällig gesehen, wie sie zu Miss Seeton hineingingen – ich stand gerade am Fenster und schüttelte das Staubtuch aus –, da war aber die Polizei schon bei ihr drinnen.«

»Sie wissen vielleicht auch nicht mehr als wir«, meinte Miss Nuttel süß.

»Rein zufällig weiß ich doch etwas mehr«, erwiderte Miss Treeves und dachte: schade, daß es nicht stimmt. Aber für eine gute Sache zu lügen, das zählte nicht als Lüge, es war – na ja, legitime Erfindung. »Der Superintendent von Scotland Yard wollte nämlich Miss Seeton um Hilfe bitten.«

»Genau das sagten wir gerade«, rief Mrs. Blaine zustimmend.

»Hilfe bei der Untersuchung«, schloß Miss Nuttel.

Nach dem ungeschriebenen Gesetz des Dorfes war Miss Treeves' Ordnungsruf damit durchgefallen; einen Erfolg hatte jedoch der Unabhängige – Mr. Stillman – erzielt. Süß lächelnd neigten die beiden Damen das Haupt und verließen den Laden, um ihre Mission auf der anderen Straßenseite fortzusetzen.

Das Leben auf dem Lande bietet gewisse Vorteile, die simpel und einleuchtend sind. Zum Beispiel ist es unmöglich, sich in einem Dorf zu verlaufen, das nur über eine einzige Straße verfügt. Andererseits sind aber die Wege, die vom Norden über Ashford oder Brettenden nach Plummergen führen, nicht sehr übersichtlich, und der Weg aus dem Dorf hinaus ist sogar schwierig zu finden. Die einzige Straße – gerade, breit und baumbestanden – verläuft direkt von Norden nach Süden und müßte von Rechts wegen am südlichen Ende aufhören. Hinter der gekiesten Einfahrt zum *George and Dragon* führt links ein Weg zum Friedhof. Auf der anderen Straßenseite verbirgt sich hinter dem Garten neben der Bäckerei eine Abzweigung nach rechts: Marsh Road mit einem Wegweiser, der nach Rye zeigt, aber keine Entfernung angibt – offensichtlich ein Einfall der Gemeinde, den nur die nächsten Anwohner zu schätzen wissen. Man kann zwar mit Hilfe von Karte oder Kompaß die gewundene Straße einfach ignorieren und über mehrere Kreuz- und Querwege tatsächlich nach Rye gelangen; aber in Wahrheit ist Marsh Road genau das, was es vorgibt zu sein: eine Straße, die auf der anderen Seite der Marsch zurückführt nach Brettenden. Wer sich absolut von Plummergen aus nach Süden wenden will, geht auf der Dorfstraße weiter und findet sich alsbald auf einem schmalen Pfad zwischen der Mauer, die Miss Seetons Garten abgrenzt, und dem Nebenhaus. Nach etwa zwanzig Metern verbreitert sich der Pfad zu dem Weg, der auf die Kanalbrücke führt. Hart rechts davon verläuft der einzige direkte Weg nach Rye, eine unauffällige Abzweigung, unmarkiert und auf keiner Karte zu finden; bezeichnet ist nur der Kanal, an dem sie entlangführt. Hinter der Abzweigung endet die Straße in einer T-Kreuzung, deren beide Arme in Windungen zur Küste führen; links geht es nach Folkestone, rechts nach Hastings.

Miss Treeves war mit ihren Besorgungen fertig und ging ins Pfarrhaus zurück, das etwas zurückgesetzt zwischen

Wirtshaus und Friedhof lag. Sie wollte für ihren Bruder das Mittagessen zubereiten. Auf der anderen Straßenseite sah sie Miss Nuttel und Mrs. Blaine, die aus dem Kurzwarengeschäft von Welsted kamen und jetzt ebenfalls nach Hause strebten.

Diese Sache mit der Polizei, dachte Miss Treeves, die mußte sie aufklären und dafür sorgen, daß man im Dorf davon erfuhr und alles richtig mitkriegte. Es wäre doch wirklich ein Jammer, wenn Miss Seeton der Aufenthalt hier vergällt wurde. Die Leute waren manchmal schrecklich töricht; sie erfanden dumme Geschichten und glaubten sie dann sogar selber, anstatt die Entwicklung der Dinge abzuwarten, die allerdings meistens weniger aufregend war. Keiner dachte dabei an die vielen Unannehmlichkeiten, die so etwas mit sich brachte. Hm. Es konnte natürlich mit diesem Rechtsanwalt zusammenhängen; ein recht unerfreulicher Mann, der, soweit sich Miss Treeves erinnerte, im Gefängnis gelandet war wegen Betrügereien und irgendwas mit Rauschgift, das er entweder hergestellt oder weiterverkauft hatte. Irgend so etwas. Ja, wenn sie nicht irrte, so hatte die Polizei ihn festgenommen, bevor Miss Seeton damals die Erbschaft hatte antreten können. Ja natürlich, so war es gewesen. Alles ganz einfach: Die Polizei hatte noch einige Erkundigungen einziehen wollen, weil der gräßliche Mann seine Akten in völliger Unordnung hinterlassen hatte. Zu dumm, daß ihr das nicht in der Poststelle eingefallen war.

Als Miss Treeves die Pforte zum Pfarrhaus erreicht hatte, war ihr diese einfache und plausible Erklärung zur Gewißheit geworden. Befriedigt warf sie einen Blick auf Miss Seetons Häuschen und beschloß, dafür zu sorgen, daß die Sache aufgeklärt und der wahre Sachverhalt verbreitet wurde, bevor die Eigentümerin zurückkehrte. In diesem Augenblick ging in dem kleinen Häuschen drüben die Tür auf und Martha Bloomer erschien.

Zu Miss Seetons Erbe gehörte auch die Abmachung mit Stan Bloomer, einem Landarbeiter im Dorf, und seiner Frau. Miss Seeton stellte Garten und Hühner, Stan Bloomer versorgte beides, belieferte ihre und die eigene Küche mit Eiern, Geflügel und Gemüse und verkaufte die Überschüsse auf eigene Rechnung an Stelle von Lohn. Seine Frau Martha kam zweimal wöchentlich zum Putzen für drei Shilling Sixpence pro Stunde.

Mrs. Bloomer schloß die Haustür und betrat den kleinen Gartenweg, der zur Pforte führte. Plötzlich stutzte sie, stürzte zwei Schritt seitwärts in die Hecke vor dem Gartenzaun, tauchte gleich darauf wieder auf und zog ein zerzaustes und widerstrebendes kleines Mädchen hinter sich her. Tatsächlich, sie war es. Miss Treeves ließ ihre Gartenpforte los und schritt über die Straße.

»Wenn du dich noch einmal hier rumtreibst, du dreckige kleine Schnüffelnase, dann werd' ich dir den Allerwertesten versohlen, daß du nicht mehr sitzen kannst, verstanden? Und mit deiner Mutter werd' ich reden«, drohte Mrs. Bloomer.

Effie Goffer schnüffelte.

Miss Treeves trat hinzu und sagte streng: »Effie, was fällt dir ein, schon wieder in fremden Gärten herumzuspionieren? Was wolltest du hier?«

»Zugucken.«

»Wenn ich dich noch einmal dabei erwische, werd' ich dafür sorgen, daß du Prügel bekommst. Miss Wicks hat sich erst neulich über dich beschwert.«

Effies kleine Augen glänzten. »Die –! Die geht ja ganz aus'nander!«

»Unsinn.«

»Doch wahr! Ich hab' durchs Badezimmerfenster geguckt – die geht ganz auseinander! Ihre Zähne hat sie in 'n Glas getan, und die Haare hat sie auch abgenommen und auf 'n Bord gelegt. Hab' ich selber gesehen!«

Miss Treeves war empört. »Was fällt dir ein, du kleine Kröte? Wie kannst du so häßliche Sachen erzählen!« Besonders häßlich, weil sie leider stimmen – Miss Wicks hatte Karnickelzähne und zischte immer so beim Sprechen; ein guter Zahnarzt hätte da wirklich . . ., und das falsche Haarteil war natürlich auch leicht zu erkennen, weil die Farbe nicht paßte. Aber so etwas sagte man doch nicht! Solche Dinge ließen sich durchaus ignorieren, wenn nicht darüber geredet wurde. Waren sie einmal ausgesprochen, so nahmen sie eine hypnotische Wirkung an, die den Zuschauer in Bann hielt, und wenn man sich dann mit Miss Wicks unterhielt, konnte es vorkommen, daß man sich selbst übers Haar strich oder – schlimmer noch – ebenfalls zischte.

»Mum hat gesagt, die Dame will mich malen, da wollt' ich mal zugucken!« maulte Effie.

»Alles Unsinn«, sagte Miss Treeves. »Außerdem ist sie jetzt gar nicht hier.«

»Nee, weiß ich. Weil die Bullen sie abgeholt ham. Hab' ich selber gesehn.«

»Das hast du gesehen?«

»Ja! Dieselben Bullen, die schon mal hier war'n – die aus London« Die blöde alte Kuh – mit dem Schirm hatte sie sie gepiekt; hatte richtig weh getan, als sie sich so hart auf den Hintern setzte. Der wollte sie's heimzahlen. »Mit Handschellen ham sie sie weggebracht – genau wie im Fähnseen. Und wie die um sich geschlagen und gekrischen hat . . .«

Mrs. Bloomer packte Effie und schüttelte sie. »Du lügst, du boshafte . . .«

»Effie«, unterbrach Miss Treeves, »du gehst jetzt sofort nach Hause.« Warnend fügte sie hinzu: »Und sag deiner Mutter, daß ich heute nachmittag zu ihr komme.«

Langsam trollte sich die froschartige kleine Gestalt in Richtung auf die armseligen Häuser am Ende der Straße.

Miss Treeves blickte ihr nach und schüttelte den Kopf. »Mit dem Kind wird's ein schlimmes Ende nehmen.«

»Ich finde, die ist schon jetzt schlimm genug«, erwiderte Mrs. Bloomer entrüstet. »Handschellen – unglaublich! Um sich schlagen und kreischen! Na warte, wenn ich dich in die Finger kriege, geb' ich dir was zu kreischen.«

»Sie haben Miss Seeton heute nicht zufällig vor ihrer Abfahrt gesehen?«

»Nein, heute nicht, weil ich heute oben bei Lady Colveden putzen war. Aber ich hab' schnell mal hineingeschaut, falls sie mir einen Zettel dagelassen hatte. War aber keiner da, weil sie's ja auch nicht wußte, und im Kühlschrank hab' ich noch ein paar Reste gefunden und schnell was zurechtgemacht, denn heute abend ist sie sicher müde, wenn sie zurückkommt, da hat sie dann gleich was zu essen, oder sonst auch morgen zu Mittag.«

»Sie wird über Nacht in ihrer Wohnung bleiben, das ist bequemer«, meinte Miss Treeves. »Die Wohnung will sie noch bis zu den Sommerferien behalten; dann will sie sich zur Ruhe setzen und ganz herziehen.«

Der Beschluß stand noch nicht ganz so fest, wie Miss Treeves offenbar annahm. Miss Seetons Freude an der Erbschaft und die wachsende Liebe zu dem Häuschen auf dem Lande wurden durch ein finanzielles Problem getrübt: Wenn sie sich wirklich demnächst zur Ruhe setzte, würde sie dann von dem bescheidenen Einkommen, zusammen mit ihren paar Ersparnissen und der Altersrente leben können? Wenn sie ganz aufs Land zog, mußte sie den Unterricht am Polytechnikum aufgeben, das jetzt sowieso in eine Abendschule umgewandelt werden sollte. Auch auf die paar Privatschüler mußte sie dann verzichten, die das Honorar für die zwei Unterrichtsstunden pro Woche immer noch etwas aufgebessert hatten. Sie hatte dann allerdings keine Miete mehr zu zahlen, auch Lebensmittel waren auf dem Lande billiger, doch mußte sie nun für die Reparaturen und die Erhaltung des Häuschens aufkommen. Hinzu kamen die Steuern, die nach Miss Seetons Erfahrung merkwürdigerweise immer höher stiegen, während der Wert des Geldes ständig abzunehmen schien.

»Sie haben die alte Mrs. Bannet so viele Jahre versorgt«, fuhr Miss Treeves fort. »Für Sie wäre es doch nett, wenn das Häuschen sozusagen in der Familie bliebe, nicht wahr?«

»Das will ich auch sehr hoffen«, stimmte Martha zu. »Und sie kommt wirklich erst morgen zurück, meinen Sie?«

Miss Treeves blickte zum Pfarrhaus hinüber. Arthur würde sein Essen nicht pünktlich auf dem Tisch haben; Arthur merkte so etwas zwar gar nicht, aber immerhin. »Genau weiß ich es auch nicht«, sagte sie schnell. »Es wird davon abhängen, wie lange die Sache mit ihrem Anwalt dauert.«

»Mit ihrem Anwalt?« wiederholte Martha erstaunt. »Ich dachte, das wäre alles längst erledigt. Der Mann ist doch selber erledigt, oder? Er sitzt im Knast.«

»Ja, ja, natürlich.« Miss Treeves' Stimme klang leicht ungeduldig. »Das stimmt schon – aber es hängt irgendwie zusammen mit den anderen Leuten, die er damals betrogen hat. Ich weiß die Einzelheiten auch nicht, aber die Polizei hofft jedenfalls, daß Miss Seeton da ein paar Angaben machen kann.«

»Das wundert mich aber. Sie kannte ihn ja kaum und mochte ihn nicht. Die Polizeileute wollten immer ihre Bilder sehen, und ich dachte sicher, deshalb wären sie auch hergekommen – damit sie ihnen eine Zeichnung macht.«

»Nein, nein, keine Spur«, wehrte Miss Treeves ab. »Es hängt mit der Betrugsaffäre von damals zusammen. Jetzt muß ich aber schleunigst rüber, sonst wird mein Essen überhaupt nicht mehr fertig.« Sie wandte sich zum Gehen, drehte sich aber noch einmal um. »Was ich noch sagen wollte, Martha – Miss Nuttel und Mrs. Blaine redeten vorhin so törichtes Zeug... Wenn Sie also jemand fragt, sagen Sie am besten, es geht um den Betrugsfall von damals, damit alle Bescheid wissen. Wenn nämlich die gräßliche kleine Goffer erst ihre Lügengeschichten verbreitet, glauben die Leute sonst noch Gott weiß was.«

»Die Leute glauben auch alles.« Lady Colveden schenkte sich noch eine Tasse Tee ein. »Absolut alles.«

Großstädter wundern sich oft über die Verhältnisse in einer Landgemeinde. In der Stadt lebte der einzelne unbehelligt, wenn er nichts Auffallendes unternimmt. In einem Dorfe sind jedermanns Handlungen, auffallend oder nicht, von Interesse für die Allgemeinheit und werden auch stets der gleichen Prüfung und eingehenden Analyse unterzogen.

Die Häuser am Anfang der Marsh Road sind alle etwas zurückgesetzt, jedes hat eine baumbestandene Einfahrt. Für den Städter ist daher jedes Haus wortwörtlich ein Privathaus. Private Zurückgezogenheit jedoch – in der Stadt eine Selbstverständlichkeit – gibt es in einer kleinen Gemeinde nicht.

Major General Sir George Colveden, Knight Commander of the Order of the Bath, Distinguished Service Order, Friedensrichter und Eigentümer des letzten Grundstücks in der Marsh Road, hatte kürzlich eine Nachbarin, eine etwa sechzigjährige Witwe, in seinem Garten angetroffen, wo sie mit der Axt auf eine Zypresse einschlug. Als er sie an Weiterem hinderte, legte sie Beschwerde beim Gemeinderat ein. Mit Hilfe des Feldstechers, der ihrem verstorbenen Mann gehört hatte und den sie dem Amtsrichter zur Verfügung stellte, bewies sie die Berechtigung ihrer Klage oder glaubte sie zumindest zu beweisen. Der Baum war allmählich so hoch gewachsen, daß er ihr die Aussicht auf die Schlafzimmerfenster von *Rytham Hall* versperrte; sie konnte jetzt nicht mehr feststellen, wann Lady Colveden abends ihr Licht löschte oder wann sie morgens die Vorhänge aufzog. Lady Colveden hatte nach diesem Vorfall noch tagelang unruhig zum Himmel aufgeblickt in der Furcht, die Dame könnte sich einen Ballon oder Hubschrauber gechartert haben, um ihre natürliche Wißbegier nach dem Privatleben ihrer Nachbarin zu befriedigen.

»Ich hab' Martha heute morgen gleich gesagt«, Lady Colveden streifte mit einem vielsagenden Blick den leeren Kuchenteller, »wenn sie sich die Zeit nimmt, Krapfen zu backen, wirst du dir bloß den Magen verderben. Wo läßt du es bloß alles, Junge? Ich gehe schon nach einem einzigen auseinander – du kannst drei runterschlingen, und man sieht dir nichts an. Ungerecht.« Sie kam auf ihr Thema zurück und wiederholte: »Ja – absolut alles.«

»Meine Schilddrüse und ich, wir leisten eben schwere Arbeit«, sagte ihr Sohn. »Heute nachmittag haben wir das Viermorgenfeld eingesät und dann noch eine halbe Stunde damit verschwendet, den Traktor auseinanderzunehmen, weil der Motor versagte. Wieso alles?« erkundigte er sich. »Was zum Beispiel?«

»Ich meine die arme Miss Seeton. Hat man je etwas so Lächerliches gehört? Übrigens nenne ich Traktorfahren keine Schwerarbeit. Ich erinnere mich noch gut an die Zeit, als man noch mit Pferd und Pflug über die Äcker zog.«

»Stimmt nicht, Mutter. Das war vor deiner Zeit.«

»Dann hab' ich eben davon gelesen; kommt ganz auf dasselbe hinaus, und sie schmecken auch viel besser.«

»Wer? Die Pferde?«

»Nun werd' mal nicht frech, mein Junge. Aber es ist wirklich gemein – die arme Frau ist erst ein paar Tage hier, und nun dieses. Letztes Jahr war gerade schlimm genug. Wenn jedesmal was passiert, wenn sie herkommt . . .«

»Jedesmal nicht. Sie war ja auch Weihnachten hier, und da ist gar nichts passiert.«

Mit großen Unschuldsaugen sah ihn seine Mutter an. »Weihnachten?« fragte sie erstaunt. »Woher weißt du das? Das hätten wir gar nicht wissen sollen, es war ja Krieg.«

Der Krieg war am Weihnachtsabend erklärt worden.

Miss Nuttel, Mrs. Blaine und drei ihrer intimsten Freundinnen hatten den ganzen Sommer lang Blumen, Laub und Gräser getrocknet. Kräuterbündel und dürre Sträuße waren dekorativ in den Küchen aufgehängt worden, hatten bei jeder Wendung die Gesichter gestreift und die Suppen aromatisch gewürzt. Am Morgen des Heiligen Abends hatten die Damen triumphierend die welke Flora in die Kirche geschleppt und eine Stunde lang in Vasen arrangiert. Hochbefriedigt und im Bewußtsein einer vollbrachten Tat hatte man die Kirche verlassen.

Nachmittags erschien Lady Colveden als Mitglied des Gemeindeausschusses in der Absicht, den Weihnachtsbaum zu schmücken. Sie war entsetzt, als sie überall verwelkte Pflanzen fand, leerte sämtliche Vasen aus und verbrannte das ganze Zeug. Dann fuhr sie eilends nach Hause und schnitt im Garten einen Strauß Herbstrosen, die im Dezember blühen – im Gegensatz zu Weihnachtsrosen, die meist erst um Ostern herum zur Blüte kommen. Nach zwei Stunden fleißiger Arbeit waren die Blumendekoration und der Weihnachtsbaum fertig; sie sah sich noch einmal in der Kirche um und kehrte im Bewußtsein einer vollbrachten Tat nach Hause zurück.

Bei dem Aufruhr, der jetzt folgte, teilte sich das Dorf in zwei Lager. Schmähungen wurden gewechselt, lächelnde Bosheiten verstreut und energische letzte Worte abgefeuert. Ungemildert brannte der Kampf weiter bis zum Februar; dann setzte ein zögernder Waffenstillstand ein, die Folge eines sehr scharfen Briefes in der Gemeindezeitung, unterschrieben von Pfarrer Treeves, verfaßt jedoch zweifellos von seiner weit energischeren Schwester. In den Annalen des Dorfes wurde die Fehde als ›der Krieg der Rosen‹ bewahrt.

Nigel zählte an den Fingern ab. »Als Miss Seeton zum erstenmal herkam, brachte sie allerhand mit: Mord, Selbstmord, Ertrinken, Gas, Schießerei, einen Autozusammenstoß, Entführung und Betrug.« Er sah seine Mutter prüfend an. »Du findest offenbar, das alles sind Bagatellen im Vergleich zu dem Gekeife um das weggeworfene Blumenzeug.«

»Selbstverständlich«, gab Lady Colveden zurück. »Das würdest du auch finden, wenn du sie weggeworfen hättest.« Auf der anderen Seite des Tisches wurde ein Rascheln hörbar, und ein leichtes Zittern ging durch die beiden Hände, die *The Farmer's Breeding Weekly* hielten. Sie wandte sich an die Zeitung und sagte: »George.«

»Ja –?«

»Du hörst gar nicht zu.«

»Stimmt.«

»Na, siehst du«, sagte Lady Colveden. »Und ich bin so entsetzt über Molly Treeves. Bei den anderen würde mich nichts mehr erstaunen, aber ihr hätte ich wirklich mehr Verstand zugetraut.«

Nigel war mit dem letzten Krapfen fertig; er wischte sich die Finger ab. »Wieso mehr Verstand?«

Seine Mutter sah ihn erstaunt an. »Weil sie diese blödsinnige Sache weitererzählt hat; das meine ich.«

Nigel beherrschte sich. »Was denn für eine Sache, Mutter? Du vergißt offenbar, daß wir faulen Farmer den ganzen Tag draußen sind und nicht alles mitkriegen.«

»Miss Seeton soll angeblich wegen Betrugs verhaftet worden sein.«

»Was soll sie?« rief Nigel. Sir George ließ die Zeitung sinken.

»Na endlich – das bringt sogar deinen Vater aus dem Schweinestall«, sagte Lady Colveden befriedigt. »Heute nachmittag war ich bei Welsted, und Mrs. Welsted sagte, die Zicken hätten gesagt, die ekelhafte kleine Goffer habe es selbst mit angesehen, wie sie sie abgeholt haben – der nette Detektiv von Scotland Yard und der lange Jüngere mit dem Notizbuch, der sich in Anne Knight verliebt hat, ich hab' den Namen vergessen, von dem älteren meine ich, irgendwas Fremdes war es.«

»Vielleicht Superintendent Delphick?« fragte Nigel.

»Ja, stimmt ja – griechisch...« Sie brach ab. »Warum starrst du mich so an, George?«

»Ich höre dir zu, mein Kind.«

»Ach nein, bitte nicht, das bin ich nicht gewöhnt, es macht mich so nervös. Diese Effie muß es gewesen sein, die das alles ins Rollen brachte. Ich verstehe nicht, warum sich nicht mal jemand dieses Kind vorgenommen hat. Spioniert überall herum, gräßlich.«

»Ja, der sollte mal jemand die Kehle zudrücken«, stimmte Nigel zu.

»Nein – das nicht, bitte«, protestierte seine Mutter. »Heute morgen war schon wieder einer in der Zeitung, ein kleiner Junge in Lewisham. Zu schrecklich – wenn das bloß aufhörte. Aber wenn schon Kinder umgebracht werden müssen, dann gebe ich zu: auf diese Effie könnten wir verzichten. Ob man das mal bekanntmacht?«

»Nun bleib mal bei der Sache, Mutter, und red keinen Unsinn.«

»Du tust, als wäre ich nicht richtig im Kopf«, sagte Lady Colveden gekränkt. »Ich hab' zu Mrs. Welsted gesagt, das sei absoluter Unsinn, aber sie blieb dabei, eine Kundin habe es ihr erzählt, und die hatte es von Martha und die von Molly Treeves, und es sei ganz bestimmt Betrug. Manche Leute sind wirklich... Jedenfalls ist das Unsinn, weil ja Martha heute morgen hier war, und sie hat kein Wort davon gesagt.« Einen Augenblick überlegte sie, dann fiel ihr etwas ein. »Im Grunde wär's vielleicht ganz gut, wenn Miss Seeton wieder was anstellte.«

»Was anstellte?« fragte Nigel.

»Ach –«, seine Mutter sah sich zweifelnd im Zimmer um –, »irgend so was mit Mord oder so. Ich glaube, sie kann nichts dafür. Sie gehört zu den Leuten, denen immer solche Dinge über den Weg laufen – oder sie läuft den Dingen über den Weg, kann auch sein. Sie merkt es gar nicht. Dann hätte das Dorf jedenfalls was zu reden, und dann vergessen sie vielleicht das verdammte Blumenzeug.«

»Mit der Betrugssache muß Schluß gemacht werden«, verkündete Sir George.

»Ist ja schon«, versicherte seine Frau. »Ich habe damit Schluß gemacht. Ich hab' Mrs. Welsted erzählt, daß Miss Seeton heute abend zu uns zum Dinner kommt.«

»Hier – zu uns?« rief Nigel.

»Ja. Ich hab' bei Crabbe angerufen, und der sagte mir, daß Scotland Yard für den Sechsuhrvierzig-Zug einen Wagen nach Headcorn an die Bahn bestellt hat, der Miss Seeton abholen sollte. Den Wagen hab' ich abbestellt – ich hab' gesagt, er brauchte nicht hinzufahren.«

»Du . . .?« Diesmal versagte Nigel die Sprache.

»Ja. Ich dachte, du könntest sie abholen, während ich das Essen vorbereite. Auf der Rückfahrt muß du dann ganz langsam durchs Dorf fahren, damit alle sie sehen. Und wenn sie zu müde ist, die Arme, dann soll sie sich hier aufs Sofa legen, und ich bringe ihr das Essen auf dem Tablett.«

»Soll das heißen«, brachte Nigel heraus, »daß du sie abfangen willst, bloß um zu erfahren, was sie gemacht hat?«

»Keine Rede«, gab seine Mutter zurück. »Reine Freundlichkeit von mir. Ich will dem Gerede ein Ende machen – und gleichzeitig den Zicken eins auf den Hut geben, das ist wahr. Und wenn sie uns dann berichtet, was sie so getrieben hat, dann können wir ja zuhören, nicht wahr? Übrigens habe ich die ganze Sache Mrs. Welsted erzählt, und Crabbe auch; sie wird also jetzt schon rum sein im Dorf. Ich hab' gesagt, sie sei nach London gefahren, weil Scotland Yard bei ihr ein paar Zeichnungen bestellt hat. Davon ist natürlich kein Wort wahr, aber ich fand es immer noch besser als die andere Geschichte.«

Sir George starrte seine Frau an. »Zufällig ist es doch wahr.«

»Ach was, Unsinn, George. Du hörst wieder mal nicht zu. Selbstverständlich ist es nicht wahr, das sagte ich doch gerade. Ich hab' es mir einfach schnell ausgedacht.«

»Doch wahr«, beharrte Sir George. »Delphick hat mich heute morgen angerufen und mir die Sache erklärt.«

»Also George, das ist doch wirklich stark!« Sie war sehr ärgerlich. »Du sitzt einfach da und weißt das die ganze Zeit und sagst mir kein Wort davon!«

»Nicht unsere Sache.«

»Natürlich ist das unsere Sache. Jeder befaßt sich damit, und es ist unsere Sache, sie zu beschützen. Und ich laufe im Dorf herum, mit der besten Absicht von der Welt, und erfinde Lügengeschichten, und wenn du mir ein Wort gesagt hättest, hätte ich ebensogut die Wahrheit erfinden können.«

Aus der Nähe betrachtet, sind ländliche Bocksprünge für den Städter oft schwer begreiflich; aus gewisser Entfernung jedoch fügt das Bild sich leichter zusammen, und von London aus gesehen, kommt Perspektive und vielleicht sogar Charme hinzu.

»Also das kannst du mir einfach nicht antun. Das wird mein Tod sein, verlaß dich drauf, das überlebe ich nicht.«

»Schön, ich schicke einen Kranz«, verhieß der Redakteur des *Daily Negative.* »Auf Spesen natürlich.«

Amelita Forby packte mit beiden Händen den Rand seines Schreibtisches und beugte sich vor. »Verdammt noch mal, wir sind doch hier in Fleet Street! Im Zeitungsviertel! Hier bin ich zu Hause.« Sie ergriff einen Bleistift und bohrte ihn in den Arm ihres Gegenüber. »Du kennst mich doch! Du hast mir Polizeireportagen zugesagt, aber keine Auslandsberichte. Ich bin Großstädterin. Was soll ich in so einem Kuhdorf?«

Der Redakteur rückte mit seinem Stuhl außer Reichweite des bohrenden Bleistifts. »Erfahrungen sammeln. Deinen Horizont erweitern.«

Miss Forby grunzte verachtungsvoll. »Mein Horizont? Der ist nach einer Woche in diesem Laden hier so groß wie ein Fernsehbildschirm. Und Erfahrungen – hab' ich mehr eingebüßt als gewonnen. Wo liegt überhaupt dieses Plummergen? Wie komm ich dahin? Brauche ich einen Paß?«

»Das glaube ich nicht«, sagte der Redakteur beruhigend. »Soll englisches Gebiet sein. Mel, hör zu: Du solltest dich freuen über diesen Auftrag. Denk doch mal: jetzt im März, der Frühling steht vor der Tür, und Kent ist der Garten Englands! Die Luft dort soll kolossal erfrischend sein.« Er schauerte leicht zusammen.

»Erfrischend!« Sie warf den Bleistift hin. »Bin ich vielleicht 'ne Blume aus 'm Gartenbeet?«

Er betrachtete ihr gereiztes Gesicht. »Ehrlich gesagt – nein. Eher eine überhitzte Orchidee.« Er lehnte den Stuhl zurück und schob den Bleistift weiter weg. »Tut mir leid, Mel, aber es muß sein. Meine Späher haben mir berichtet, daß Delphick sie nach London holen ließ, daß er heute morgen mit ihr nach Lewisham fuhr und sie jetzt mitgenommen hat zum Yard. Und ich will wissen warum.« Er grinste seine zornige Mitarbeiterin an. »Du fährst jetzt hin und bleibst dort, bis du die Story hast, verstanden?«

»Und wenn gar nichts passiert?«

»Dann kannst du einen Farmer heiraten und gleich dableiben. Ich will dich hier nicht wieder sehen, bis dies unter Dach ist.« Er sprach jetzt langsam und nachdenklich. »Ich habe so ein Gefühl – irgendwas ist da los, das weiß ich.

Lewisham. Da ist gestern ein Kind umgebracht worden. Mel!« fuhr er begeistert hoch. »Das könnte ein Knüller werden. Und wenn die Seeton sich so aufführt wie letztes Mal, dann wird's jedenfalls nicht langweilig für dich.«

»Letztes Mal!« entgegnete sie hitzig. »Mir langt, was ich darüber gelesen habe. Die streitbare Schirmlady. So ein weiblicher Kraftprotz, der sich mit dem Schirm durchs Leben boxt. Du und dein Gefühl, geh mir bloß ab damit.«

Ruhig schüttelte er den Kopf. »Ich glaub', die Presse hat den Fall letztes Jahr ganz falsch angepackt. Die Sache braucht jetzt die Hand einer Frau, weißt du.«

»Ach, glaubst du? Ich glaube eher, du könntest die Hand einer Frau brauchen. Und soweit ich mich an die Berichte erinnere, ist eher ein Ringkämpfer vonnöten, um mit der Dame fertig zu werden.« Sie schob den Stuhl zurück und stand auf. »Ich werd' wohl besser vorher noch mein Judo auffrischen.«

Der Redakteur verschränkte die Hände auf dem Tisch und sagte mit freundlichem Ernst: »Hör zu, Mel. Wenn einer so lange bei einer Zeitung ist wie ich, dann riecht er, wenn was im Busch ist. Du hast bei diesem Auftrag völlig freie Hand. Faß die Sache an, wie du willst – krumm oder gerade, aber bleib am Ball. Du bist von Anfang an dabei – sogar noch vor dem Anfang. Also mach was draus, und zwar was Gutes. Gib uns zwei- oder dreimal wöchentlich was durch, oder auch jeden Tag, ganz wie es läuft, das mußt du selber sehen. Ich werde Anweisung geben, daß deine Berichte nicht gekürzt werden. Übertreib's also nicht mit der Länge – und auch nicht mit den Spesen.«

»Nicht gekürzt?« Sie starrte ihn an. »Du bist wohl ... Und was soll das heißen – gehst du denn fort?«

»Ja, ich fahre morgen früh nach Italien, auf vierzehn Tage. Und hoffentlich in die Sonne.«

Mel Forby blieb in der Tür stehen. »Neapel sehen ...«,

sagte sie giftig. »Den Kranz für dich bezahle ich aus eigener Tasche.«

3

Der Assistant Commissioner hatte Miss Seetons Skizze vor sich liegen. Merkwürdig eigentlich, dachte er, dieses Gefühl der Enttäuschung. Er hatte – wenn überhaupt irgendwas – nichts Aufregendes erwartet; und doch kam er sich irgendwie betrogen vor. Seltsam.

Auch Delphick war niedergeschlagen. Es war ein Versuch gewesen, und der Versuch war mißglückt. Aber er merkte erst jetzt, wieviel er sich erhofft hatte. Miss Seetons Einwände gestern abend hatte er rundweg abgelehnt. Und dabei hatte sie protestiert; sie war sogar merkwürdig beharrlich bei ihrer Ablehnung geblieben. Er hatte sie gebeten – erst freundlich und dann dringlicher; und erst am Schluß, als ihm klar wurde, daß sie gegen den Besuch im Leichenschauhaus gar nichts einzuwenden hatte, daß sie aber merkwürdigerweise um alles in der Welt keine Zeichnung machen wollte: da hatte er dann gröberes Geschütz auffahren müssen, bis sie endlich nachgab. Und vielleicht hatte sie ganz recht gehabt, wenn man jetzt das Resultat ansah. Er hätte sie in Ruhe lassen sollen.

Zeitverschwendung, Chief Superintendent Gosslin rutschte auf seinem Stuhl hin und her und suchte nach einer Ausrede, um in sein Büro zurückzukommen und weiterarbeiten zu können. Das Orakel war diesmal reingefallen. Wenn das hier Kunst war, dann zog er für seinen Teil Fotos vor. Es sah aus, als habe sie ganz richtig angefangen, dann aber keine Lust mehr gehabt und – als sie erkannte, daß es nichts werden würde – einfach alles ausgestrichen und ein paar geometrische Figuren hingeworfen.

Der Assistant Commissioner ergriff die Teekanne und besah sich die Skizze noch einmal. Die linke Gesichtshälfte war gar nicht schlecht, zwar etwas verwischt, doch vermutlich noch einigermaßen ähnlich; aber die rechte Seite war unmöglich – verschmiert, unfertig und irgendwie abstoßend. Und was sollten die quergezogenen Schlangenlinien bedeuten, die dann plötzlich aussetzten und zwei ineinandergreifenden Halbkreisen Platz machten? Völlig sinnlos. Und doch, wenn man wieder hinsah: irgend etwas war an der Skizze. Sie verfolgte einen geradezu. Man konnte sie nicht einfach wegschieben und auch nicht vergessen. Sir Hubert riß sich zusammen und besann sich auf seine Gastgeberpflichten. Er schenkte Miss Seeton noch eine Tasse Tee ein und fragte:

»Bitte sagen Sie mir doch, Miss Seeton: Diese Zeichnungen, die Sie da machen, oder vielleicht sollte ich lieber sagen: diese Karikaturen, von denen mir der Superintendent erzählt hat: haben Sie die schon immer gemacht? Oder sind Sie erst kürzlich drauf gekommen?«

Wie peinlich. Wenn er das bloß nicht gefragt hätte. Sie trank einen Schluck Tee. Sehr stark, aber Gott sei Dank kein Zucker drin. Sie konnte das einfach nicht alles ... Sie hatte ja gewußt, es war unklug, gerade jetzt etwas zeichnen zu wollen. Aber der Superintendent ..., gewöhnlich war er doch so freundlich, so verständnisvoll ..., der hatte sie in diesem Fall einfach überredet ..., nein, er hatte sogar darauf bestanden. Aber es war auch falsch von ihr gewesen, nachzugeben, denn nun war es noch schlimmer geworden. Schrecklich unangenehm. Für alle. Aber es hatte jetzt keinen Zweck mehr, sich darüber zu ärgern, jetzt war nichts mehr zu machen. Jedenfalls war sie für morgen früh bei Dr. Knight angemeldet;

danach würde sie dann wissen, was los war. Aber diese Frage von Sir Hubert war wirklich schwer zu beantworten. Wahrheitsgemäß jedenfalls. Und bei der Polizei kam es natürlich immer sehr darauf an, daß man präzise Angaben machte.

»Ich habe immer eine Neigung dafür gehabt«, bekannte sie. »Aber gemacht habe ich sie nur selten, und zufrieden war ich nie. Sehen Sie, ich habe immer meinen Schülern beizubringen versucht, daß man nur das zeichnen solle, was man sieht, oder jedenfalls annähernd. Phantasiearbeiten sollten nur den Könnern vorbehalten sein, und natürlich den besonders Begabten. Für diese beiden Gruppen gelten natürlich die Regeln nicht. Und seit ich in mir selbst diese Tendenz zur Zügellosigkeit feststellte, habe ich immer versucht, sie zu unterdrücken. Leider ist sie aber eher noch schlimmer geworden, seit ich öfter auf dem Kopf stehe.«

Gosslin gab einen heiser bellenden Laut von sich, den er eilends in Husten umwandelte, als er merkte, daß er fehl am Platze war. Etwas zu spät stellte er seine Tasse auf Sir Huberts Schreibtisch.

Sergeant Ranger war so weit wie möglich in den Hintergrund gerückt; sein Stuhl stand hart an der Wand, er balancierte Notizbuch und Bleistift auf den Knien und in der einen Hand die Teetasse, in der andern einen kleinen Teller mit einem gebutterten Rosinenbrötchen. Bitter stellte er fest, daß auf die Wahrscheinlichkeitsrechnung kein Verlaß war. Wenn so ein Brötchen runterfiel, so fiel es immer und ausnahmslos auf die Butterseite. Er hob das leicht angestaubte Brötchen vom Boden auf und schob dann den Teller unter seinen Stuhl. Aus den Augen, aus dem Sinn. Aber wenigstens hatte er sich nicht den Tee über die Hosen gegossen, wie der Alte da vor ihm.

Etwas unsicher blickte Miss Seeton zu Sir Hubert auf. »Ich weiß natürlich nicht mit Sicherheit, ob es damit zusammenhängt.«

Nach einer heroischen Anstrengung hatte sich der Assistant Commissioner wieder in der Gewalt. »Nein, natürlich nicht, das verstehe ich«, sagte er. »Aber ich finde es sehr richtig, daß Sie die Möglichkeit immerhin für gegeben halten. Oder doch in Erwägung ziehen.« Hilflos blickte er zu Delphick hinüber. Delphick lachte. »Nun haben Sie sich verraten – Ihr Geheimnis ist heraus. Was hat Sie veranlaßt, sich mit Yoga zu befassen?«

»Meine Knie«, erklärte sie. »Und die Anzeige klang so vielversprechend, daß ich dachte, der Versuch müsse sich lohnen.«

»Wissen Sie, Miss Seeton«, meinte der Assistant Commissioner nachdenklich, »ich kann Sie mir eigentlich kaum bei Meditationen oder Phantasieexkursionen vorstellen. Sie stehen eigentlich viel zu fest mit beiden Füßen – oder ich müßte vielleicht sagen: mit dem Kopf auf dem Boden.«

»Nein, nein«, beruhigte ihn Miss Seeton eilig. »Geistige Übungen mache ich gar nicht. Das wäre mir viel zu schwierig, und ich glaube auch, dazu braucht man Jahre.«

»Schade«, meinte Sir Hubert. »Ein paar geistige Gymnastikübungen kämen uns hier sehr zustatten. Der Mann, nach dem wir in Zusammenhang mit den Kindermorden suchen, ist zweifellos geisteskrank oder mindestens nicht ganz normal. Immer vorausgesetzt natürlich, daß es sich um nur einen Mann handelt.«

»Sie meinen doch nicht – es werden doch nicht mehrere sein?« fragte Miss Seeton erschrocken.

»Hoffentlich nicht. Aber ein Verbrechen, das so ausführlich in den Zeitungen behandelt wird, hat oft Nachahmungen im Gefolge. Und hier ist das besonders einfach. Man braucht nicht viel Kraft, um die Hände zu kreuzen, dem Opfer von hinten eine Drahtschlinge über den Kopf zu werfen und fest zuzuziehen, damit es sich nicht wehren kann. Das brächte auch eine Frau oder sogar ein Kind fertig.«

»Ja«, sagte Miss Seeton mit gerunzelter Stirn. »So hatte ich mir das noch gar nicht vorgestellt. Sie suchen also jemanden, der nicht sehr kräftig ist. Das macht es irgendwie verständlicher, obwohl es natürlich schrecklich bleibt.«

»Wieso verständlicher?« fiel Delphick ein.

»Wieso? Weil – weil – nun, wie Sir Hubert schon sagte: wegen der Kinder.«

»Wegen der Kinder?«

Einen Augenblick war sie verwirrt. »Ja ..., wenn der andere schwach ist – und klein ..., dann ..., ich meine, Kinder tun so etwas vielleicht, um sich zu behaupten ... sich wichtig zu machen oder so ..., und deshalb müssen sie dann jemand kleineren angreifen, genau wie Sie sagten.«

»Danke, Miss Seeton«, erwiderte Sir Hubert lächelnd. »Ich sagte es nicht – Sie haben es gesagt.« Das war eine neue Idee, eine Gewichtsverlagerung sozusagen. Vielleicht half sie ihnen weiter. Delphick hatte das erkannt: Die komische kleine Figur da hatte mehr gesunden Menschenverstand als manche anderen. Aber der heutige Tag war anstrengend gewesen für sie. Schade, das mit der Zeichnung. »Wir sollten nun endlich aufhören mit der Fachsimpelei und Ihnen ein bißchen Ruhe gönnen, nach diesem Morgen«, entschuldigte er sich.

Sie sah bedrückt aus. »Es tut mir so leid, daß nichts dabei herauskam«, sagte sie.

»Durchaus nicht. Aber mir tut es leid, daß wir Sie bitten mußten, ins Leichenschauhaus zu kommen und einen Toten anzusehen. Keine sehr erfreuliche Sache.«

»Aber nein, das hat mir nichts ausgemacht«, protestierte sie. »Natürlich sucht man sich so etwas nicht gerade aus, aber ich habe schon mehrere gesehen – Leichen meine ich –, als ich jung war. Nur waren die natürlich in Teile zerlegt.«

»Selbstverständlich.« Sir Hubert gab sich geschlagen, das hörte man ihm an. Der Sergeant mochte sich vorkommen wie *Alice im Wunderland* – ihm selbst war eher zumute wie *Hänschen im Zauberwald.* Er verstand nichts mehr.

Auch Sergeant Ranger seufzte tief. Die Worte hatte er zwar verstanden, nicht aber ihren Sinn. Wie kam es, daß das Orakel immer alles verstand? Sir Hubert sah auch vollkommen ratlos aus.

»Im Krankenhaus?« fragte Delphick heiter.

Dankbar wandte sie sich ihm zu. »Ja. Heute gibt es so praktische Figuren, Männer und Frauen, ganz zum Auseinandernehmen, auch Hunde, glaube ich – aber damals mußte man sich auf Bücher verlassen, und wenn die Bilder auch sorgfältig gemacht waren – ich meine die Muskeln und Knochen –, es war doch nicht dasselbe wie ein richtiger Körper. Und Anatomie ist so wichtig. Ich war sehr froh, als mir das Krankenhaus erlaubte, die Anatomiekurse zu besuchen.«

»Hat Ihnen das denn geholfen?« fragte Sir Hubert.

»Nein, eigentlich nicht. Jedenfalls nicht so, wie ich mir es vorgestellt hatte. Die Sehnen und Muskeln waren natürlich alle greifbar da, aber sie hatten kein Leben mehr. Gerade wie die Zeichnungen. Sie bewegten sich eben nicht mehr.«

Schweigen. Mühsam unterdrückte Ungeduld vertiefte das Hellrot in Gosslins Gesicht zu dunklem Violett. Delphick prüfte eingehend das Teppichmuster. Sir Hubert mußte etwas tun; er stand auf und sagte:

»Sie bewegten sich nicht mehr. Nein.« Die Stimme stieg fast ins Falsett. Er trat ans Fenster und wechselte die Tonlage. »Das konnte man eigentlich auch kaum erwarten, nicht wahr? Daß sie sich bewegten, meine ich. Das ging ja nicht mehr.« Er wandte sich wieder ins Zimmer. »Ganz klar. Wär ja unnatürlich gewesen, sonst.« Die Stimme verlor sich.

Von hier aus und aus diesem Gesichtswinkel sahen Miss Seetons Skizzen ganz anders aus. »Was sollen eigentlich die Querlinien über dem Gesicht bedeuten?« fragte er.

Miss Seeton war äußerst verlegen. »Ich weiß auch nicht. Eigentlich wollte ich das gar nicht – ich konnte ...«

Sir Huberts Blick ruhte noch immer auf der Zeichnung. »Von hier aus sieht es beinahe wie eine Briefmarke aus.«

»Allmächtiger!« Der Sergeant beugte sich ungestüm vor. Der Teller unter dem Stuhl brach krachend in zwei Teile, als sein Absatz darauf trat. Bevor er sich entschuldigen konnte, schnarrte es aus dem kleinen Kästchen auf Sir Huberts Schreibtisch. Er drückte auf einen Schalter und sagte:

»Ja?«

»Der Beamte mit dem Wagen für Miss Seeton ist da«, sagte eine Stimme. »Er soll sie nach Charing Cross bringen.«

»Danke.«

Man verabschiedete sich, und die Tür fiel hinter der Besucherin ins Schloß. Drei Augenpaare richteten sich durchbohrend auf den sichtlich zusammensinkenden Sergeant. Der Assistant Commissioner nahm seinen Platz wieder ein.

»Vielleicht haben Sie die Freundlichkeit, Sergeant, uns zu erklären, was Ihr Anruf des Allmächtigen zu bedeuten hat.«

»Das Postamt, Sir. Das Postamt in Lewisham.«

»Und was ist damit?«

»Da war doch kürzlich der Überfall.«

»Und –?«

»Weiter nichts, Sir. Mir fiel nur auf einmal das Zusammentreffen auf.«

»War das eine Poststelle?«

»Ja.«

»Aha. Nun, in Anbetracht der Tatsache, daß jeden Tag mehrere Poststellen überfallen werden, wäre es vielleicht noch erstaunlicher, wenn diese verschont geblieben wäre.« Sir Huberts Blick fiel wieder auf die Zeichnung, die vor ihm auf dem Tisch lag, und wanderte dann zu Delphick hinüber.

Er schüttelte den Kopf. »Unsinn, Mann. So was gibt's gar nicht. Viel zu weit hergeholt.« Wieder sah er die Skizze an. »Absurde Idee«, sagte er langsam und fügte dann schneller hinzu: »Und Ihnen, Sergeant, täte mal wieder Streifendienst not, wenn Sie sich solche Schlußfolgerungen einfallen lassen.« Er drückte den Schalter herunter und sagte zu dem Kästchen: »Erkundigen Sie sich in allen Orten, wo wir einen Kindermord hatten, ob ungefähr um die gleiche Zeit dort eine Poststelle überfallen worden ist. Aber bitte umgehend, ich brauche die Antwort sofort.«

»Sir –?«

»Was ist?« fuhr er Delphick über die Schulter an.

»Oder ob sonst irgendwas passiert ist«, soufflierte Delphick.

»Ja, natürlich. Und ob sonst irgendwas passiert ist«, schärfte er dem Kästchen ein. »Irgend etwas Ungewöhnliches, das sich innerhalb von acht bis zehn Tagen vor oder nach dem Mord ereignete. Und ich möchte sofort Meldung haben.«

Nach wenigen Minuten schnarrte das Kästchen von neuem. Ohne auf Sir Hubert zu warten, begann es zu reden, sobald sein Finger den Schalter berührte.

»In allen Fällen –« die schnarrende Stimme klang aufgeregt – »sind Poststellen ausgeraubt worden, und zwar im Umkreis von einer Meile vom Tatort. Beim erstenmal waren es zehn Tage vor der Tat, dann wurden die Pausen immer kürzer, der Überfall in Lewisham war erst vor fünf Tagen. Brentwood, West Malling und Richmond melden leichte Zunahme an Diebstählen aus Häusern und Wohnungen ihres Bezirks in der gleichen Zeit. In Wimbledon und Lewisham wird die Sache noch geprüft, die melden sich später.«

Sir Hubert seufzte, bedankte sich und schaltete ab.

Die vier Männer starrten einander an. Die Pausen wurden kürzer ... Chief Superintendent Gosslin faßte es in Worte.

»Die Sache wird spannend. Unser Freund findet offenbar Gefallen daran. Kann sich nicht mehr so wie früher zusammennehmen. Aber das mit den kleinen Diebstählen verstehe ich nicht recht. Paßt gar nicht zu dem anderen.« Er blickte auf Sir Huberts Schreibtisch hinunter und schüttelte den Kopf. »Man stelle sich bloß vor: wir wären noch lange nicht darauf gekommen, wenn die meschuggene kleine Person mit dem Gesicht besser zu Rande gekommen wäre.«

Die Besprechung mit Dr. Knight hatte gar nichts ergeben: keinerlei Angstneurose, kein Anzeichen von Rheuma oder irgendwas, kein Versagen der Reflexe – eher das Gegenteil. Kein Anzeichen für Muskel- oder Sehnenzerrung, kein Anzeichen für Blutarmut, kein Anzeichen für die Nachwirkung eines Schlaganfalls und kein vernünftiger Grund zu der Annahme, daß ein Schlaganfall vorgelegen hatte. Eine ganze Sammlung von negativen Anzeichen und ein nicht vorhandener vernünftiger Grund, aus dem sich nichts schließen ließ, denn die Vernunft sagte ihr, daß irgend etwas los sein mußte, und die Besorgnis blieb.

Miss Seeton ging durchs Dorf zurück nach Hause und überlegte, was zu tun sei. Eins stand fest; sie mußte ihre Arbeit an der Schule sofort aufgeben und nicht bis nach den Sommerferien warten, wie es ihr Plan gewesen war. Heute abend noch wollte sie der Direktorin schreiben. Ihre Wohnung konnte sie kündigen, innerhalb einer Frist von vier Wochen. Aber wenn sie jetzt den Sprung wagte, alle Verbindungen in London aufgab und ganz in das kleine Dorf zog, wo der einzige Beruf, von dem sie etwas verstand, nicht gefragt war, und wenn die Preise wie üblich in die Höhe gingen und ihr Einkommen sich verringerte, wie es leider ebenfalls üblich war: Wie sollte sie dann auskommen? Wenn man sich nichts vormachte, gab es da nur eine Antwort: sie mußte einen neuen Beruf erlernen. Aber welchen? Ob sie vielleicht maschinenschreiben lernen konnte? Ob es wohl lange dauerte, bis man so etwas gelernt hatte? Und dann kam noch die Anschaffung einer Maschine hinzu. Andererseits konnte sie natürlich sehr gut ohne Martha auskommen, das würde auch etwas sparen; und wenn man sein eigenes Haus sauberhielt, dann konnte man natürlich auch bei anderen Leuten putzen, und ›jemand fürs Grobe‹ – ›Raumpflegerinnen‹ hießen sie ja wohl heutzutage, komisch, wie sich die Sprache änderte – war immer schwer zu finden. Am Schwarzen Brett in der Poststelle hingen eigentlich immer mehrere Zettel mit der Aufschrift ›Haushaltshilfe gesucht‹; aber daß mal ›Haushaltshilfe geboten‹ wurde, kam so gut wie nie vor.

Sie lächelte freundlich und sagte: »Guten Morgen.«

Keine Antwort. Das blasse Gesicht blieb unbeweglich. Eine halbe Sekunde hatte das Mädchen im Vorbeigehen gezögert und sie mit den furchtsamen Augen gestreift.

Ach ja, das war das junge Ding aus dem Wagen, unter welchen Effie beinahe geraten wäre. So schüchtern ... Oh, hier war die Poststelle; ihr fiel ein, daß ihr Kaffee fast alle war.

Mit der Kaffeetüte in der Hand blieb Miss Seeton im Laden stehen und besah sich das Büchergestell in der Mitte. Reichlich bunt, die Umschläge, sogar etwas grell; dabei gefielen ihr die weniger auffallenden meistens besser. Ja, da waren sie ja, die hatte sie doch schon mal gesehen, diese Blitzlehrgänge. *Banklehre in 30 Minuten.* Schöne Bank mußte das sein. Auch anderes gab es: *Beherrschung der Gefühle in 30 Minuten* – das war eigentlich reichlich lang. Sie überflog die übrigen Titel. Ja, da war's: *Maschinenschreiben in 30 Minuten.* Ach, sie würde sicher länger brauchen. Sie nahm das Heft und trug es zum Ladentisch. Es war nicht teuer und brachte einen vielleicht auf Ideen. Beim Hinausgehen warf sie einen Blick auf das Schwarze Brett. Ja, da waren drei Zettel mit ›Haushaltshilfe gesucht‹ und – tatsächlich, was für ein

Zufall! Das kam wirklich nicht oft vor – ein Zettel, auf dem es hieß: ›Hausarbeit gesucht‹.

Miss Seetons Stimmung hatte sich gehoben. Leicht beschwingt schritt sie die Straße hinunter. Man mußte nur suchen, dann fand sich für die meisten Probleme eine Lösung. Das ruhige Leben hatte eigentlich nur einen Nachteil: die geistige Elastizität ließ nach.

Was Dr. Knight von Miss Seeton und ihrem ruhigen Leben hielt, ging aus der Bitte hervor, die er nach dem Fortgehen seiner Patientin an seine Tochter Anne richtete: »Hat dein langer Freund von der Polizei nicht in irgendeinem Winkel noch einen ungelösten Mordfall rumliegen, mein Mädchen? Die kleine Miss Seeton war bei mir – ihr fehlt ein Wespennest zum Reinstechen, und nun ist sie ein bißchen in 'ne Sackgasse geraten und findet nicht mehr raus. Ich konnte ihr auch nicht viel helfen, aber vielleicht versuchst du mal, sie da rauszulocken?«

»Niemand zu Hause?«

Miss Seeton öffnete die Küchentür und blickte in den Flur. »Oh – das ist aber nett. Bitte entschuldigen Sie, aber meine Tür hier war zu, da habe ich Sie nicht gehört. Ich mache gerade Kaffee, trinken Sie eine Tasse mit?«

»Ich? Wahnsinnig gern.« Anne war es nicht ganz wohl bei dem Auftrag ihres Vaters. Leicht gesagt: ›Versuch du mal, sie da rauszulocken‹ – aber wie machte man das? Miss Seeton war viel zu vernünftig, um sich irgendwelche nichtvorhandenen Krankheiten einzubilden. Und wenn es mit einer Zeichnung zusammenhing, die sie nicht fertigbrachte oder nur halb fertigbrachte, dann lag das vielleicht an der Zeichnung selbst. Am besten sah man sich das Bild einfach mal an, dann konnte man eher was sagen. Aber wie konnte man darum bitten, ein Bild sehen zu dürfen, von dem man eigentlich gar nichts wissen sollte, und dann die Künstlerin beruhigen, wo man doch im Grunde von Kunst überhaupt nichts verstand?

Anne nahm Miss Seeton das Tablett ab und trug es ins Wohnzimmer. Miss Seeton schenkte ein.

Anne rührte mit dem Löffel in ihrer Tasse. Ohne Umschweife drauflos, das war sicher das beste. »Ich – eh ... vielmehr mein Vater ...« Sie hielt inne, und Miss Seeton sah sie fragend an. »Sie waren doch heute morgen bei meinem Vater, nicht wahr?« Miss Seeton blickte sie erstaunt an, und Anne fuhr eilig fort: »Nein, nein, er hat mir natürlich nichts gesagt, das würde er nie tun. Aber ich bin doch seine Sprechstundenhilfe, und darum ... Er meinte ..., äh ... Sie wären nicht so recht zufrieden gewesen mit seiner Diagnose, und darum hat er mich zu Ihnen geschickt. Vielleicht kann ich Ihnen helfen.«

»Ach – das ist wirklich sehr freundlich von Ihrem Vater, sich so viel Gedanken zu machen. Aber, Miss Knight – ach nein, wie werden Sie genannt: Schwester –? Ich weiß das nie so richtig.«

»Am liebsten wäre mir, Sie nennen mich Anne«, entgegnete ihr Gast lächelnd. »Es hängt mit den Zeichnungen zusammen, ja?«

»Ja, zum Teil schon.« Ogottogott, wie schwierig es war, das zu erklären. »Sehen Sie, mein rechter Arm – nein, eher die rechte Seite, die Seite des Bildes – die will einfach nicht. Ich krieg und krieg sie nicht hin. Deshalb dachte ich, rechts ist irgendwas nicht in Ordnung. Mit dem rechten Arm, meine ich.« Sie dachte nach. »Vielleicht habe ich mich nicht ganz klar ausgedrückt.«

Anne lachte. »Na ja, besonders klar nicht. Aber das ist doch alles schon ein paar Tage her, oder? Sie sind seitdem in London bei Scotland Yard gewesen und haben dort eine Zeichnung gemacht, und die war ganz prima. An Ihnen kann es also nicht liegen.«

»Ach, die war ja noch schlimmer«, beteuerte Miss Seeton und brach dann ab. Ob man darüber reden durfte ...? Und woher wußte Miss ... wußte Anne das eigentlich?

Anne erkannte, was die alte Dame beschäftigte. »Jeder im Dorf weiß, daß die Polizei nach Ihnen geschickt hat. Das ist das Gespräch des Tages.«

»Dumm von mir«, meinte Miss Seeton. »Ich hatte gar nicht überlegt, daß jemand davon Notiz nehmen könnte.«

»O doch, es kursieren die abenteuerlichsten Vermutungen, daß ich gestern abend einfach Bob anrief und ihn fragte, was denn nun wirklich los sei. Er hat mir natürlich nichts gesagt – Sie wissen ja, wie die Polizeileute sind: wie Löschpapier. Alles saugen sie auf, aber nichts geben sie weiter.«

»So wichtig war es auch gar nicht«, erklärte Miss Seeton. »Alles, was sie wollten, war eine Art Porträtskizze, weil sie kein Foto hatten.«

»Ich weiß gar nicht, was Sie wollen«, beharrte Anne, »es war doch großartig. Bob hat mir erzählt, sie seien alle wild begeistert von dem, was Sie da gezeichnet haben, und das Orakel – ich meine Superintendent Delphick – findet, Sie wären der größte Künstler seit Rembrandt, und soviel ich weiß, hält er Sie sogar für noch größer.«

»Aber ich ...«

»Nichts aber. Tatsache. Irgend etwas an Ihrer Zeichnung hat die Polizeileute auf eine Spur gebracht, und jetzt sind sie alle emsig dabei, die Spur aufzunehmen.«

Miss Seeton spreizte hilflos die Hände. »Ich ..., also das verstehe ich nicht.«

»Haben die Ihnen denn etwa gar nichts gesagt?« Fünfundzwanzig Jahre Lebenserfahrung gaben Anne das Recht zur Empörung. »Typisch Männer. Unmöglich.« Sie stellte die Tasse hin. »Bitte, Miss Seeton, erzählen Sie mir doch mal Ihren Kummer von Anfang an, ja?«

»Gern, ja. Ich hatte versucht, Effie Goffer zu zeichnen.

Martha hatte mir nämlich berichtet, Mrs. Goffer wollte gern ein Bild von ihr haben.« Sie lächelte ein wenig. »Martha meinte, das dürfe mir doch nicht schwerfallen. Aber das ist es ja gerade – es fällt mir außerordentlich schwer. Ich dachte, am besten ziehe ich mich mit irgend etwas Modernem aus der Affäre, wissen Sie, und nur hier und da eine Andeutung von Effie. Dreimal habe ich es versucht, und jedesmal kam dasselbe dabei heraus. Ganz schrecklich.«

»Darf ich es wohl mal sehen?«

Miss Seeton zögerte,

»Bitte!« drängte Anne. »In London haben Sie doch offenbar genau das Richtige getan, nun wollen wir mal sehen, was man mit diesen Zeichnungen anfangen kann.« Und als Miss Seeton immer noch schwankte, riet sie freundlich: »Nur zu – her mit den Toten, damit wir sie anständig begraben können.«

Zögernd ging Miss Seeton zum Schreibtisch, zog die untere Schublade heraus und entnahm ihr eine dicke Mappe. Sie legten sie auf den Fußboden, lösten die Verschnürung und hockten sich dann daneben, um den Inhalt zu untersuchen.

»Ich glaube, ich hab' sie irgendwo ganz unten reingeschoben«, meinte Miss Seeton, »weil sie so scheußlich waren. Aber wegwerfen mochte ich sie auch nicht – jedenfalls so lange nicht, bis ich begriffen hatte, was eigentlich los war.«

Anne war beim Umblättern und stieß plötzlich einen Schrei des Entzückens aus. »Oh – wann haben Sie dies hier gemacht? Das ist einfach himmlisch.« Miss Seeton lief blutrot an. ›Dies hier‹ war eine Karikatur von Bob Ranger – mit völlig ratlosem Gesicht, im Fußballdreß, mit Ringelstrümpfen und flatterndem Schal; er jagte dahin, und die Rote Königin aus dem Wunderland – alias Miss Seeton – rannte vor ihm her, mit der einen Hand hielt sie seine Hand und mit der andern ihren Regenschirm gepackt. »Oh – könnte ich das von Ihnen kaufen? Es ist wirklich irrsinnig komisch – und so ganz Bob! Genauso sieht er oft aus.«

Miss Seetons Verlegenheit wich; sie freute sich. »Von kaufen kann keine Rede sein – aber wenn Sie es haben möchten, will ich es Ihnen gern schenken.«

Impulsiv beugte sich Anne vor und gab ihr einen Kuß. »Das ist sehr lieb von Ihnen.«

Die Röte vertiefte sich. »Unsinn. Ihr Vater war so freundlich zu mir, heute morgen – und dann wollte er keine Bezahlung annehmen, das war gar nicht recht und mir sehr peinlich.«

»Das konnte er auch nicht«, lachte Anne. »Er nimmt keine Privatpatienten mehr an, er arbeitet nur noch in beratender Funktion für die Klinik in Brettenden, und sonst nehmen wir nur Notfälle. Aber nun mal weiter –« Sie wandte sich wieder den Bildern zu. »Oh –!« Sie zog eine der Skizzen von Effie Goffer aus dem Haufen heraus. Miss Seeton hielt die beiden anderen in der Hand. Herrgott, dachte Anne, hätte sie doch bloß nichts von ›Toten begraben‹ gesagt. Denn das war es, was sie vor sich hatte, man sah es deutlich – drei Totenbilder.

Es klopfte, und Miss Seeton erhob sich, ging zur Haustür und öffnete. Vor ihr stand eine Dame. Miss Seeton musterte sie hingerissen. Ungemein interessant, dieser Knochenbau des Gesichts. Ganz ungewöhnlich. Und wunderbare Farben – wunderbar aufgetragen jedenfalls. Bis auf die Augen, natürlich. »Ja –?«

»Bin ich hier richtig bei Seeton?«

Miss Seeton blinzelte erstaunt. »Ja, ich bin ...«

»Schön.« Mel Forby trat ein. Miss Seeton trat einen Schritt zurück.

»Wer ist da?« rief Anne.

Miss Seeton trat ins Wohnzimmer. »Ach lassen Sie nur, Anne – ich räume das schon auf.« Sie vergaß ihre Besucherin und ließ sich auf dem Boden nieder, um die Zeichnungen einzusammeln.

Mel Forby stand in der Tür und sah ihr zu. Natürlich – jetzt fiel es ihr wieder ein: Die kriegerische Seeton gab ja Zeichenunterricht. Das hier waren wahrscheinlich zwei ihrer Schülerinnen: eine vertrocknete ältliche Jungfer – sicher malte sie grüne Felder, blaue Himmel, und seitlich vielleicht eine Kuh – und dann diese Kleine da – Anne langte nach einem Blatt Zeichenpapier – aha, also kein Kind mehr, sondern ein junges Mädchen.

»Lassen Sie sich nicht stören; ich kann warten.« Sie sah sich um. Gott sei Dank, Möbel gab's. Immerhin, besser man stellte sich auf guten Fuß mit den beiden – machte sich sozusagen mit den Eingeborenen vertraut. Bloß mit diesem engen Rock... Vorsichtig ließ sie sich auf die Knie nieder. »Kümmern Sie sich gar nicht um mich. Bloß wenn Ihre Lehrerin wiederkommt, hätte ich gern ein Wort mit ihr gesprochen.«

Anne starrte sie an. Dann sprachen sie und Miss Seeton gleichzeitig.

»Verzeihung«, sagte Anne, »Miss Seeton hat...«

»Verzeihung«, sagte Miss Seeton, »ich glaube, ich hatte Sie nicht ganz...«

Beide sahen sich an und sagten dann: »Verzeihung.« Beide hielten an.

»Entschuldigen Sie – mein Fehler. Ich komme vom *Daily Neg*... Also jetzt Moment mal. Sagten Sie Miss Seeton? Soll das heißen, daß das Miss Seeton ist?«

»Selbstverständlich«, sagte Anne.

Jetzt verlor selbst Mel Forby einen Augenblick die Fassung. »Ich brech' zusammen. So was von Blamage – das bringt mich um, auf der Stelle. Die Müllabfuhr kann mich abtransportieren. Und schicken Sie die Rechnung an den Lokalredakteur von *The Daily Negative* – der hat mir dies eingebrockt, da kann er auch den Transport bezahlen.«

»Sie sind also Reporterin«, sagte Anne entrüstet. »Wie können Sie hier so hereinplatzen?«

Mel hatte sich gefaßt und grinste jetzt über das ganze Gesicht. »Aber Süße – ich bin doch ganz friedlich hereinspaziert. Wo ich hereinplatze, da wächst kein Gras mehr. Aber lassen Sie uns mal vernünftig reden. Ich bin hergeschickt worden, um meine bescheidenen Kräfte mit einer Kraftamazone zu messen, die als streitbare Schirmlady zu Ruhm gelangt ist, und darf mich nicht von der Stelle rühren, bis ich rausgefunden habe, wo der Holzwurm tickt.« Sie machte eine Geste in Richtung auf Miss Seeton. »Und das hier finde ich vor. Ich geb's auf.«

Anne fühlte sich fast hingezogen zu der seltsamen Besucherin. »Warum kann man die arme Miss Seeton nicht in Ruhe lassen? Das ist wirklich nicht fair.«

»Was ist heutzutage schon fair? Wenn ich abzwitschere, kreuzt der nächste hier auf. Die Kehrseite des Ruhms ist die Presse. Also, nun mal raus mit der Story.«

»Es gibt gar keine Story«, protestierte Anne.

»Aber Kindchen, doch nicht mit mir! Bevor ich hierherkam, habe ich mich ein bißchen im Dorf umgehört und genügend Klatsch zusammenbekommen, um die Titelseite zu füllen. Miss S. ist verhaftet; sie ist gegen Kaution freigelassen; nein, aus Mangel an Beweisen; sie hat versucht, ein Kind unter einen Wagen zu schubsen . . .«

»Effie Goffer!« rief Anne. »Das kleine Biest denkt sich die tollsten Geschichten aus.«

Mel beobachtete Miss Seeton. »Nicht hingucken«, raunte sie Anne zu. »Was macht sie denn da?«

Anne wandte sich um. Für Miss Seeton war die Umwelt versunken. Durch Yogaübungen trainiert, hatte sie sich mit gekreuzten Beinen auf dem Boden niedergelassen. Mit der Mappe auf den Knien, ein Blatt Papier vor sich und den Zeichenstift in der Hand, war sie völlig vertieft in ihre Arbeit.

»Hallo, Miss S.« Mel Forby beugte sich vor und hielt ihr die Hand hin. »Ich bin Mel Forby, Miss S. Freut mich sehr.«

Beschämt sprang Miss Seeton auf. »Oh, Verzeihung. Wie unhöflich von mir. Aber es war so interessant – ich mußte es festhalten. Tut mir wirklich schrecklich leid, ich ...« Sie sah das Tablett und sagte hastig: »Ich mache schnell frischen Kaffee. Dauert nur einen Moment.« Sie stellte die Tassen zusammen und blieb in der Tür stehen in der Ahnung, daß sie sich vielleicht nicht klar genug ausgedrückt hatte. »Die Knochen«, murmelte sie, lächelte und verschwand.

»Irgendwie find' ich sie goldig«, sagte Mel. »Was meint sie mit den Knochen?«

Anne beugte sich vor und betrachtete das Blatt, an dem Miss Seeton gezeichnet hatte. »Ihre Knochen, nehme ich an.«

Mel lehnte sich ebenfalls nach vorn und musterte die Skizze. Mit kühnen scharfen Strichen war da Mel Forbys Gesicht erstanden, bis zu den glänzenden, weich schattierten Augen. Sie trat an den Wandspiegel und prüfte das Make-up ihrer Augen: lauter harte schwarze Striche. Sie zuckte die Achseln. »Na schön – vielleicht könnte ich wirklich so aussehen –« Sie nickte der Zeichnung zu –, »was nützte mir das schon? Im Zeitungsfach muß man hart sein und auch so aussehen, sonst ist man verratzt.«

Anne lachte leise. »Sie können ja mal versuchen, so auszusehen und sich trotzdem nicht die Butter vom Brot nehmen lassen. Das wäre doch ein hübscher Überraschungseffekt.«

Mel zögerte, warf noch einen Blick in den Spiegel und zog nachdenklich eine Augenbraue empor. »Daran könnte – vielleicht – etwas Wahres sein.«

Miss Seeton erschien mit dem Kaffee, und Mel nahm ihr das Tablett ab und setzte es ostentativ auf ein niedriges Tischchen vor dem Kamin. Miss Seeton kniete sich hin und legte etwas Holz nach, und Anne sammelte die Skizzen ein und schob sie in die Mappe, die sie neben sich behielt, als sie sich jetzt hinsetzten, diesmal auf Sessel.

Anne war nervös. Die Zeichnung von Effie Goffer ging ihr nicht aus dem Kopf, und jetzt hatte sich diese Mel Forby hier eingenistet. Wie konnte sie allein mit Miss Seeton reden? »Wann geht eigentlich Ihr Zug?« wandte sie sich an die lästige Besucherin.

Die nachgezogenen Augenbrauen hoben sich. »Tja – wenn sich hier 'ne Suppe zusammenbraut, muß ich leider mitkochen. Tut mir leid, mein Engel, Sie werden sich für die nächsten Tage mit meiner Gegenwart abfinden müssen.«

Miss Seeton legte den Feuerhaken nieder und griff zur Kaffeekanne. »Was für eine Suppe denn?«

« Fangen wir doch mal an mit dem Leichenschauhaus in Lewisham. Die Yard-Leute haben Sie dahingebracht. Warum?«

Miss Seeton überlegte. Von Geheimhaltung konnte wohl keine Rede mehr sein, wo schon das ganze Dorf Bescheid wußte – wie Anne erzählt hatte. »Sie haben mich gebeten, eine Art Porträtskizze zu zeichnen, weil sie keine Fotos hatten. Offenbar gelingt es den Fotografen auch nicht immer, wenn sie tot sind. Ich meine die Opfer. Vielleicht wäre es am besten, wenn Sie sich mit Superintendent Delphick unterhielten«, schlug sie vor.

Anne war entrüstet. »Zu solchen Fragen haben Sie gar kein Recht.«

»Meinen Sie?« Mel wandte sich ihr zu. »Zufällig ist es aber mein Beruf, Nachrichten zu sammeln. Krumm oder gerade – kriegen tue ich sie.«

»Das ist es ja gerade«, gab Anne zurück. »Und wenn Sie sie haben, werden sie entstellt gebracht. Manchmal kommt es mir so vor, als ob die Zeitungen eigentlich nur an schlechten Nachrichten interessiert seien.«

Mel lachte. »Na klar. Schlechte Nachrichten sind gute

Nachrichten. Gute sind überhaupt keine. Für die Presse jedenfalls.«

»Das meine ich ja. Auf die Dauer leben Sie also von den Gefühlen anderer Menschen.«

»Aber Anne«, mahnte Miss Seeton, »das würde Miss Forby bestimmt nicht tun. Ich meine, die Dinge entstellt wiedergeben. Sie hat einfach ihre Arbeit zu tun, nicht? Es stimmt wohl, daß die Zeitungen manchmal das Hauptgewicht auf – na ja, meinetwegen auf schlimme Nachrichten legen, aber das muß im Grunde doch an den andern Leuten liegen, nicht? Ich meine, wenn sie das nicht gerade brauchten, dann würden sie's ja nicht kaufen, nicht? Die Zeitungen, meine ich. Wenn Miss Forby . . .«

»Sagen Sie einfach Mel, Miss S. Getauft bin ich Amelia, das ließ mir die Wahl: entweder gute Werke oder schlimme Absichten. Ich hab' ein kleines t hineingemogelt, und damit sitze ich nun da. Na wennschon. Alle nennen mich Mel, meine Nichtfreunde sagen liebste Mel, und wer mich nicht ausstehen kann, setzt noch ein Darling hinzu.« Sie wandte sich an Anne. »Wir wollen uns doch nicht streiten, Kindchen. Sie sind für Miss S., ich bin für Miss S., wozu also die Aufregung?« Anne lächelte noch etwas zögernd. »Wenn wir alle Fakten haben, dann helfen wir ja auch gern – meistens. Wenn nicht, dann müssen wir uns eben selber helfen.« Sie zuckte die Achseln. »Mein Redakteur hat gesagt: Dieser Fall brauchte die Hand einer Frau. Allmählich begreife ich, was er meint. Also, fangen wir noch mal von vorn an, ja? Sie hokken da auf Ihren Bildern wie eine Tigerin vor ihren Jungen. Was ist los damit?« Sie zeigte auf die Mappe und lachte. »Wenn mich nicht alles täuscht, dann sind Sie irgendwo an einem toten Punkt angelangt. Stimmt's?«

Anne blickte überrascht auf, aber Miss Seeton hatte nun genug. »Nein, das sind nichts als Skizzen und flüchtige Entwürfe. Die Mappe enthält rein persönliche Sachen.«

Mel schrie entzückt auf. »Rein – und persönlich? Das ist das erste Mal, daß einer mein Gesicht rein nennt, und bisher habe ich es immer für mein persönliches Eigentum gehalten.«

Ogottogott. Miss Seeton wand sich. Natürlich, die Skizze von den Gesichtskonturen. Ogottogott, das hätte sie nicht tun sollen. Furchtbar ungehörig. Irgend etwas hatte sie gedrängt. Es war so ein ungewöhnliches Gesicht: Die Augen paßten überhaupt nicht zu dem übrigen. Vielleicht nicht allzu wichtig, aber sie paßten nicht. Die harten dunklen Striche zerstörten das Grundthema der Züge: ein deutlicher Widerspruch. Aber das durfte man natürlich nicht sagen – das würde ja ein Kritisieren bedeuten. »Die Knochen«, murmelte sie, fing Mels Blick auf, errötete noch mehr und fügte eilig hinzu: »Nein, die Augen natürlich nicht. Die sind ganz falsch.« Sie biß sich auf die Lippen.

»Ja, mein Engel, das mit den Augen haben wir schon begriffen«, sagte Mel freundlich.

Anne brach auf einmal in Lachen aus; sie zog die Mappe zu sich heran, öffnete sie und sah Miss Seeton bittend an. »Ich glaube, es nützt uns nichts – wir werden, sie doch nicht mehr los.« Sie schnitt Mel eine kleine Grimasse. »Dann müssen wir's ihr eben sagen. Moment mal...«, sie griff nach einem Aquarell von der Dorfkirche, hübsch und langweilig, und warf es Miss Seeton in den Schoß. Auf der Rückseite sprang dem Beschauer Mel Forbys Gesicht entgegen, sorglos hingeworfen und voller Leben. »Sehen Sie?« sagte Anne triumphierend. »Wollen Sie jetzt immer noch behaupten, daß was mit Ihnen nicht stimmt?«

Miss Seeton betrachtete die Skizze; ein Stein fiel ihr vom Herzen. Es war natürlich nur mit wenigen Strichen hingewischt, aber es war doch vollständig. Nicht wie die andern, in keiner Weise. Und das bedeutete...

Mel Forby hatte die Zeichnungen in zwei Häufchen geordnet. Den größeren Stapel – sorgfältige Fleißarbeiten – schob sie mit dem Fuß beiseite. »Wertlos«, sagte sie. »Guter Durchschnitt, schade um die Mühe. Aber diese hier, die sind aus anderem Stoff.« Sie hielt die Blätter mit den Skizzen, Karikaturen und Zeichnungen hoch, unter denen sich auch die Porträts von Sergeant Ranger und Effie Goffer befanden. »Einfach Klasse. Brauchen Sie 'n Job, Miss S.? Soll ich die mal unserem Bildredakteur zeigen?«

Verlegen, doch erfreut schüttelte Miss Seeton den Kopf.

Anne griff nach einem der Bilder von Effie und fragte: »Die Zeichnung in Lewisham, war die ähnlich wie diese hier?«

»Nein – nein, das nicht.« Miss Seeton runzelte die Brauen. Anne hatte doch gesagt, das andere Bild habe sich als nützlich erwiesen; nur begriff sie eigentlich nicht recht wieso. »Nein – das andere, das war wirklich völlig mißlungen«, sagte sie entschuldigend. »Und dann habe ich es auch noch – gewissermaßen durchgestrichen.« Ohne es zu wissen, fuhr sie mit dem Finger durch die Luft. »Aber vielleicht – ach, ich bilde es mir sicher nur ein, aber –« jetzt wurde sie sicherer – »doch, da war ein Unterschied in den Gesichtshälften. Ganz sicher.«

»Gut – wenn Sie also nichts dagegen haben, dann schicke ich hiervon eins an Bob«, meinte Anne. »Sie sagen, Sie haben bei beiden die gleiche Schwierigkeit festgestellt. Glauben Sie dann nicht auch, daß da eine Verbindung besteht?«

»An Bob?« Mel Forby hielt die Zeichnung des jungen Mannes in die Höhe. »Meinen Sie die rechte Hand vom Orakel?«

Anne lachte und griff nach dem Blatt. »Ja – und das da möchte ich auch haben.« Ihr Blick blieb daran hängen. »Das hat Miss Seeton mir nämlich geschenkt – es gehört mir.«

»Und er offenbar auch«, meinte Mel, die sie beobachtet hatte. »Gratuliere, Kindchen, das ist 'ne ganze Masse

Mann.« Ihre Augen blickten träumerisch, aber der Mund blieb spöttisch. »Wissen Sie – ich fliege auf alles Romantische. Erzählen Sie mal: Wird Ihnen um die Mitte rum so richtig heiß, wenn Sie bei ihm sind?« Anne fuhr einen Moment zurück, dann blinzelte sie und nickte. Mel stand auf. »Dachte ich mir. Ich kenne das nämlich aus meiner Jugend, Kindchen – fallen Sie bloß nicht darauf rein. Magengeschwür. Das einzige Mittel ist Natron. Wiedersehen, Miss S., ich werde mein Bestes tun. Diese Sachen hier werden wir erst mal für uns behalten –« sie wies auf die Zeichnungen – »und sehen, wie der Fall weitergeht. Aber Zeitung ist Zeitung, da gibt's nix. Ich werde jetzt eine Art Vorspann schreiben und den Brennpunkt etwas ändern – sozusagen die Akzente verlagern. Bye-bye.«

Aus THE DAILY NEGATIVE vom 21. März

Idyllisches englisches Landleben

von Amelita Forby

I. Schirme

Das Wort kann die verschiedenartigsten Ideenassoziationen hervorrufen: Kämpfende Truppen verlassen sich auf den Schirm der Luftabwehr; der Kosmopolit denkt unwillkürlich an buntes Strandleben; der den Kontinent bereisende Tourist sieht fransengeschmückte Schattenspender über den zahlreichen Straßencafés; doch die meisten Menschen denken unwillkürlich an schwarze Pilzdächer unter prasselnden Regengüssen.

Hier im Dörfchen Plummergen, mitten im idyllischen Kent, hat das Wort noch eine andere Bedeutung, denn hier ist der berühmteste aller Schirme zu Hause: das Regendach der streitbaren Schirmlady.

Mancher Zeitungsleser gewann vielleicht im letzten Jahr den Eindruck, der Schirm sei ein stumm-gehorsames Instrument der

Lady. Weit gefehlt. Er ist ein mutiger und abenteuerlustiger Kämpfer für das Recht; rundgriffig, seidenschwarz und stahlbewehrt; so soll er, wie es heißt, jetzt zu neuen Taten antreten.

Unsere Leser dürfen jedenfalls mit sensationellen Entwicklungen rechnen.

4

Die Stammesfehden schwiegen; die kriegerischen Scharmützel waren einstweilen beigelegt. Das Dorf brauchte neue Abwechslung.

Vor wenigen Wochen war der alte Mr. Dunnihoe gestorben. Er hatte sich lange gehalten – länger, als man je erwartet hatte; und sein Tod hatte demütigende Folgen in der Bevölkerungsziffer mit sich gebracht. Man könnte zwar behaupten, daß der Unterschied zwischen vierhundertneunundneunzig und fünfhundert zahlenmäßig nur eins betrage; nach außen hin war jedoch der Unterschied beträchtlich, und das allein zählte. Jetzt aber waren zwei neue Ankömmlinge in Mr. Dunnihoes Häuschen unten am Kanal eingezogen; ferner war da Mrs. Scillicough, die ein Baby erwartete (ihrem Umfang nach wurden es mindestens Zwillinge, aber auch ein Wurf von vieren schien nicht ausgeschlossen), und damit war die Fünfhundertgrenze wieder sicher überschritten. Dann hatte außerdem ein junges Paar mit einem Jungen – Sohn oder jüngerer Bruder oder so was – den etwas verfallenen Bungalow *Saturday Stop* am Gemeindeanger unterhalb der Siedlung gemietet. Im *George and Dragon* war ein neuer Gast eingezogen. Miss Seeton war wieder da. Das alles lieferte reichlich Stoff zum Tratschen.

Das Trio im Bungalow fand allgemeine Zustimmung. Der junge Mann sah nett aus; man sah ihn allerdings nur selten, aber das war nur natürlich, er ging ja zur Arbeit. Welche Art Arbeit, das stand noch nicht fest; innerhalb von zwei Tagen ließ sich selbst in Plummergen keine lückenlose Personalakte herstellen. Den kleinen Jungen mochte jeder; er hatte ein sonniges Lächeln und nette Manieren. Traurig, daß er taubstumm war. Die Mutter – oder vielleicht auch die ältere Schwester – war wirklich nett, und das Netteste an ihr war der Zettel, den sie in der Poststelle angeheftet hatte. »Hausarbeit gesucht.« Als Referenz genügte den Hausfrauen das offene Gesicht und das freundliche Wesen, sie bewarben sich scharenweise um ihre Dienste. Die junge Frau bemühte sich, allen gerecht zu werden, und löste das Problem, indem sie sich morgens und nachmittags für je zwei Stunden verdingte und auf diese Weise wöchentlich acht Haushalte versorgte. Alle hofften, die kleine Familie werde sich entschließen, über die geplanten drei Monate hinaus zu bleiben oder sich sogar für immer im Dorf niederzulassen.

Das junge Paar in Mr. Dunnihoes kleinem Häuschen war nicht so beliebt. Beide waren sehr jung, wirkten irgendwie ablehnend und lebten auch ganz zurückgezogen; drei ungewöhnliche Eigenschaften, von denen die letzte am schwersten wog: Wenn Leute für sich sein wollten, hatten sie bestimmt etwas zu verbergen. Sie waren höchstens siebzehn oder achtzehn, also außerordentlich jung, und daß sie sich als verheiratet ausgaben, machte sie schon verdächtig. Es konnte natürlich stimmen, niemand bestritt die Möglichkeit, aber in diesem Alter war das doch ›zumindest unwahrscheinlich, nicht wahr?‹ Der Junge wurde abwechselnd als mürrisch, unsympathisch, Taugenichts oder Flegel bezeichnet; von dem Mädchen hieß es, sie sei dumm, verängstigt, halbtot vor Angst und ›na klar, er verhaut sie‹. In den acht Tagen seit ihrer Ankunft hatten sie jede nähere Bekanntschaft vermieden und auf alle überaus freundlichen und unpersönlichen Fragen wie: »Wann haben Sie denn geheiratet?«, »Wie alt sind Sie?«, »Woher kommen Sie?«, »Warum sind Sie gerade hierhergekommen?«, »Was sind Sie von Beruf?« nicht reagiert. Damit war das Urteil über sie gefällt. Die Schwester des Pfarrers hatte sie pflichtgemäß besucht und berichtet, sie fände sie sauber, ordentlich und sehr zurückhaltend. Natürlich war sie von ihrer Freundin, Miss Seeton, beeinflußt, die die beiden jungen Leute so ›schüchtern‹ gefunden hatte, was natürlich lächerlich war. Überhaupt: Ihre Verbindung zu Miss Seeton sprach eher gegen die beiden. Nach der gräßlichen Affäre mit Effie Goffer hatte man beobachtet, wie Miss Seeton sich mit ihnen unterhielt, außerdem hatte sie auch noch einmal mit der jungen Frau auf der Straße gesprochen.

Die Dame, die im *George and Dragon* abgestiegen war, gehörte einer anderen Kategorie an. Sie sprach mit jedem, stellte Fragen und hörte zu, was der Befragte antwortete. Ungewöhnlich und daher verdächtig. Sie redete wie die Filmleute; die unpassende Aufmachung und das Make-up ließen eine Schauspielerin vermuten. Irgend jemand hatte die Eintragung im Gasthaus gelesen und den Namen Amelita Forby erkannt als den der Modeberichterstatterin des *Daily Negative;* sie war also vermutlich ein Mannequin, und das war dasselbe wie Schauspielerin, bloß noch schlimmer. Sie war am gleichen Abend angekommen, an dem Miss Seeton aus London zurückkehrte, was wiederum den Schluß nahelegte: sie war Polizeibeamtin in Zivil; oder – wenn die Mannequinsache stimmte – sie war von der Polizei angeheuert, um Miss Seeton zu überwachen; nein, sie war eine Verbündete; keine Spur, eine Rivalin; eine Reporterin – wie sie behauptete – konnte sie schon gar nicht sein, denn zu berichten gab's hier nichts. Der Blödsinn, der da in *The Negative* gestanden hatte – na, darüber verlor man besser keine Worte.

Gerade genug, was man letztes Jahr mit dem Regenschirm alles erlebt hatte. Aber daß diese Miss Forby (wenn sie wirklich so hieß) was mit Miss Seeton zu tun hatte, war sonnenklar. Sie war gleich bei der ersten Gelegenheit zu Miss Seeton gegangen und fast eine Stunde im Haus geblieben, als Anne Knight gerade dagewesen war, die sich aber standhaft weigerte, einen Ton über diesen merkwürdig langen Besuch verlauten zu lassen, und das warf ja wirklich ein finsteres Licht auf die ganze Sache.

Finster. Bob Ranger stieß einen kleinen Überraschungsschrei aus und legte die Zeichnung auf seinen Schreibtisch.

Delphick kam gerade herein, ging durchs Zimmer und wandte sich um. »Wenn Sie 'n Schluckauf haben, trinken Sie 'n Schluck Wasser und halten Sie sich die Ohren dabei zu.« Er warf die Zeitung auf den Tisch, setzte sich, warf einen Blick auf den Eingangskorb und nahm seine Post auf. »Was hat eine Modejournalistin in Plummergen zu suchen? Und wie hat *The Negative* das überhaupt spitzgekriegt?« fragte er. Bob starrte ihn an. »Lesen Sie *The Negative* nicht?«

»Nein, Sir.«

Delphick warf ihm die Zeitung hinüber. »Da – Seite zwei.«

Mit wachsender Ratlosigkeit setzte sich Bob im Stuhl zurück und las *Schirme.* Der Tag konnte gut werden. Komisch – die bloße Erwähnung von Miss Seetons Namen schien die Dinge auf den Kopf zu stellen. Das Orakel machte Witze und redete vom Trinken mit geschlossenen Ohren; die Zeitung grub die Geschichte von der streitbaren Schirmlady wieder aus, und dann noch – dies hier. Er schob die Zeitung beiseite und besah noch einmal die Zeichnung. Er war erstaunt gewesen, als er Annes Schrift sah. Sie hatte ihm noch nie hierher nach Scotland Yard geschrieben. Es war auch eigentlich nur ein Notizzettel: *Liebling, mir gefällt dieses Bild von Miss S. nicht* – kein Wunder! – *ich fand, du müßtest es sehen und vielleicht dem Orakel zeigen, wenn du meinst.* – Was meinst? – *Sie wollte hier im Dorf ein Kind zeichnen, und jedesmal ging es schief* – weiß Gott, schief war es – *dreimal hat sie es versucht.* Dreimal...? Er blickte hinüber auf die andere Zimmerseite. Über Delphicks Schreibtisch hing eine kleine Wolke. Lieber noch einen Augenblick warten.

Delphick nahm den Hörer auf. Seine Stimme klang leicht gereizt. »Rechnungsabteilung, bitte.« Während er wartete, glättete er einen zerrissenen Umschlag und las den Inhalt noch einmal durch. »Rechnungsabteilung? Hier Superintendent Delphick. Guten Morgen. ...ja, können Sie. Ich habe hier einen Scheck, ausgestellt auf Mrs. Delphick und ebenso adressiert.« Bob hörte begeistert zu. »Die Nummer? Null neun vier sechs zwei sieben eins eins.« Er lächelte dünn, als er Bobs gespanntes Gesicht sah. »Sie wollen im Ordner nachsehen. Soll nicht lange dauern.« Dann sprach er wieder ins Telefon: »Schön. Und was steht in der Akte? Aha. Soso. Wenn es also stimmt, kann ich dann mal mit demjenigen sprechen, der die Akte unter sich hat?... Das geht nicht? Ah so.« Er blickte zu Bob hinüber und sagte: »Computer können nicht reden.« Wieder ins Telefon: »Vielleicht sind Sie so freundlich, mal eben selber herzukommen anstelle des Computers. Die Sache muß in Ordnung gebracht werden – und wenn Sie es mir erklären und ich es Ihnen erkläre und Sie es dem Computer erklären, dann kommen wir der Sache vielleicht schon näher... Danke schön, ja.« Er legte den Hörer auf. »Bob, wir sind in Gefahr. Unser Leben, unser Einkommen, unsere Mannheit: alles ist bedroht. Die haben da im Keller ein neues Monstrum aufgestellt, das mit uns machen kann, was es will. Es kann uns verheiraten, scheiden und sonst was mit uns anstellen; Widerrede gibt's nicht, weil es nämlich nicht reden kann.« Er wandte sich dem Eingangskorb zu und sah die Papiere auf dem Schreibtisch durch, bis es an der Tür klopfte. »Herein.«

Ein uniformierter Polizist trat ein und überreichte ihm ein Stück Papier. »Dies hier ist die Originalkarte, Sir. Was da draufsteht, das haben wir ihm eingefüttert.«

»Eingefüttert?«

»Ja – der Computer wird mit Karten gefüttert, genau wie ein Hund mit Hundekuchen. Er schluckt sie und verdaut sie, sozusagen, und dann kommt das Resultat raus.« Die Augen glänzten vor Begeisterung. »Ganz unfehlbar.«

»Aha.« Delphick betrachtete das Papier. »Und diese Meldung hier – hat man Ihnen das telefonisch durchgegeben?«

»Jawohl, Sir.«

»Dann ist mir alles klar. An der Aussprache hat's gelegen. Hier steht ›Delphick's Missus‹, es muß aber heißen ›Delphick's Miss S.‹«

Notizbuch und Bleistift traten in Aktion. »Wie bitte, Sir?«

Delphick beherrschte sich. »›Miss S.‹ muß es heißen. Der Scheck sollte einer Dame namens Seeton zugestellt werden. Klar?« Er blickte in zwei verständnislose Augen und merkte, daß seine Geduld dem Reißen nahe war. »Begreifen Sie denn nicht? Miss S., das soll Miss Seeton heißen, Mensch. Mi-i-ss S-e-e-t-o-n, abgekürzt Miss S. Verstanden?«

»Jawohl, Sir. Das habe ich verstanden.«

»Schön. Das Haus heißt *Sweetbriars*, und die Adresse ist Plummergen, Kent. So – wenn Sie das jetzt auf einen Hundekuchen schreiben und Ihrem Teufelsapparat da zu fressen geben, dann muß die Sache ja wohl stimmen.« Der Mann blickte zweifelnd. »Oder nicht?«

»Ja, Sir – hoffentlich. Er ändert nämlich seine Ansicht nicht gern, wenn er sie einmal gefaßt hat, aber in diesem Falle wird's ja wohl gehen. Er ist nämlich unfehlbar, Sir.«

»Danke.« Der Mann ging hinaus. »Und Sie, Bob – Sie

können aufhören, dreckig zu grinsen«, fügte er hinzu, als die Tür sich schloß. Er lehnte sich zurück und lachte. »Ha. Delphicks Missus. Wunderbar. Können Sie sich die ärmste Miss Seeton dabei vorstellen?«

Ja, Bob sah sie direkt vor sich. Wie machte sie das bloß? Fernsteuerung – sogar die Rechnungsabteilung hatte sie völlig durcheinandergebracht. Er hatte recht gehabt: es war ein echter Seeton-Morgen. Nichts stimmte mehr, aber wirklich gar nichts.

Der Superintendent unterbrach seine Überlegungen. »Geben Sie mir noch einmal die Akte.« Bob bückte sich und zog die unterste Schublade heraus. »Wir können nichts tun, als Schritt für Schritt weitermachen und hoffen, daß wir irgendwo irgendwas übersehen haben. Kann ja auch sein, daß mir ein paar Worte auffallen, die ich noch nicht auswendig kann.«

Die Akten über die Kindermorde hatten an Umfang erheblich zugenommen. Es stand schon beinahe fest und war keine Vermutung mehr, daß die Überfälle auf die Poststellen mit diesen Untaten in irgendeinem Zusammenhang standen. Mehr als siebzig Zeugenaussagen von den fünf überfallenen Ämtern lagen bis jetzt vor, und aus vielen Widersprüchen hatte sich ein klares Bild herausgeschält. Zwei Männer: einer mittelgroß, einer klein; schwarz angezogen – vielleicht Leder, wahrscheinlicher dunkle Arbeitsanzüge; Helme, Schutzbrillen mit schwarzen Masken oder – wahrscheinlicher – einem Stück Stoff, das von den Schutzbrillen herunterhing. Sie kamen und flüchteten auf Motorrädern. Der größere hatte eine Pistole und gab die Befehle. Der kleinere sprach nie ein Wort, er raffte die Beute zusammen und machte sich davon, während der andere, bevor er ebenfalls kehrtmachte, ihn deckte und jeden zu erschießen drohte, der Widerstand leisten wollte. Leider gab es bisher keinerlei Anhaltspunkte zur Identität der beiden. Die Diebstähle in

Wohnungen und Einzelhäusern hatten offenbar nichts mit den Überfällen oder den Kindermorden zu tun, aber ganz festlegen wollte sich Delphick auch darauf nicht einmal. Es schien sich, wie so häufig, um Gelegenheitsdiebstähle zu handeln; die Täter hatten keine Spuren hinterlassen, und die einzige Hausfrau, die einen Verdachtsmoment beisteuern konnte, bot gleich vier Verdächtige an: Sie war überzeugt, daß eine Küchenhilfe, die bei ihr gearbeitet hatte, die Schuldige war. Nur war dieser Verdacht nicht ganz ernst zu nehmen, denn sie schloß auch ihren Untermieter, ferner eine Nachbarin, mit der sie Streit gehabt hatte, und den Milchmann, den sie nicht leiden konnte – alle einzeln oder auch gemeinsam –, keineswegs ganz aus. Die Polizei mußte sich darauf beschränken, auf den nächsten Postüberfall zu warten, der nach dem gleichen System unternommen wurde; dann würde man die Ortschaft einkreisen und dem Killer eine Falle zu stellen versuchen.

Bob hatte wieder an seinem Schreibtisch Platz genommen und besah sich noch einmal Miss Seetons Zeichnung. Wenn er sie einfach behielt und dem Orakel gar nicht zeigte, würde sich vielleicht alles wieder beruhigen. Anne hatte ja nur geschrieben: Zeig es ihm, wenn du meinst. Schön. Er meinte nicht... Er würde gar nichts tun und kein Wort sagen. Er nahm das Blatt und Annes Brief in die Hand, ging hinüber und legte die Skizze quer über einen der offenen Aktendeckel auf Delphicks Schreibtisch. Delphick erstarrte. Er streckte die Hand aus, und widerwillig schob ihm Bob Annes Brief hin. Außer dem *Liebling* stand ja auch nichts Persönliches drin, bis auf – na ja, sie hatte vom *Orakel* gesprochen, was vielleicht nicht ganz – nicht ganz korrekt war. Delphick las den Brief und griff zum Telefon.

»Geben Sie mir Ashford in Kent. Chief Inspector Brinton. Und bitte schnell.« Er nahm einen zweiten Hörer. »Bitte Chief Superintendent Gosslin... Chief? Hier Delphick. Ich habe eben wieder eine Zeichnung von Miss Seeton vor mir. Sieht so aus, als ob jetzt Plummergen dran wäre. Ist der Assistant Commissioner zu sprechen? Gut, ja.« Er legte den Hörer auf. Im ersten Hörer quakte es. »Chris? Hier Delphick. Ich habe Grund zu der Annahme, daß ein Überfall auf die Poststelle in Plummergen bevorsteht. Könnten Sie dort anrufen und die Leute warnen? Gut. Ja, ich warte.« Er blickte Bob an. »Sie wissen auch nicht mehr, nein? Miss Knight hat nichts gesagt oder am Telefon erwähnt oder sonstwas?«

»Nein, gar nichts, Sir.«

Das zweite Telefon klingelte; er nahm den Hörer auf. »Hier Superintendent Delphick ..., oh – ja, Sir ..., ja, ich hab's hier vor mir ... Gut. Aber ich würde gern noch ein paar Minuten warten – ich habe gerade mit Ashford gesprochen und gesagt, sie sollen die Poststelle in Plummergen anrufen ... Nein, das Gespräch muß sofort kommen ... Ja, gut, Sir.« Er legte den Hörer auf. »Der A. C. kommt selber her.«

Bob kehrte an seinen Schreibtisch zurück. Na ja, was konnte man schon erwarten? Jetzt kam der Alte zum Orakel, anstatt umgekehrt. Sobald Miss Seeton ihre Hand im Spiel hatte, stand jede Ordnung kopf.

Delphick sprach wieder in den ersten Hörer. »Das ist doch gar nicht möglich ..., die Nummer *muß* sich melden, das ist doch ein Postamt ... Gut, ich warte – sagen Sie sofort der Störungsstelle Bescheid.« Erregt schwang er herum. »Bob – es scheint loszugehen. Haben Sie mitgekriegt, was passiert ist?«

»Jawohl, Sir«, sagte Bob ergeben. »Miss Seeton ist wieder mal auf dem Kriegspfad.«

Die Tür öffnete sich. Sir Hubert Everleigh trat ein, schloß sie hinter sich und ging geradenwegs auf Delphicks Schreibtisch zu. Der Superintendent wollte aufstehen, doch Sir

Hubert wehrte ab. Er nahm die Zeichnung und starrte sie mehrere Sekunden lang an. »Wo kommt das her?«

»Sie erinnern sich an Sergeant Ranger, Sir?«

»Natürlich.« Sir Hubert nickte Bob zu.

»Die Skizze kam heute morgen mit der Post.« Delphick hielt Annes Brief hoch und sah Bob an. »Darf ich?« Bob nickte stumm, und Delphick reichte seinem Vorgesetzten den Brief.

Ein Lächeln ging beim Lesen über Sir Huberts Gesicht. Der Katalysator funktionierte. »Kennen wir das Kind? Wer ist es?«

»Nein, aber wir...« Das Telefon klingelte. »Keine Antwort?« Delphick sah finster aus. »Dann würde ich mal allerschleunigst mit zwei oder drei Wagen..., ach, haben Sie schon? Prima. Und nun hören Sie zu, Chris, hier ist etwas Wichtigeres. In Plummergen wohnt ein Kind, ein Mädchen – ich weiß nicht, wie es heißt, aber das können Sie von Miss Seeton erfahren –« Das Telefon quakte. »Es ist möglich, daß das Kind das nächste Opfer auf der Liste ist... Ja, das werd' ich wohl. Ich will –« Delphick sah, daß Sir Hubert den Arm ausgestreckt hatte, und reichte ihm den Hörer, in dem es protestierend quakte.

»Hier spricht Sir Hubert Everleigh, Assistant Commissioner, Kriminalabteilung.« Das Quaken brach abrupt ab. »Ich bin der Meinung, daß der Verdacht des Superintendenten sehr wohl begründet ist. Ich rate Ihnen, das Kind Tag und Nacht bewachen zu lassen. Bisher ist es nur eine Annahme, aber wenn auf dem Postamt da etwas passiert ist, muß man mit dem Schlimmsten rechnen.« Das Telefon machte einen höflichen Vorschlag. »Eh – gut, ja.« Sir Hubert war einen Moment abgelenkt, weil Bob die Papiere auf Delphicks Schreibtisch zusammennahm und in eine Aktentasche steckte. »Das wollte ich auch gerade sagen. Ich wäre Ihnen also dankbar, wenn Sie im Dorf schon Zimmer reservieren ließen, in dem Gasthaus, wo ... Ja, ich nehme hier alles in die Hand. Spätestens in einer Stunde fahren sie hier ab. Ich danke Ihnen –« er las die Worte von dem Zettel ab, den ihm Delphick hingeschoben hatte – »Chief Inspector Brinton. Auf Wiederhören.«

Lebensmittel, frisch und konserviert, Bücher, Kleidung, Spielzeug, Porzellan und Glas. Ein Postamt sollte das sein? Quatsch – das war ein besseres Warenhaus. Mel Forby seufzte. Wenn sie hier wirklich den Rest ihrer Tage verbringen wollte, mußte sich Miss Seeton zunächst mal ein paar Aschenbecher zulegen. Ein einziger für eventuelle Gäste, den man dann mit sich herumschleppen mußte: Das kam nicht in Frage. Mel betrachtete die Auslage. Grün oder rosa? Am besten beides. Sie nahm den grünen in die Hand, um den Preis festzustellen.

Die Tür sprang auf, und zwei Motorradfahrer standen im Laden.

Miss Nuttel erschrak und ließ ihre Tüte mit Kaffeebohnen fallen. Sie platzte auf. Eine andere Kundin fuhr zurück, eine dritte quiekte.

Die Tür war jetzt geschlossen.

Motorradfahrer? Keine Spur, das waren doch ...

»Überfall«, gab der größere bekannt, der eine Pistole in der Hand hielt. »Wer sich rührt, kriegt 'ne Kugel in den Bauch. Los, dalli.«

Der grüne Aschenbecher flog durch die Luft, verfehlte sein Ziel und landete krachend hinter dem Mann mit der Pistole. Ein Knall, dann ein gedämpftes Fffft. Mel erstarrte; aus dem Augenwinkel ging der Blick verstohlen hinunter zu ihrem Hut, der am Boden lag. Hinter ihr stand wie eine Salzsäure die junge, zu Tode erschrockene Verkäuferin; auf ihren Kopf tropfte es, ohne daß sie es merkte, dick und rot aus der durchlöcherten Tomatenbüchse oben auf dem Regal.

Der kleinere der beiden Ganoven – eingepackt in schwarzes Arbeitszeug, Stiefel, Sturzhelm mit dunkler Brille und schwarz herunterhängendem Stoffetzen, der am Hals in den Kragen eingesteckt war – ging ohne Zögern auf die Klapptür hinter dem Ladentisch zu. Das Telefon klingelte. Mr. Stillman war gerade dabeigewesen, geriebenen Käse für eine Kundin einzupacken, und hielt schon den Karton in der Hand.

»Lassen Sie das«, knurrte der Mann mit der Pistole. Mr. Stillman gehorchte. Seine Frau, auf der Postseite der Klapptür, starrte ihn angstvoll an.

»Laß nur, Elsie, ich mach das schon.« Er wandte sich an den Mann neben der Tür. »Ich hab' die Schlüssel zum Safe. Wir ..., wir leisten keinen Widerstand.«

»Gut. Also dann los.«

Die wenigen Mittagskunden und die Verkäufer rührten sich nicht, als jetzt Mr. Stillman, den Karton noch in der Hand, hinter den Postschalter trat. Er schob die Briefmarken und Postanweisungen vom Tisch, kniete sich auf den Boden und stellte den Karton neben sich ab. Schlüssel rasselten, die Safetür schwang auf, Münzen klirrten, Papier raschelte. In wenigen Sekunden stand er wieder aufrecht, warf den Karton auf den Tisch, riß von einer Kleberolle einen langen Streifen ab und verschloß damit schnell und geschickt die Seiten des Kartons, aus dem noch eine Postanweisung herauslugte. Er nahm ihn auf und übergab ihn dem ungeduldig auf der anderen Seite der Klapptür wartenden schwarzmaskierten Räuber. Das Telefon klingelte. Der kleinere der beiden Eindringlinge ergriff den Karton, lief zur Tür, öffnete sie und rannte hinaus. Der andere schloß die Tür und blieb drohend stehen. Keiner rührte sich, bis auf Miss Nuttel. Lang und knochig stand sie da und schwankte, die Augen entsetzt auf die Verkäuferin gerichtet, welcher rote Ströme über Haar, Gesicht und Kleid liefen. Stärker schwankend brachte sie mit grünlichen Lippen hervor:

»Wa – wa – was …?« Sie taumelte und schlug zu Boden, mitten unter die Kaffeebohnen.

Das Telefon klingelte.

Liebe Zeit: Briefmarken. Nein, wie dumm. Sie hatte ja gewußt, daß etwas fehlte. Eilig war es allerdings nicht. Aber wenn man einen Brief geschrieben hatte, dann kam er einem immer noch ungeschrieben vor, bis er wirklich eingesteckt war. Da sie nun beschlossen hatte, den Sommer über doch noch an der Schule zu bleiben und ihren Posten erst zu den Ferien aufzugeben (weil sie jetzt sicher war, es würde gehen), war es höflicher, Mrs. Benn so bald wie möglich davon zu unterrichten. Ja, es war doch wohl besser, wenn sie sich jetzt aufmachte, dann konnte sie den Brief auch gleich einstecken. Sie ging nach unten, nahm ihren Mantel und Schirm und steckte den Brief an Mrs. Benn in die Handtasche.

Die Dorfstraße lag verlassen da. Ganz natürlich, jetzt um die Mittagszeit. Nur gut, daß Mr. Stillman seinen Laden über Mittag nicht schloß; alle andern taten es. Vor dem Postamt stand eine kleine Gestalt neben zwei Motorrädern. Ach ja, jetzt erkannte sie den Jungen, es war der Taubstumme. Schlimm, so ein Handikap, wirklich. Es wäre gewiß besser, ihn auf eine Sonderschule zu schicken, die bei solchen Kindern soviel erreichten. Manchmal ganz fabelhaft, hatte sie gehört. Erst mal brachte man ihnen das Hören bei – obgleich sie nicht ganz begriff, wie das möglich war, wenn sie doch nicht hören konnten. Und danach lernten sie dann das Sprechen. Manche brachten es so weit, daß man ihnen gar nichts mehr anmerkte.

Miss Seeton bog gerade in den Eingang zur Poststelle ein, als die Tür aufgerissen wurde und ein Motorradfahrer, schwarzgekleidet, ihr entgegenschoß. Sie prallte zurück und wurde umgerissen, wobei sie den Schirmgriff fallen ließ, aber sie packte ihn an der Spitze, die Krücke fuhr um ein Fußgelenk, und der Motorradfahrer ging ebenfalls zu Boden und ließ sein Paket fallen. Miss Seeton hob es auf, reichte es ihm hin und sagte:

»Hier – Ihr Päckchen.«

Die schwarze Gestalt kam wieder auf die Beine. Weit in der Ferne ertönte eine Polizeisirene. Der Fahrer stand mit dem Rücken zu Miss Seeton, zögerte einen Moment und sprang dann auf eins der Räder. Der Motor heulte auf, und die Maschine schoß die Straße hinunter nach Süden.

Na, so etwas von ungestüm. Glatt umgerannt hatte er sie. Auf Händen und Knien versuchte Miss Seeton aufzustehen, als die Tür aufsprang, eine zweite Gestalt herausstürzte und über sie stolperte; ein lauter Knall, neben ihr schepperte etwas zu Boden, auf der anderen Straßenseite krachte es, eine Fensterscheibe im Haus *Lilikot* zersprang in tausend Stücke, und der Motorradfahrer landete kopfüber auf dem Kantstein. Ein Telefon klingelte. Die Polizeisirene kam näher. Der Pistolenschütze sprang – jetzt ohne Pistole – auf die Füße und stürzte zu seiner Maschine. Noch einmal heulte ein Motor auf, und er jagte seinem Gefährten nach.

Also nein. Sie sah wirklich nicht, wie sie das hätte vermeiden können ... Es tat ihr natürlich sehr leid, daß die beiden so hingefallen waren, aber nein, ganz ehrlich: es war nicht allein ihre Schuld gewesen. Miss Seeton stand jetzt wieder auf den Beinen und wischte sich den Schmutz vom Mantel. Wo war denn ...? Ah ja. Sie bückte sich und hob die Pistole auf, die neben ihrem Fuß lag. Der laute Knall fiel ihr ein. Sehr gefährlich, so was. Und wo war denn das Paket geblieben, das die beiden verloren hatten? Da – eine kleine Gestalt schritt die Straße hinunter, den Karton unterm Arm.

»Hör mal – das kannst du nicht einfach mitnehmen! Das gehört dir nicht.«

Ach ja, natürlich, er konnte nicht hören. Sie hakte den Schirmgriff um seinen Arm und drehte ihn um. Beide sahen sich an: Er hielt das Paket fest, sie schüttelte den Kopf, streckte die linke Hand aus und hielt mit der rechten die Pistole fest, die auf seine Brust zielte. Er wollte sich weigern, warf ihr aber dann mit haßerfülltem Blick den Karton zu, wandte sich um und lief weg.

Ein Paket, aus dem eine Postanweisung heraussah? Und eine Pistole? Es war doch nicht möglich... Nein, gewiß nicht. So was gab's nur in Zeitungen, aber nicht hier auf dem Lande. Und ganz bestimmt nicht in ihrem kleinen Dorf. Immerhin..., verwirrt ging Miss Seeton auf die Tür zu. Natürlich würde sie im Laden kein Wort davon sagen, man wollte ja schließlich niemanden ängstigen, aber mit Mr. Stillman wollte sie doch mal unter vier Augen sprechen, er mußte ja etwas wissen.

Der erste Streifenwagen jagte von Brettenden heran, das Blaulicht blitzte; er hielt, und die Polizisten sahen eine kleine ältere Dame mit schiefem Hütchen, Handtasche und Schirm über den Arm gehängt, in der einen Hand ein Paket, in der andern eine schußbereite Pistole: so betrat sie die Poststelle.

Aus THE DAILY NEGATIVE vom 23. März
Idyllisches englisches Landleben
von Amelita Forby

II. Reibkäse

Die sensationellen Entwicklungen jagten einander, als heute der Mittagsfrieden jäh von zwei bewaffneten Räubern gestört wurde, die einen Überfall auf die Poststelle in Plummergen unternahmen. Pistolenkugeln und Aschenbecher flogen durch die Luft. Frauen fielen in Ohnmacht...

Der grauhaarige Poststellenhalter Stillman (55) jedoch erwiderte Gewalt mit List. Er wollte gerade ein halbes Pfund geriebenen Käse einpacken...

... den Inhalt des Safes auf den Fußboden und übergab ihnen den mit Käse und einer Postanweisung gefüllten Karton. Nicht einmal diese klägliche Beute konnten die Räuber retten – denn vor der Tür hatte die streitbare Schirmlady Aufstellung genommen. Ohne einen Gedanken an ihre persönliche Sicherheit ging sie sofort zum Angriff über. Ein linker Haken, ein kurzer Schwinger, und Beute sowie Pistole lagen am Boden, und die Halunken ergriffen die Flucht.

Es dauerte nur wenige Sekunden, bis die Polizei zur Stelle war, doch bisher fehlt von den Tätern jede Spur.

Nachdem die Pistole sichergestellt und der Käse dem Eigentümer zurückgegeben worden war, blieben auf der Strecke nur ein Aschenbecher, eine Dose Tomaten und ein Damenhut (mit zwei Schußlöchern).

5

»... in Ewigkeit, Amen.«

Das Vaterunser war zu Ende, der Pfarrer setzte sich. Auch die anderen Mitglieder des Kirchenrats, die im Gemeindesaal versammelt waren, nahmen ergeben Platz und bereiteten sich mit raschelnden Mänteln und Schals auf zwei Stunden Zugluft und Ungemütlichkeit vor. Das Protokoll der letzten Versammlung wurde verlesen und unterschrieben. Mehrere Punkte – sie betrafen die Kanalisation, zersprungene Glokken und die nüchterne Entscheidung zwischen einem neuen Rasenmäher und dem Weidenlassen von Schafen auf dem Friedhof – wurden summarisch abgetan. Mehrere Abwesende hatten sich schriftlich entschuldigt; ihre Mitteilungen wurden vorgetragen oder verlesen. Dann endlich kam man zur Tagesordnung, zu eingegangenen Briefen und neuen

Diskussionspunkten. Jetzt war das Feld frei, die Bahn noch offen, das Turnier konnte beginnen.

Zuerst wurde über Mr. und Mrs. Hosigg verhandelt, die beiden blutjungen Leute in Mr. Dunnihoes Häuschen. An ihnen konnte sich jeder erst mal versuchen und sozusagen die Glieder geschmeidig machen, ohne auf Widerstand zu stoßen, denn für diese beiden erhob sich keine Stimme. Er, Hosigg, sollte irgendwo angestellt sein, als Lastwagenfahrer oder so. Er war manchmal tagelang weg. Und nächtelang ebenfalls. Kein Mensch wußte, wo er sich jemals aufhielt. Wenn das stimmte mit den nächtlichen Transporten, dann war es ja durchaus denkbar, daß er tagsüber ein Motorrad fuhr. Und wenn seine Frau so verängstigt aussah, dann mußte ja was vorliegen. Höchst merkwürdig, das mußte jeder zugeben.

»Also wenn Sie mich fragen: ich würd' sagen, der hat schon gesessen«, ließ sich Miss Nuttel vernehmen. Ihre Bemerkung rief Protest hervor: ein Tiefschlag mit ungehörigen Mitteln. Miss Nuttel ließ sich herbei einzuräumen, daß der Schein zuweilen trügen könne.

»Ja, nicht wahr? Manchmal kann man sogar Tomatenpüree für Blut halten«, meinte Lady Colveden interessiert, was Miss Nuttel einen Augenblick die Fassung raubte.

Norah Blaine kam der Freundin zu Hilfe. »Erica meint ja bloß, er sieht ganz so aus, als ob er gesessen haben könnte – damit könnte er also Leute kennen, die so was fertigkriegen.«

Diese unwiderlegbare Logik beschloß den Verleumdungsprozeß. Mr. Hosigg wurde für schuldig befunden, den Überfall auf die Poststelle verübt zu haben, und zwar gemeinsam mit einem noch ungenannten Gefährten. Die jungen Hosiggs hatten den Fehler gemacht, für sich bleiben zu wollen. Wer unabhängig zu sein wünscht, muß der Konvention Trotz bieten – ein Schimpf, den die Konvention einem meist gründlich heimzahlt.

Sir George Colveden sagte nichts, fand aber im stillen, daß eine Arbeit, die einen Mann jede Woche nächtelang von seiner jungen Frau fernhielt, nicht das richtige sei. Das wollte er sich mal näher ansehen.

Mrs. Blaine, ermutigt durch ihren Erfolg, hatte ein neues Steckenpferd gesattelt und galoppierte zurück in die Arena. Das Pferd war eine Stute und hieß Doris; es war der weibliche Teil der neuen Belegschaft im *Saturday Stop.* Doris hatte mehr Fürsprecher als Gegner, denn sechs der Damen, für die sie das Haus sauberhielt, gehörten dem Kirchenrat an. Eine wirklich tüchtige Person, hieß es. Und immer freundlich und hilfsbereit. Und so interessiert an allem; immer fragte sie, welche Sachen besonders wertvoll seien, damit sie auch vorsichtig damit umging. Tatsächlich? Und nicht manchmal etwas neugierig? Entrüstet lehnte Miss Nuttel diese Andeutung ab.

»Gar keine Rede. So ein nettes Ding. Und enorm fleißig.«

»Sie ist beinah zu gut, um wahr zu sein«, stimmte Mrs. Blaine ein. »Kümmert sich auch ganz rührend um den kranken Bruder.«

Da könnte doch aber die Fürsorge ...? Nein, davon wollte Doris nichts wissen. Staatliche Hilfe lehnte sie ab. Viel lieber unabhängig bleiben und selber fertig werden. Ja, und ihr Mann ...? Zu traurig. Der hatte eine Art Zusammenbruch gehabt und brauchte völlige Ruhe, hatte der Arzt gesagt.

Fauler Hund, dachte Sir George. Und der kleine Bruder gehörte in eine Schule. Man wußte überhaupt nichts von den Leuten. Die Frau ging in sechs oder acht Häusern dauernd aus und ein. Na ja, ihn ging's nichts an. Zu gut, um wahr zu sein ... Ha. Wahrscheinlich die einzig vernünftige Bemerkung, die die Blaine jemals gemacht hatte.

»Stimmt es«, fragte jemand, »daß da irgendwas los war mit Miss Seeton und dem kleinen Taubstummen?«

Rund um den Tisch raschelte es erwartungsvoll. Alle lehnten sich vor, um ja nichts zu versäumen. Die Kämpen prüften ihre Waffen und machten sich bereit, hinter den Anführern Stellung zu beziehen. Jetzt kam es zum Hauptthema des Abends: Miss Seeton und der Überfall auf die Poststelle.

»Ja, das stimmt.« Mrs. Blaine ging in Führung, ein gehässiger Blick streifte Lady Colveden und Miss Treeves. »Ich weiß, es gibt Leute, die behaupten, das sei alles purer Zufall gewesen. Immerhin, die Tatsache bleibt, daß sie unser Straßenfenster kaputtgeschossen hat – hätte mich glatt umbringen können, wo ich gerade den Tisch deckte.«

»Göttliche Vorsehung«, murmelte Sir George.

»Und dann stand sie da auf der Straße«, fuhr Mrs. Blaine fort, »und drosch mit ihrem Schirm auf den armen Jungen ein.«

Das war Lady Colveden nun doch zuviel. »Die Pistole gehörte einem der Räuber und ging versehentlich los, als er hinfiel; die Kugel traf Ihre Fensterscheibe – Miss Seeton hatte nicht das geringste damit zu tun. Meinen Sie nicht, daß alles andere, was Sie gesehen zu haben glauben, genauso albern ist wie dieses eben?«

Das war das Signal für alle, jetzt Stellung zu beziehen. Auf die schrille Behauptung: »Jedesmal, wenn hier was passiert, steckt sie dahinter!« folgte: »Blödsinn. Wenn sie nicht gewesen wäre...« »Ich sage Ihnen doch, es war Geld drin. Ich hab's mit eigenen Augen gesehen, ich war ja schließlich dabei!« »Keine Spur, war alles Käse.« »Es war überhaupt kein Geld in dem Karton, als sie ihn zurückbrachte – wo soll es also geblieben sein?« »Es war ja nie drin gewesen!« »Einer muß es doch haben.« »Lesen Sie denn keine Zeitung?« »... über das ganze Dorf lustig gemacht.« »Na, daran hat sie doch keine Schuld.« »Natürlich hat sie Schuld! Wenn sie nicht wäre...« »... verhaftet, als sie mit der Pistole in den

Laden ging.« »Sie hat allen das Leben gerettet.« »Ganz allein hat sie es mit den Tätern aufgenommen.« »Ha – bei der Flucht hat sie ihnen geholfen!« »Ja – wenn sie nicht überhaupt einer der Täter war.« »Ich wußte ...« »... können Sie ja gar nicht ...« »Sie hat doch ...« »Wir haben immer geglaubt ...« »Das wollten Sie ja nie wahrhaben ...«

»Sie können nicht leugnen«, schrillte Mrs. Farmint über den Lärm hinweg, »daß hier immer nur was passiert, wenn sie da ist. Das beweist doch wohl, daß sie dahintersteckt.«

»Albernheit«, sagte Sir George. »Irgendwas passiert immer. Dafür sorgen Sie schon.« Worauf sich Mrs. Farmint in Tränen zurückzog.

Verstört lauschte Pfarrer Treeves, der Vorsitzende, auf den Lärm des Gefechts. Es schien so, als ob die Neuankömmlinge in Mr. Dunnihoes Häuschen unbeliebt waren; den Grund hatte er nicht mitbekommen. Kannte er sie eigentlich? Er wußte es nicht mehr. Aber Molly vielleicht ..., er mußte sie fragen. Wie schön, daß jeder die neuen Leute im *Saturday Stop* so gern mochte und so gute Gründe dafür hatte. Vielleicht entschlossen sie sich, ganz im Dorf zu bleiben. Sie schienen sich gut einzufügen. Arthur Treeves war ein weltfremder Mann; oder vielmehr lebte er in einer eigenen Welt; sie war bevölkert von freundlichen Menschen, die, da sie nichts Böses taten, auch nicht versucht waren, Böses zu hören, zu sehen oder zu verbreiten. Was ihm – als Gottesmann – an doktrinärer Überzeugung fehlte, wurde durch seine Menschenliebe wettgemacht. Seine Gemeindemitglieder sah er – wenn er sie überhaupt sah und vor allem, wenn er sich an ihre Namen erinnerte – als leuchtenden Beweis für die Herrlichkeit des Menschengeschlechts. Bei näherer Überlegung hätte er vermutlich erschrocken festgestellt, daß für ihn die Mehrzahl der in den Zehn Geboten angeführten Sünden nichts als geringfügige Vergehen waren, die niemanden als den Betroffenen etwas angingen und ihn selbst schon gar nichts. Wenn er, gezwungen von der Situation oder von seiner Schwester, zugeben mußte, daß es auch Unvollkommenes gab, konnte er sehr böse werden. Herzlosigkeit – die einzige Sünde, die er anerkannte – brachte ihn auf die Barrikaden. So war es ihm jetzt bei dem Postraub ergangen. Miss Treeves hatte viel Mühe und Geduld gebraucht, um ihm klarzumachen, daß es sich hier nicht nur um eine Meinungsverschiedenheit über den Käsepreis handelte, sondern um einen bewaffneten Raubüberfall, bei dem geschossen worden war. Raub war etwas Häßliches; Gewalt noch häßlicher, aber Schießen unter Gefährdung von Menschenleben war nun wirklich das denkbar Häßlichste. Arthur Treeves war sehr zornig und fest entschlossen, das Seine zu tun, damit dieser Fleck von seiner Gemeinde verschwand. Er hatte angenommen, der Überfall auf die Poststelle werde auf der heutigen Sitzung als Hauptthema zur Sprache kommen, und hatte sich vorgenommen, nicht weich zu werden. Er hatte auch Lobeshymnen für Miss Seeton wegen ihres mutigen Einsatzes erwartet, den er sehr bewunderte, und er war bereit gewesen, in den Chor einzustimmen. Doch irgendwie klangen die Stimmen zwar laut, aber gehässig und unharmonisch, was er gar nicht begriff. Unruhig wühlte er in dem Häufchen Briefe, das vor ihm lag; auch sie gingen über seinen Horizont. Die meisten befaßten sich mit Miss Seeton. Sie wurde abwechselnd dargestellt als Jungfrau von Orleans, als Mata Hari – sicher ein Filmstar, er kannte den Namen nicht –, als Florence Nightingale und als Jezabel; das letzte konnte, was immer der Schreiber hatte sagen wollen, nur eine grundfalsche Auslegung des Alten Testaments sein. Ganz unten lag ein kurzes unverständliches Schreiben des alten pensionierten Obersten, der neben dem *George and Dragon* wohnte und dort den größten Teil seiner Zeit verbrachte; es lautete:

An den Kirchenrat
von Plummergen
Sehr geehrte Herren,
Colonel Windup teilt Ihnen höflichst mit,
daß die Frau eine Landplage ist.

»Die Frau ist eine Landplage«, verkündete Detective Inspector Brinton vom C. I. D. in Ashford. Er hatte Miss Seetons Skizze von Effie Goffer vor sich und blickte auf. »Ich bitte Sie, Orakel, bringen Sie sie lieber nach London zurück. Wir werden hier einfach nicht mit ihr fertig. Sie hat uns schon letzten Sommer reichlich zu schaffen gemacht; dann hat sie offenbar Winterschlaf gehalten, und jetzt, wo der Frühling kommt, steigt ihr der Saft und sie wetzt schon wieder ihr Messer. Wissen Sie, bei uns geht es sonst ganz gemütlich zu; wir verstehen uns mit den Spitzbuben hier – sie verüben ihre kleinen Gaunereien, dafür nehmen wir sie dann fest, und keiner nimmt dem andern das übel. Aber *sie* braucht nur einmal irgendwo aufzutauchen und mit dem Schirm zu winken, dann haben wir's mit Schwerverbrechen zu tun. Woran liegt das bloß? Sie ist wie ein Magnet – zieht Gewalttaten an wie 'n Taubenschlag die Tauben. Ich habe sie nie kennengelernt, aber ich bin überzeugt, sie kocht das alles selbst zusammen, einfach aus Spaß an der Gaudi.«

Delphick lachte. »Damit sprechen Sie den Dorfbewohnern aus der Seele, Chris. Die meinen fast alle, wo sie nicht selbst die Täterin ist, da steckt sie mindestens mit dahinter.«

»Sehr verständlich.« Brinton nahm einen Aktendeckel zur Hand mit der Aufschrift *Poststelle Plummergen* und schlug ihn auf. »Also: Sie haben uns gewarnt, daß ein Überfall auf die Poststelle bevorstehe. Und wieso? Wegen dieser Zeichnung hier.« Er tippte auf die Skizze. »Ich verstehe allerdings nicht, wie man daraus irgend etwas entnehmen will – außer, daß sie nicht zeichnen kann. Schön. Wir stellen fest, daß der

Überfall schon im Gange ist. Gut – wir schicken unsere Leute hin. Und was finden sie? Ihre Freundin, die gerade in die Poststelle hineingehen will, in der einen Hand die Moneten, in der andern die Pistole. Also auf frischer Tat ertappt und prompt verhaftet? Pustekuchen: Bloß weil sie es ist, ist natürlich alles ganz anders. Sie ist ja eine Heldin, nicht wahr? Hat gerade die beiden Täter ganz nebenbei ausgeknockt, hat ihnen Geld und Pistole abgenommen und bringt es nun zurück. Und dann, weil sie es ist, muß wieder alles ganz anders sein, und das Geld stellt sich als Käse heraus.« Der Chief Inspector legte den offenen Aktendeckel auf den Tisch. »Nein, Orakel, da machen wir nicht mit. Schieben Sie sie ab, ich flehe Sie an.«

»Nein, Chris, die Frau ist goldrichtig für Sie«, erwiderte Delphick. »Sie gibt einem zu denken – manchmal ein bißchen reichlich, zugegeben, und dient außerdem als Ventil für Ihre natürlichen Gaben. Und vergessen Sie eins nicht: die Zeichnung, von der Sie da so abfällig reden, die nimmt der A. C. verdammt ernst.«

»Na, nehmen wir sie vielleicht nicht ernst? Ich hab' zwei Beamte in Zivil abgestellt – Mensch, haben Sie die gesehen? Zu meiner Zeit war Zivilkleidung einfach eine Uniform in anderer Farbe. Aber die hier: rot und rosa und Streifen und Punkte, das nennen die Zivil, und die ziehen nun schichtweise hinter dem Gör her, und nach den Berichten zu urteilen, ist das Kind schlichtweg ein Ausbund an Frechheit. Wenn der was passiert, werde ich entweder einen oder beide verhaften – die werden allein auf Grund ihrer Berichte verurteilt, darauf können Sie sich verlassen. Wieviel Schutz wollen Sie eigentlich haben für das Gör? Ein bewaffnetes Bataillon, das eine Mauer um sie bildet?«

Delphick feixte. »Sie Ärmster, Sie tun mir wirklich leid. Wir werden die Leute abziehen, sobald ich meine Vorbereitungen getroffen habe. Ich will dem Täter eine Falle stellen, das ist die einzige Möglichkeit, ihn zu kriegen. Und auf lange Sicht auch der einzige Weg, dem Kind Sicherheit zu verschaffen.«

Brinton warf einen Blick auf die Skizze. »Und Sie glauben wirklich, nur auf Grund dieser Zeichnung, daß dieses Kind als nächstes drankommen wird?«

Delphick nickte. »Ja, davon bin ich überzeugt. Nur auf Grund dieser Zeichnung.«

Der Chief Inspector schüttelte den Kopf. »Na schön – es ist Ihr Fall. Und Ihre Miss Seeton. Ich will hier nicht mekkern. Sagen Sie nur, was wir tun sollen.«

Delphick wurde nachdenklich. »Ich will Ihnen was sagen, Chris. Ich finde immer, wenn eine kleine Gemeinde, ein Dorf etwa, sich daran macht, Fakten und Phantasien zusammenzubasteln, dann nehmen sie erst mal von jedem das allerschlechteste an, und von da machen sie dann weiter. Und obgleich sie meistens alles durcheinanderbringen, kommt es gar nicht so selten vor, daß sie, ohne es zu wissen, auf eine Grundwahrheit stoßen. Was mir bei diesem Fall aufgefallen ist, das ist die Tatsache, daß die Täter auf Motorrädern angekommen und wieder abgefahren sind. Daraus würde normalerweise jeder schließen, daß sie von weiter her kommen. Aber in diesem Fall sind eigentlich alle, auch die vernünftigen Leute, soweit ich informiert bin, der Ansicht, daß es sich um eine rein lokale Sache handelt. Und wenn es die sind, hinter denen ich her bin – und da bin ich eigentlich ziemlich sicher –, dann muß es jemand sein, der neu zugezogen ist. Und die einzigen Leute, die da in Frage kommen, sind der junge Hosigg mit ...« Seine Stimme verlor sich.

Brinton beobachtete ihn einen Augenblick und sagte dann: »Mit was? Sie sehen aus, als hätten Sie auf eine Zitrone gebissen.«

»Ich muß eben an eine Bemerkung denken«, sagte Delphick langsam, »die Miss Seeton mal in Scotland Yard gemacht hat. Jemand, der klein und schwach ist und sich behaupten möchte ... Hören Sie zu, Chris: Der kleinere der beiden Täter – die Zeugen haben alle gesagt, der eine sei viel kleiner gewesen als der andere –, könnte der kleinere ein Mädchen gewesen sein?«

Der Chief Inspector überlegte. »Hm. In der Aufmachung sehen Männer und Frauen ganz gleich aus, bis auf die Größe. Ja, möglich wär's. Und wo Sie das jetzt erwähnen, würd' ich sogar sagen: sehr wahrscheinlich.«

»Dann wäre es nämlich genauso wahrscheinlich«, folgerte Delphick, »daß unser Killer mit dem Mädchen identisch ist.«

»Ja, ich verstehe. Übel.«

»Bleiben also nur der junge Hosigg mit seiner Frau und noch ein anderes junges Paar, das da irgendwo einen Bungalow gemietet hat. Ich weiß den Namen nicht, nur daß die Frau Doris heißt und einen kleinen taubstummen Bruder hat.«

»Quint heißen sie«, sagte Brinton. Er schlug ein Blatt in der Akte um und fuhr mit dem Finger über die Zeilen. »Ja, hier steht's. Der zweite Streifenwagen fuhr nach Plummergen aus südlicher Richtung über die Fernstraße New Romney – Folkestone. Dem sind keine Motorradfahrer begegnet. Ich kenne Plummergen nicht sehr gut, aber hier ist eine kleine enge Straße am Ende des Dorfs ...«

»Ja, neben Miss Seetons Haus«, sagte Delphick.

»Natürlich. Jedenfalls: Da hat sich unser Wagen aufgestellt und alle Wagen kontrolliert, die aus südlicher Richtung nach Plummergen kamen. Darunter waren die Quints. Sie haben einen kleinen Lastwagen und waren in der Mittagspause mal 'n bißchen spazierengefahren, hatten auch Butterbrote bei sich.«

Delphick blickte auf. »Ich denke, der kleine Bruder sei vor dem Postamt gesehen worden.«

Brinton blätterte um. »Ja, stimmt. Aussage von Miss Seeton. Sie haben nachher versucht, ihn durch seine Schwester zu befragen, sie ist die einzige, die ihn versteht, aber es kam nichts dabei raus. Nach ihrer Behauptung hat er gesagt, er habe gar nichts getan, bloß so rumgestanden, und da sei sie plötzlich aus heiterem Himmel aufgetaucht und habe ihm eins mit dem Schirm versetzt.«

»Wieso mußten die Quints an so einem kalten Märztag im Freien picknicken?«

»Keine Ahnung. Vielleicht wollte das junge Glück mal allein sein. Jedenfalls sagt sie, sie habe dem Jungen was zu futtern hingestellt und sei mit ihrem Mann ins Grüne – irgendwo in die Nähe der Straße Rye-Hastings. Und weder sie noch sonst jemand haben Motorräder gesehen. Es bleibt also nur –« er schlug einige Seiten um – »die Kanalstraße nach Rye, die wenig befahren ist. Kein Wunder übrigens: lauter Schlaglöcher und Windungen und gerade breit genug für einen Wagen. Der einzige Fahrer, den wir da ungefähr zur richtigen Zeit feststellten, fuhr einen kleinen Lieferwagen und könnte die Motorräder leicht überhört haben, wenn er gerade in einem Haus was ablieferte. Übrigens –« er schlug eine Seite zurück und fand die gesuchte Stelle –, »ja, das dachte ich mir. Die Hosiggs wohnen unten am Kanal. Sie wurden wie alle Anwohner befragt, ob sie was gehört hätten. Hatten sie aber nicht. Der Junge schlief – er fährt einen Lastwagen, meist nachts –, und das Mädchen will beim Kochen gewesen sein. Unsere Leute haben sich schnell mal dort umgesehen, weil sie nun gerade da waren. Die jungen Hosiggs haben eine alte Klapperkiste, aber von Motorrädern war nichts zu sehen.«

Delphick stand auf und begann, ruhelos im Zimmer auf und ab zu gehen. »Das Netz zieht sich zusammen. Aber bei diesem Goffer-Mädchen ist es nur eine Zeitfrage, und das macht mir Sorgen. Im Moment ist sie vielleicht nicht gefährdet – sie hat ja eure farbenprächtige Leibwache. Bleibt Miss Seeton – auch da bin ich etwas unruhig.«

»Nanu?« fragte der Chief Inspector erstaunt. »Das verstehe ich nicht ganz. Nach allem, was ich von ihr gehört habe, würde sie die Räuber doch mit der linken Hand erledigen. Oder besser – fein säuberlich mit dem Schirm aufspießen.«

Delphick stand am Fenster und blickte hinaus, ohne etwas vom Verkehr wahrzunehmen. »Wissen Sie – es mag weit hergeholt sein, aber ich hab' mich mal mit Ihrem Dorfpolizisten Potter unterhalten. Er ist nicht dumm, und seine Frau ist auch ganz helle, tut auch irgendwas im Kirchenrat oder so. Er sagt, die Schwachköpfe dort seien der Ansicht, daß Miss Seeton den Überfall zusammen mit dem jungen Hosigg ausgeführt habe. Dann soll sie ihn entweder übers Ohr gehauen und das Geld selbst geklaut haben, oder sie hat ihren Auftritt in der Poststelle nur in Szene gesetzt, um seine Flucht zu decken und die Verfolger aufzuhalten.«

»Aber es war ja gar kein Geld im Karton! Nichts als eine Postanweisung«, protestierte Brinton.

»Weiß ich. Aber das paßt den Leuten dort nicht. Sie finden, man habe sie vor der ganzen Welt zum Narren gehalten. Die Artikel von der Forby in *The Negative* haben auch nicht gerade geholfen; auch dafür geben sie natürlich Miss Seeton die Schuld und ebenso dafür, daß die Forby überhaupt dort ist. Und daß *wir* dort sind. Womit sie ja recht haben, wenn auch aus anderen Gründen. Jedenfalls: für sie steht es fest, daß erhebliche Beträge entwendet wurden – vermutlich hat der Poststellenhalter das überzeugend ausgemalt –, und große Summen machen sich nun mal besser für den Lokalstolz.«

»Und das Geld – wo soll das geblieben sein?«

»Oh, das hat Miss Seeton. Ein paar Superkluge haben auch schon angedeutet, Miss Seeton und ich hätten halbe-

halbe gemacht, wofür ich mich verpflichtet hätte, den Mund zu halten.«

Brinton lachte schallend. »Wunderbar. Das finde ich wirklich glänzend. Und wo bleibe ich? Schließlich haben wir bei der Untersuchung doch die Hauptarbeit geleistet, was? Aber ich verstehe Sie schon. Wenn die Täter dies hören und ebenfalls glauben, dann werden sie sich die alte Dame vornehmen, um den Kies zurückzukriegen.«

»Ja«, stimmte Delphick zu. »Und deshalb bin ich ja in Sorge.«

Das war gutgegangen. Und hatte eigentlich gar nicht weh getan. Nur der Mund fühlte sich natürlich noch komisch an. Immerhin, besser als Zahnschmerzen. Weisheitszähne waren wirklich schrecklich überflüssig. Schon letztes Jahr in London hatte der Zahnarzt sie gewarnt und gemeint, der Zahn sei eingekeilt, worunter sie sich nicht viel vorstellen konnte; und wenn er mal anfinge zu schmerzen, müsse er gezogen werden. Das hatte er getan, und jetzt war er draußen. Sie hatte Dr. Geldsons Namen und Adresse unter den alten Papieren gefunden, aber angenommen, sie müsse mindestens einen Tag warten – Zahnärzte hatten doch immer so viel zu tun. Doch nein: Dr. Geldson hatte am Telefon sofort gesagt, für eine Verwandte von Mrs. Bannet würde er es irgendwie möglich machen; wenn sie nachmittags nach Rye kommen könne, werde er sie einschieben, wahrscheinlich am Spätnachmittag. Sie hatte also den Morgenbus nach Brettenden genommen und dort zu Mittag gegessen; auf diese Weise war sie rechtzeitig hergekommen, und die Sache war gemacht worden. Nun hatte sie fast drei Stunden Zeit bis zur Rückfahrt. Mit dem Achtuhrdreißig würde sie gerade rechtzeitig in Brettenden sein, um den Abendbus nach Plummergen zu kriegen. Sie hatte eigentlich vorgehabt, sich noch ein bißchen in Rye umzusehen, es war so eine reizende kleine

Stadt, aber da hatte der Zahnarzt gestreikt. Er hatte ihr geraten, auf der Straße den Mund geschlossen zu halten und soviel wie möglich im geschlossenen Raum zu bleiben, damit die Zahnhöhle nicht auskühle; am besten sollte sie irgendwo etwas Leichtes essen und dann die eine der beiden Tabletten schlucken, die er ihr gegeben hatte, damit sie keine Beschwerden an dem Zahn – genauer gesagt: der Stelle, wo er gesessen hatte – bekam, wenn die Wirkung der Spritze nachließ. Die zweite Tablette sollte sie vor dem Zubettgehen nehmen. Es war möglich, hatte er warnend gesagt, daß die Tabletten sie etwas müde machten. Keinesfalls dürfe sie Alkohol dazu trinken. Nun, das hatte sie auch nicht vor.

Hier vielleicht –? *Tee und Erfrischungen* stand auf dem Schild. Ja, sie wollte sich chinesischen Tee bestellen, wenn's den gab, und dann ein Omelett und etwas Toast – nein, Brot und Butter waren heute wohl ratsamer.

Miss Seeton betrat das kleine Lokal, gab etwas mühsam – die Zunge wollte nicht so recht – ihre Bestellung auf und machte sich, als das Omelett erschienen war, an den Verzehr. Beim erstenmal verfehlte die Gabel ihr Ziel.

Dr. Geldson hatte gut reden – ›etwas Leichtes essen‹ hatte er gesagt, aber wie schwierig das war, hatte er offenbar nicht gewußt. Wenn man gar nicht mehr richtig wußte, wo der Mund war, und schon gar nicht, ob er offen oder geschlossen war ... Vielleicht ging es besser auf der andern Seite und mit der linken Hand. Gegen Ende des Omeletts hatte Miss Seeton einige Übung bekommen; jeder Gabelvoll folgte schnell ein Bissen Brot und Butter. Mit der Hand fand man viel leichter den Weg als mit der Gabel. Teetrinken war wieder recht schwierig. Ein paar Schluck brachte sie herunter, gerade genug, um die Tablette hinunterzuspülen, dann gab sie es hilflos und peinlich berührt auf. Dr. Geldsons Ratschlag mit dem Kino war sicher richtig. Möglicherweise sah sie gar nicht so grotesk aus, wie sie sich vorkam, aber in einem dunklen Kino war man doch nicht so unsicher. Und warm war es da sicher ebenfalls. Miss Seeton bezahlte und machte sich auf die Suche nach einem netten Film.

Saba. Interessant. Man las jetzt soviel von der Forschungsarbeit, die zu solchen historischen Filmen gehörte. Miss Seeton stolperte in dem dunklen Saal über mehrere unsichtbare Gliedmaßen und nahm dann auf einem leeren Sessel Platz. Wie praktisch – über dem Ausgang war eine Uhr angebracht. Wenn sie um Viertel nach acht aufbrach, hatte sie reichlich Zeit, unten an der Straße den Bus zu erreichen.

Laut erklangen die Zimbeln. Auf der Leinwand sah man eine lange Schleppe, mit Pfauenfedern geschmückt; sie hing von den Schultern einer hellblonden jungen Dame, die in einiger Entfernung stand. Eine Stimme sprach:

»O König Salomon, die Königin von Saba bittet Euch, ihre kleinen Gaben huldvollst entgegenzunehmen.«

Szenenwechsel. Eine Reihe von Kamelen erschien, dazu mehrere farbige Gentlemen mit Lendentüchern, die große Holzkisten und Flechtkörbe abluden und sie etwas mühsam den Weg hinauf zu einem prächtigen Palast schleppten. Befriedigt nickte Miss Seeton. Alles ganz, wie es sich gehörte. Die lange Reihe der Kamele hatte kostbare Geschenke gebracht. Sie setzte sich bequem im Sessel zurecht. Es war herrlich warm hier im Kino, und ihr Mund schien wieder ganz in Ordnung zu sein. Dr. Geldson hatte recht gehabt. Sie fühlte sich sehr wohl. Auf der Leinwand machte jetzt der Farbige mit dem Gepäck einen Bogen um den Haupteingang zum Palast und verschwand in einer schmalen Seitentür. Komisch. Was das wohl war? Vielleicht eine Art Lieferanteneingang. Nun trat wieder die hellblonde junge Dame auf, diesmal viel näher. Wieso blond? Die Königin von Saba – das, wenn sie sich recht erinnerte, im südlichen Arabien, nahe am Persischen Golf, lag – hätte eigentlich dunkelhäutig sein müssen. Oder mindestens dunkelhaarig. Aber schließlich stellten sich auch viele Leute Kleopatra als dunkle Ägypterin vor, wo doch die Ptolemäer fast reinrassige Griechen gewesen waren. Vielleicht war das hier ähnlich. Auch die Pfauenfedern waren eigentlich merkwürdig. Sie kniff die Augen zusammen, um besser zu sehen. Die Schwanzfedern eines Pfauen waren ein männliches Attribut; und da die Menschen in Saba Anbeter von Sonne, Mond und Sternen waren, wären astronomische Embleme auf der Stickerei eher am Platze gewesen. Sie nahm sich vor, in der Bibliothek in Brettenden ein Lexikon auszuleihen und das nachzulesen. Die hellblonde junge Dame hob den Arm und lächelte, und Miss Seeton lächelte freundlich zurück. Wirklich angenehm, gerade jetzt jemanden zu sehen, dessen Zähne offenbar alle in Ordnung waren. Dafür klang ihre Aussprache etwas nasal, als sie jetzt sagte:

»Heil, Salomon – viel ist mir von deiner Weisheit berichtet worden. Sie sei die allergrößte, heißt es, und so bin ich gekommen, sie auf die Probe zu stellen.«

Die majestätische Gestalt des Königs erhob sich von ihrem Sitz. Miss Seeton versank in ihrem Sessel. Das Gesicht des Königs schwamm nach vorn, wuchs und beherrschte die Leinwand. Miss Seeton blinzelte, doch das Gesicht blieb undeutlich, ein wenig verschwommen. Die tiefverschatteten Augen fieberten. Der sinnliche Mund lockte.

»Deine Weisheit schlummert nur«, erklärte König Salomon. »Komm, ich will dich erwecken.«

Miss Seeton überhörte den Ruf. Sie war eingeschlafen.

Wo war Miss S.? Na also, was sollte denn das ... Mel Forby spähte durch ein Fenster des Häuschens in das verwüstete Wohnzimmer. Sie probierte die Haustür. Verschlossen. Durch das Fenster auf der andern Seite blickte sie in das kleine gegenüberliegende Zimmer, wo es ebenso aussah. Sie fuhr herum und lief in den *George and Dragon* zurück.

Wo war Miss Seeton? Was, zum Teufel...? In der Tür zu Miss Seetons Wohnzimmer stand Bob Ranger und besah sich das Chaos. Gerade war er von seiner Runde zurückgekehrt, wo er allerhand Fragen gestellt hatte, als diese Reporterin mit ihrer Meldung ins Gasthaus gestürzt kam. Schleunigst war er dann, gefolgt von Mel, zu Miss Seetons Häuschen gekommen; die Hintertür war verschlossen, aber das Fenster daneben war offen und die Scheibe zerbrochen. Für ihn war es zu klein, er hatte Mel Forby hindurchgehoben; sie war behutsam, um nichts zu berühren, durch die verwüstete Küche gestelzt und dann in den Flur, hatte sich um die schwere Eisentür herum bis zu dem Schrank unter der Treppe gezwängt, dessen Inhalt – Mäntel, Koffer, Bürsten und Besen, Putzmaterial und Staubsauger – rings auf dem Fußboden verstreut war; dann hatte sie die Riegel von der unverschlossenen Haustür zurückgeschoben und ihn eingelassen. Jetzt stand er drinnen, und kalter Zorn begann in ihm aufzusteigen. Ganz für sich hatte er ja manchmal gedacht, Miss S. – na ja, ein bißchen spinnert war sie schon, und er wußte auch nicht recht, was er von ihr halten sollte. Aber das gab keinem Menschen das Recht, sie zu kritisieren, und schon gar nicht, ihr so etwas wie dies hier anzutun. Er lief nach oben. Dort sah es ebenso aus: offene Schränke, herausgerissene Schubladen, der Inhalt überall auf dem Boden, Decken beiseite geworfen, Teppiche zurückgeschlagen, Kissen aufgeschlitzt. Er ging nach unten ins Wohnzimmer und nahm mit seinem Taschentuch vorsichtig den Telefonhörer auf. Aber Fingerabdrücke waren hier doch hoffnungslos. In Ashford erreichte er Delphick.

»Gut, Sir – ich warte also hier auf Sie, und inzwischen rufe ich Dr. Knight an, dann die Colvedens, Treeves und alle, die mir sonst noch weiterhelfen könnten. Finden müssen wir sie.«

»Wo ist Miss Seeton? Was, um Himmels willen...« »Wo

ist bloß Miss Seeton? Wo kann sie . . .« »Schönes Durcheinander, was?« »Wo könnte . . .« »Was . . .?« »Und warum bloß . . .«

Allmählich kam sich Bob Ranger vor wie ein Logenschließer bei einer Matinee. Lady Colveden und Anne Knight waren viel besser ohne ihn fertig geworden; mit dem Versprechen, alles an Ort und Stelle zu lassen, waren sie mit Papier und Bleistift durch alle Räume gegangen und hatten sich Notizen gemacht wie vor einer Auktion. Dann hatten sie sich irgendwohin zurückgezogen, um mit Miss Treeves die Lage zu besprechen. Draußen erschienen mit zunehmender Dämmerung immer mehr Dorfbewohner, die neugierig ins Haus spähten und kühne Vermutungen anstellten. »Erstochen ist sie. Mehr als ein Dutzend Stichwunden.« »Glatt ausgerückt, ganz klar, mit dem Geld aus der Poststelle.« »Der Hals ist beinahe ganz durchgeschnitten.« »Verstümmelt.« »Da denkt man doch wirklich . . .« »Ja, schrecklich, das ist wahr, aber das war doch zu erwarten. Ich habe immer gesagt . . .«

Wo ist Miss S.? Also da soll doch . . . Delphick mußte innerlich grinsen, als er an die streitbare alte Dame dachte. Zusammen mit dem technischen Untersuchungsstab, der ihm aus Ashford gefolgt war, inspizierte er das Häuschen und ließ keinen Winkel unbeachtet. Keine der üblichen Spuren wurde festgestellt. Es gab weder Fußabdrücke noch Zigarettenstummel, nicht einmal Asche; keine Papierfetzen mit halben Namen und Adressen, und selbstverständlich keine Fingerabdrücke. Das Messer, mit dem die Kissen und Matratzen aufgeschlitzt worden waren, stammte aus der Küche. Andererseits deutete auch nichts auf einen Kampf hin, obwohl das nichts bewies. Die Sache sah ganz nach einer gemächlichen und ergebnislosen Suche aus, und der Superintendent schickte die Leute nach Ashford zurück mit mehreren Umschlägen, die wahrscheinlich völlig nutzlose Staubflocken und zwei schwarze Haare enthielten; eins kam vom

Sofa im Wohnzimmer und das andere vom Fußboden im Schlafzimmer; das letztere sah aus, als stamme es von einem menschlichen Kopf und werde vielleicht einmal irgendwas beweisen, sofern man jemals den dazugehörigen Schädel feststellte. Die gemeinsam mit Martha Bloomer unternommene Bestandsaufnahme brachte folgendes Ergebnis: Schuhe: Da war sie nicht sicher, Handschuhe: das wußte sie nicht, aber die große Handtasche – eigentlich mehr eine Reisetasche – ja, die fehlte, und ebenso fehlte ein Hut, der eine, der vorne hochgeschlagen war, bestimmt, ja, der fehlte; ferner ihr Wintermantel, der Schlüssel zur Küchentür und der Schlüssel zur Gartenpforte, und dann natürlich ihr Schirm. Der fehlende Schirm nahm Delphick den letzten Zweifel; nicht einmal Miss Seeton würde im Falle einer Entführung noch an ihren Schirm gedacht haben, und keiner, der sie und ihren Ruf kannte, wäre so töricht gewesen, ihr den Schirm zu lassen. Es schien nichts gestohlen zu sein, aber es gab ja auch kaum etwas Wertvolles, das Diebe angelockt hätte. Nein, wenn er sich's überlegte, war seine erste Annahme doch wohl richtig gewesen. Es waren die Posträuber, die ihren ›Kies‹ zurückholen wollten, wie Chris das genannt hatte. Und daran war in erster Linie die Sensationslust der Dorfbewohner schuld.

Die Colvedens erschienen jetzt zusammen mit Anne Knight in Sir Georges großem Kombiwagen, beladen mit Kissen, Decken und einer Matratze. Auch Miss Treeves kam aus dem Pfarrhaus herüber, und in dem kleinen Haus summte es bald vor Betriebsamkeit, Martha holte noch ihren Mann zu Hilfe, und Stan verschwand im Geräteschuppen, wo er aus einem Frühbeetfenster eine Scheibe herausschnitt, um das Küchenfenster zu reparieren.

Eigentlich hätte es chaotisch aussehen müssen in dem kleinen Häuschen, dachte Delphick. Aber nein: Die Schubladen waren aufgeräumt und wieder eingesetzt, die Schränke geordnet und geschlossen. Bob Ranger war dabei, die Teppichböden wieder zu befestigen und Handlangerdienste zu leisten. Alle beschädigten Sachen waren systematisch im Kombiwagen gestapelt, zusammen mit einer Liste für die Versicherung. Oben waren Lady Colveden und Anne damit beschäftigt, das Bett mit einer neuen Matratze zu versehen. Unten lagen neue Kissen; Miss Treeves hatte die Decken ausgeschüttelt und nahm jetzt mit dem Staubsauger die Federn auf. In der Küche stand Martha am Herd – in allen Nöten und jeder Lebenslage war Essen ihr Allheilmittel – und kochte einen Fleischeintopf. »Vielleicht ißt sie's heute abend noch, und wenn nicht, dann morgen mittag, dann schmeckt's um so besser.« Am Spülstein stand Mel Forby und Nigel Colveden assistierte, den die weichverschleierten Augen (nach Miss Seetons Porträtskizze kopiert) offensichtlich beeindruckten; sie schnitt Zwiebeln, putzte Möhren, schälte Kartoffeln. Wirklich phantastisch, dachte Delphick. Hilfreiche Hände brachten es ohne Umstände und in kürzester Zeit fertig, Ordnung in ein Chaos zu bringen.

Im Wohnzimmer hatte Sir George Colveden sein Hauptquartier aufgeschlagen. Vor ihm auf dem Tisch lag eine Karte mit großem Maßstab. Delphick hatte nach Ashford telefoniert und den Chief Inspector von der Situation informiert. Beide waren sich einig, daß noch kein Grund zur Beunruhigung vorlag. Miss Seeton kam ganz sicher mit dem letzten Bus nach Hause. Wenn nicht, so würde man Streifen abstellen und eine Suche veranstalten. Nach einigen weiteren telefonischen Rundfragen war Delphick überzeugt, daß sie nicht nach London gefahren war. Jedenfalls war sie dort weder in ihrer Wohnung noch in der Schule aufgetaucht. Und außerdem hätte sie dann ganz sicher Martha Bloomer Bescheid gesagt. Der Superintendent stand auf und ging zu Sir George hinüber, um sich dessen Aktionsplan anzusehen. Dieser hatte auf der Karte einen Kreis mit einem Fünfmeilenradius rund um Plummergen gezogen, der in vier Sektoren aufgeteilt war. Von jedem Viertel war ein gut lesbarer Durchschlag angefertigt worden, und unten auf den jeweiligen Bögen waren Typ und Kennzeichen des Fahrzeugs angegeben, das diesem Sektor zugeteilt war, zusammen mit dem Namen des Fahrers und Beifahrers. Nigel Colveden, las er, war mit der Forby zusammengetan. Er runzelte die Stirn. Zu dumm, daß man die Presse nicht fernhalten konnte.

»Ihr Sohn hat seinen eigenen Wagen?«

»Ja – den kleinen M.G. von meiner Frau, den er sowieso schon immer genommen hatte. Sie hat jetzt einen kleinen Hillman. Paßt auch besser.«

Lady Colveden mit Miss Treeves. Arthur Treeves mit Sir George.

»Ist der Pfarrer nicht schon ein bißchen alt für so was?« fragte Delphick.

»Der ist gar nicht zu halten. Wenn ich ihn nicht mitnehme, radelt der auf eigene Faust los und weiß nach zehn Minuten schon nicht mehr, was er eigentlich wollte. Wir haben gerade genug zu tun, ohne den auch noch suchen zu müssen.«

Bob war mit Anne Knight als Beifahrerin eingeteilt worden. Einverstanden, wenn die beiden sich auf die Sache konzentrierten, und das würden sie tun, das wußte er. Er selber wollte mit dem Dienstwagen im *George and Dragon* bleiben, wo er mit den Streifen und mit Ashford in Verbindung blieb und jederzeit in jede Richtung aufbrechen konnte, wenn es nötig sein sollte. Bob auch noch hier zu behalten, wäre Verschwendung. Delphick nahm ein zweites Blatt in die Hand, auf dem oben vermerkt war: *Polizei – Verwendung von Wagen.* Darunter folgte eine Aufstellung der Wagenmarken, der Sektoren und der Fahrer. Das mußte man den alten Militärs lassen – sie verstanden zu planen.

»Vielen Dank, Sir George. Das erspart unseren Streifen

das unnötige Anhalten und Fragen. Hoffen wir, daß wir alles umsonst gemacht haben.«

»Ja. Aber man muß für den Notfall gerüstet sein. Wir dürfen uns keine Fehler leisten und riskieren, daß die Wagen schließlich alle die gleichen Strecken abfahren. Wenn sie also nicht mit dem Bus zurückkommt, fahren die Wagen um 22 Uhr ab und kommen um 0 Uhr 30 zurück. Mehr als zweieinhalb Stunden darf man Amateure nicht durch die Dunkelheit kutschieren lassen. Sonst bauen sie bloß noch einen Unfall.«

6

Hier biegen wir links ein. Dann geradeaus – das nächste Stück ist ein bißchen gewunden. Dann wieder links.« Miss Treeves knipste die Taschenlampe aus. Lady Colveden folgte ihren Anweisungen.

Sie waren langsam bis an die nördliche Grenze ihres Abschnitts gefahren und befanden sich nun auf dem ersten Teil des Rückwegs. Sie hatten keinen Fußgänger angetroffen, nur einen Radfahrer und sieben Wagen; zweimal hatten sie haltgemacht, um einen dunklen Schatten zu untersuchen, der sich dann als dunkler Schatten herausstellte. Miss Treeves hielt die Blicke auf den Straßenrand gerichtet, Lady Colveden auf die Mitte der Fahrbahn. Sie hoffte von Herzen, daß nichts passiert war. Es war doch gar nicht möglich. Die Ärmste – sie mußte irgendwohin gegangen sein und nicht auf die Zeit geachtet haben. Aber wie kam sie dann bloß nach Hause? Und kalt war es auch.

Laut erklangen die Zimbeln. Miss Seeton regte sich. Noch halb im Schlaf hörte sie Stimmengemurmel und sah flimmernde Bilder. Sie schüttelte ein paarmal den Kopf und konzentrierte sich auf die Leinwand. Ein Gesicht schwamm nach vorn, wuchs und beherrschte die Szene. Überrascht blinzelte Miss Seeton. Tiefverschattete Augen fieberten. Sinnliche Lippen lockten.

»Deine Weisheit schlummert nur«, verkündete das Gesicht. »Komm, ich will dich erwecken.«

Miss Seeton gehorchte dem Ruf und setzte sich aufrecht hin. Gott sei Dank – einen Augenblick hatte sie fast gedacht, sie sei eingeschlafen. Nein, nein, jetzt wußte sie es wieder. Das war König Salomon, und sie hatte ihn schon einmal gesehen. Schon einmal ...? Sie warf einen Blick auf die Uhr über der Ausgangstür. Wieder schüttete sie den Kopf und sah dann noch einmal hin. Das war doch nicht möglich – zwanzig vor elf? Ogottogott, das war ja entsetzlich! Sie mußte den ganzen Film verschlafen haben und war jetzt wieder an der ersten Stelle. Verstört sprang sie auf die Füße, stolperte über die letzten drei Besucher in ihrer Reihe und lief den Mittelgang hinauf und hinaus auf die Straße. An der Bushaltestelle prüfte sie den Fahrplan, der ihr erst am nächsten Morgen einen Bus in Aussicht stellte. Was nun – ein Hotel? Sie hatte ja gar nichts bei sich, nicht mal eine Zahnbürste. Das Zahnloch fiel ihr ein, und sie schloß den Mund. Ein Taxi nehmen? Aber wo finden? Und außerdem wäre das sicher schrecklich teuer. Auf der anderen Seite stand ein Wegweiser mit Zeigern nach London, Sevenoaks, Tunbridge Wells. Sie wollte schon weitergehen, als sie einen kleineren Arm des Wegweisers bemerkte, der auf einen abfallenden Weg zeigte, und die Aufschrift *Plummergen 5 3/4 Meilen* trug. Natürlich – das mußte der Weg sein, der zu der Straße am Kanal führte, die unten an ihrem Garten entlanglief. Sollte sie es wagen? Sie wühlte in ihrer Handtasche. Ja, die Taschenlampe hatte sie mit. Also dann los, und wenn sie zum Kanal kam, verlief er ganz gerade, das mußte die Straße also ebenfalls tun. Immerhin: Noch vor einem Jahr hätte sie so was niemals ins Auge gefaßt. Aber die Lage hatte sich geändert, oder vielmehr: sie hatte sich geändert. Obwohl manche der Positionen seltsam und oft sogar peinlich waren – es war nicht zu leugnen, daß *Durch Yoga jünger jeden Tag* einen beträchtlichen Wandel herbeigeführt hatte. Sie hatte allen Grund, der Werbeanzeige dankbar zu sein, die ihr damals in der Zeitung aufgefallen war: *Haben Sie steife Knie?* Das hatte sie weiß Gott gehabt. Und jetzt waren sie nicht mehr steif, sie konnte sie also wirklich mal auf die Probe stellen. Ein flotter Spaziergang – na ja, vielleicht lieber nicht allzu flott. Es waren immerhin fünf Meilen. Fünfdreiviertel. Aber ein kräftiges und stetes Ausschreiten würde die Blutzirkulation fördern und sie aufwärmen. Miss Seeton überquerte die Straße und begann, den kurzen, steil abfallenden Weg hinunterzugehen, der zur unteren Straße führte. Ja, es war alles in Ordnung. Sie hatte den warmen Mantel an, und es war jedenfalls besser als herumzustehen, denn – ehrlich gesagt – es war wirklich recht kalt.

»Sind Sie sicher, Sir George, daß sich Miss Seeton auf dieser Straße befindet?«

»Nein.«

»Oh.« Das erstaunte Arthur Treeves; darüber mußte er nachdenken. »Wäre es dann nicht viel besser, wir führen dorthin, wo sie ist?«

»Zweifellos. Wenn wir wüßten, wo sie ist.«

»Ja, natürlich. Ich verstehe.« Er verstand nichts. Eine Eule strich quer über die Straße. Der Pfarrer fuhr aufgeregt herum. »Lang – ganz bestimmt, das war eine Langohreule, glauben Sie nicht?«

Sir George fuhr gelassen weiter. Hoffentlich war die kleine

alte Dame unversehrt und irgendwo unter Dach. Verdammt kalte Nacht. Und dann noch dieser Wind.

Es mag stimmen, daß die Entfernung von Plummergen nach Rye fünfdreiviertel Meilen beträgt; aber die Angabe stammte vermutlich von einer Krähe, die es eilig gehabt hatte. Miss Seeton hatte es zwar ebenfalls eilig, besaß jedoch weder den Ortssinn noch die Flügel der Krähe. Die Straße jedenfalls ist für Verkehrsmittel gedacht, die es nicht eilig haben. Sie ist uneben, gewunden und holt unnötig weit aus, bis sie schließlich eine scharfe Rechtswendung macht und über eine Brükke führt, wo die Kanalstraße beginnt. Der Kanal verläuft zwar gerade, die Straße jedoch nicht. Sie hat gerade Strekken; auf der einen Seite fällt sie steil etwa zehn Fuß zum Kanal ab, auf der anderen Seite schlägt sie bei jeder Bodenerhebung den Weg des geringsten Widerstandes ein und neigt sich in Haarnadelkurven nach unten, dem Kanal zu. Gegenverkehr ist ausgeschlossen, sie ist zu schmal, und selbst ein Fußgänger muß, je nachdem, wo ihm ein Wagen begegnet, auf das Gras, zum Wasser oder auf die Böschung ausweichen. Als Miss Seeton die Brücke erreichte, gab ihre kleine Taschenlampe nur noch ein schwaches Glimmern her. Sie steckte sie in die Handtasche. Egal – sie hatte bis hier zwar länger gebraucht als erwartet, aber von nun ab mußte es jetzt immer geradeaus gehen. Sicher gewöhnten sich auch die Augen schnell ans Dunkel; die Umrisse würde sie schon erkennen können. Sie mußte nur darauf achten, sich immer hart rechts zu halten; der Kanal war zwar nur ein paar Fuß breit, aber die Böschung war steil, und sie wollte ja schließlich nicht ausrutschen. Und hier in der baumlosen Weite war es wirklich sehr windig.

Auf dem Rückweg von New Romney setzte Sergeant Ranger plötzlich den Fuß auf die Bremse. Anne Knight spähte durch das Seitenfenster. Nein, was da neben der Hecke lag, war ein Baumstamm. Er fuhr wieder an. Wenn bloß Miss Seeton wohlauf war – wo immer sie sich im Augenblick aufhielt. Es war kalt und windig, und jetzt – er schaltete den Scheibenwischer an – fing es auch noch an zu regnen.

Bloß gut, daß sie den heftigen Wind im Rücken hatte. Er schob sie richtig ein bißchen voran. Ogottogott, jetzt fing es auch noch an zu regnen. Miss Seeton spannte ihren Schirm auf. Plötzlich stand sie an der ersten Wegbiegung, zögerte, und der Wind griff bereitwillig ein, fuhr ihr unter den Schirm und schob sie munter um die Kurve. Weiter ging der Marsch. Der Wind wurde stärker, der Regen schwerer, Miss Seeton immer nasser. Vor ihr erschien jetzt ein Licht, das eine neue Straßenkurve erleuchtete. Ein Auto kam auf sie zu. Ogottogott, kein Platz. Und der Fahrer erkannte sie bestimmt erst, wenn es zu spät war. Was sollte sie ... Mühsam krabbelte sie die Böschung hinauf. Langsam wurde das Licht heller. Langsam bog ein Wagen um die Kurve, und langsam fuhr der kleine M. G. mit Nigel Colveden und Mel Forby, die sich abmühten, durch die regennassen Scheiben zu spähen, unten vorbei. Langsam erloschen die Schlußlichter.

Nichts Neues. Delphick wurde immer unruhiger. Wo konnte sie bloß sein? Er saß im *George and Dragon*, wo der Wirt ihm sein Büro überlassen und die Telefonglocke leiser gestellt hatte, bevor er schlafen ging. Wohin in aller Welt war sie gegangen? Er war immer noch überzeugt, daß er die Situation in ihrem Häuschen richtig beurteilt hatte: sie war schon fort gewesen, als dort eingebrochen wurde. Warum bloß hatte sie keinem Menschen gesagt, wohin sie ging, dann wäre es doch wenigstens ... Das Telefon surrte. Ashford meldete sich. Nach kurzem Gespräch legte Delphick den Hörer wieder auf. Ein Einbruch im Dorf; das hatte wirklich gerade noch gefehlt. Ashford hatte einen Streifenwagen hingeschickt, um sich die Sache anzusehen; das reichte offenbar. Warum, zum Teufel, mußten sich die Diebe ausgerechnet diese Nacht aussuchen, wo schon so viele Leute in der Gegend herumfuhren und die Streifen alle Hände voll zu tun hatten? Gerade deshalb wahrscheinlich. Und wo Miss Seeton verschwunden war, würde sicher das halbe Dorf die Sache wieder in den falschen Hals kriegen und sie als diebische Elster hinstellen, die sich heimlich durch Hinterfenster in die Häuser zwängte und Wertgegenstände stahl. Gott sei Dank, das war nicht sein Bier. Aber ... halt. Es paßte alles. Er sprang auf. Kindermord, Überfall auf die Poststelle, Diebstähle aus Häusern und Wohnungen. Das mußte er nachprüfen. Lohnte nicht, den Wagen zu nehmen. Im strömenden Regen kämpfte er sich die Straße entlang. Scheinwerfer blendeten ihn, ein Wagen schoß vorbei, mitten durch eine Wasserlache, die ihm über die Füße spritzte. Er kroch tiefer in seinen Regenmantel. So was müßte bestraft werden: Fahrer, die nicht abblendeten. Und bei diesem Guß war so ein Tempo der reine Wahnsinn.

Blendendhelle Scheinwerfer kamen auf sie zugejagt. Wirklich ein unerhörter Leichtsinn bei diesem Wetter! Miss Seeton sprang auf die Böschung und zog sich hoch, ein Fuß rutschte aus, sie hielt sich fest und ließ den Schirm fallen. Du liebe Zeit. Sie wandte den Kopf, und die Augen weiteten sich vor Schreck: O nein, nicht – bitte nicht! Der Wind hatte die Führung übernommen, der Schirm jagte schaukelnd auf sein Ziel zu. Jemand rief etwas, ein heller Schrei folgte, kreischende Bremsen auf der glatten Straße, Flüche und wieder ein Schrei, als die Schirmspitze auf die Windschutzscheibe prallte, sie durchbohrte und den Fahrer auf die Nase traf, die sofort zu bluten begann. Der Wagen schwang zur Seite, schien einen Augenblick überrascht in der Luft zu halten, bevor er sich neigte, fiel – noch ein Schrei – und in den Kanal stürzte. Entsetzlich. Ogottogott, wie entsetzlich. Und alles ihre Schuld. Miss Seetons Herz jagte, und jetzt jagten auch ihre Füße die Böschung hinunter, allzu schnell. Es regnete in Strömen. Die Schuhe waren durchgeweicht, das Gras schlüpfrig-naß. Der Wind kam immer noch hilfreich von hinten und schob sie vorwärts. Sie versuchte anzuhalten, doch es war zu spät. Tapfer ruderte sie durch die Luft und landete platschend neben dem Wagen im Kanal.

Vor einem Haus, etwas weiter unten an der Straße, parkte ein Streifenwagen. Delphick steuerte darauf zu und las den Namen auf der Gartenpforte. *Lilikot?* Das war nicht die Adresse, die man ihm gegeben hatte. Jetzt erkannte ihn der Fahrer, der im Wagen saß, und wollte aussteigen, aber der Superintendent winkte ab.

»Hat keinen Zweck, daß wir beide ersaufen. Wenn Ihre Polster keinen Schaden nehmen, setze ich mich einen Augenblick zu Ihnen.« Er öffnete die Tür und ließ sich auf den Sitz fallen. »Was ist hier los?«

Dieser zweite Einbruch, so erfuhr er, war gemeldet worden, als der Inspector in Ashford zusammen mit einem Sergeant noch den ersten Einbruchsfall untersuchte. Hauptsächlich Silber und Schmucksachen, meinte der Fahrer. Jetzt wurde über die Sprechanlage die Wagennummer durchgegeben; der Fahrer stellte die Anlage etwas lauter. »Einbruch, *Glenvale House,* eine Meile vom Dorf entfernt auf der Straße nach Brettenden. Auch ein Wagen gestohlen«, meldete die Stimme. »Der Name ist Farmint. Er ist in heller Aufregung.« Der Fahrer wollte seine Tür öffnen, doch Delphick hielt ihn zurück.

»Ich werd's dem Inspector melden. Und werd' ihm auch sagen, daß Mr. und/oder Mrs. Farmint sehr aufgebracht ist oder sind. Wenn wir hier fertig sind, werde ich mit Ihnen zu den Farmints fahren. Bitte nehmen Sie alle Meldungen für mich an.«

»Jawohl, Sir, gerne.«

Delphick stieg aus, lief schleunigst auf die Haustür von *Lilikot* zu und klingelte.

Miss Seeton kam mühsam auf die Füße. Ogottogott, die armen Leute da im Wagen. Sie mußte ganz schnell hin und sehen, was sie tun konnte. Wenigstens waren sie nicht ertrunken, denn das Wasser reichte ihr kaum über die Knie. Wenn sie bloß die Tür aufbekam. Das war jedoch unnötig; beide Türen standen weit offen. Niemand war im Wagen. Sicher waren sie herausgeschleudert worden. Und vielleicht doch ertrunken. Einer der Scheinwerfer brannte noch unter Wasser. Sie überlegte flüchtig, wie das möglich sei; Wasser und Elektrizität vertrugen sich doch sonst nicht. Aber jedenfalls konnte sie etwas sehen. Sie sah sich um. Bewegte sich da etwas? Ja, da drüben, auf der anderen Seite, gerade jenseits des Lichtstrahls. Eine Gestalt tauchte aus dem Kanal und kletterte die Böschung hinauf, eine zweite folgte, glitt aus und rutschte zur Seite. Einen Augenblick wurde nasse Kleidung sichtbar, die an einer schmalen Mädchengestalt herunterhing. Lange dunkle Haarsträhnen. Von oben kam eine helfende Hand und wurde ergriffen. Beide Gestalten erklommen den Rest des Weges und verschwanden im Dunkel. Etwas zischte leise. Der Scheinwerfer ging aus.

Mit einiger Erleichterung verließ Delphick das Haus *Lilikot* und machte sich mit dem Inspector aus Ashford auf den Weg zum nächsten und, wie er inständig hoffte, letzten Einbruch dieser Nacht. Wie aufgeregt auch die Farmints sein mochten, ihre Aufregung konnte kaum größer sein als die von Miss Nuttel und Mrs. Blaine. Ihrem Wortschwall hatte Delphick entnommen, daß die unter den gestohlenen Kostbarkeiten am meisten betrauerten Gegenstände Miss Nuttels Kameebrosche – von einer Tante geerbt – und Mrs. Blaines einfach himmlische silberne Teekanne waren, ferner ein völlig unersetzlicher Rubinring in Gold, ein Familienerbstück, der von Mrs. Blaines Großmutter stammte.

Bevor sie zu den Farmints fuhren, ließ Delphick schnell noch am *George and Dragon* anhalten, wo Nigel Colveden vor wenigen Minuten Mel Forby abgesetzt hatte. Nichts Neues. Delphick fiel auf, wie müde und angestrengt Mel Forby aussah. Er sagte ihr, sie könne jetzt weiter nichts tun, und riet ihr, schlafen zu gehen, was sie jedoch ablehnte: Sie wollte lieber warten. Er zuckte die Achseln: Reporter waren doch alle gleich – hatten sie sich mal in eine Sache verbissen, so ließen sie um nichts in der Welt locker. Als er gerade gehen wollte, erschien Anne Knight mit Bob Ranger. Nichts Neues. Er schickte Anne nach Hause, informierte Bob von den Vorfällen der Nacht und ließ ihn zur Bewachung des Telefons zurück. Dann ging er zu dem Streifenwagen zurück und machte sich auf den Weg zum Hause der Farmints. Nichts Neues . . ., bloß haufenweise Einbrüche. Irgendwie und ganz idiotischerweise verstärkte das noch seine Sorge um Miss Seetons Geschick. Mord: ja. Ein entschlossener Mörder ließ sich so leicht nicht zurückhalten. Nur aufräumen konnte man hinter ihm. Mit Raub war es anders. Wenn es um Diebstahl ging – vor allem in ihrem eigenen Umkreis –, war Miss Seeton gewöhnlich in den vordersten Reihen zu finden: das Diebesgut fest gepackt, mit dem Regenschirm um sich schlagend und überall Chaos verbreitend. Diesmal war es offenbar anders, und das machte ihm allmählich schwer zu schaffen.

Wurde es heller? Oder lag es nur daran, daß ihre Augen sich an die Dunkelheit gewöhnten? Nein, es stimmte, sie konnte den Regen jetzt nicht nur hören und fühlen, sondern auch sehen, in goldglitzernden Streifen. Da der Mond nicht zu sehen war, konnten es nur die Scheinwerfer eines Wagens sein. Ja, das mußte es sein. Sie faßte Mut. Wenn sie sich bemerkbar machen konnte... Jetzt, bei zunehmender Beleuchtung, wurde ihr das Dilemma, in dem sie steckte, erst richtig klar. Sie steckte in einem tiefen Graben, etwa zehn Fuß unterhalb der Straße, in einer dunklen und stürmischen Nacht. Ausgeschlossen, daß man sie vom Wagen aus sehen konnte. Und ihr Rufen würde in dem Motorengeräusch untergehen. Miss Seeton war ratlos. Natürlich würde sie rufen, wenn der Wagen nahe genug war, aber inzwischen mußte sie versuchen, sich selber zu helfen, solange sie etwas sehen konnte. Sie blickte zur Böschung hinüber. Ja, das war sicher das beste. So steil sah sie gar nicht aus. Die armen Leute aus dem Wagen hatten es ja auch geschafft. Was die konnten, das konnte sie auch. Außerdem hatten sie sich bestimmt aufgemacht, um Hilfe zu holen. Für den Wagen. Sie konnten ja nicht ahnen, daß sie so unvorsichtig gewesen war, ebenfalls ins Wasser zu fallen. Und befriedigt kam sie zu dem Schluß, daß der Unfall zwar allein ihre Schuld gewesen war, die Wageninsassen offenbar aber nicht ernsthaft verletzt gewesen waren.

Ein schwarzer Schwan, der Kopf schimmernd im Licht, kam auf dem Wasserstreifen zwischen ihr und dem Wagen auf sie zugeschwommen und prallte gegen sie. Erschrocken schrie sie auf und wandte sich um. Nein, was für ein Glück. Ihr Schirm. Sie streckte die Hand aus. Schelmisch wich er zurück und stieß an die offene hintere Tür des Wagens. Etwas fiel aus dem Wageninneren. Sie watete vorwärts, packte den Schirm und versuchte, ihn zuzumachen. Er klemmte. Sie schob die Hand hinunter und holte zwischen den Stangen – nein, wie merkwürdig – einen Ring heraus. Sie öffnete ihre durchweichte Handtasche und steckte sicherheitshalber den Ring hinein. Die Riemen waren zum Glück sehr kräftig. Diese altmodischen Handtaschen waren doch die besten, da konnte man sagen, was man wollte. Wenn man die mal über den Arm gehängt hatte, dann blieben sie da – egal was kam.

Der Wagen rutschte etwas, neigte sich, und etwas bewegte sich. Irgendwas Glänzendes rutschte auf die Tür zu und wollte gerade fallen, aber sie hielt es fest. Was... Aladins Lampe? Unsinn, nein. Eine Teekanne. Auf dem Boden des Wagens stand ein offener Sack und neigte sich ihr zu. Sie schob die Teekanne hinein, darunter glänzte noch mehr Silbernes. Wirklich merkwürdig. Ob die armen Leute gerade beim Umziehen gewesen waren? Aber dann hätte man solche Sachen doch in Seidenpapier verpackt. Oder wenigstens in Zeitungspapier. Schrecklich. Wahrscheinlich gab es eine Erklärung, das war jedenfalls anzunehmen. Aber immerhin: die Poststelle war ja auch überfallen worden – es war also vielleicht denkbar, daß auch dies hier gestohlenes Gut war. Der Wagen rutschte etwas tiefer und bewegte sich, und ebenso der Sack, in dem es jetzt leise klirrte. Ogottogott. Miss Seeton hielt ihn fest, aber er war schwer. Wieder neigte sich der Wagen, als sähe er ihr Dilemma; und der Sack fiel heraus. Miss Seeton zog. Der Sack, jetzt wasserbeschwert, rührte sich nicht. Aber sie konnte doch die Sachen nicht hier liegenlassen! Sie konnten ja jemandem gehören. Wieder hob sie ihn an, zog und riß und hievte ihn in die Höhe, und langsam hob er sich und wurde leichter, als das Wasser herausfloß. Sie schob ihn mühsam auf die Böschung. Er wollte nicht liegenbleiben. Sie schob die Schulter unter den Sack, nahm ihren Schirm und spießte die Spitze oben durch den Sack in den Erdboden. Er blieb wie angenagelt an der Böschung liegen. So – das war erledigt.

Miss Seeton fühlte einen leichten Schwindel und machte eine kurze Pause. Ihre Zähne begannen vor Kälte zu klappern. Dumpfe Mattigkeit nahm von ihr Besitz; die Umgebung wurde unwirklich und verschwamm. Reiche Gaben an

Silber und Juwelen ..., aber so blond durfte sie doch wirklich nicht sein. Und gleich darauf lange dunkle Strähnen ..., paßte viel besser. Alles Forschungsarbeit, vermutlich. Miss Seeton schwankte und saß plötzlich im Wasser, das ihr bis zum Kinn reichte. Zu dumm. Sie versuchte es wegzuschieben, und die Bewegung weckte sie auf. Also das ging auf keinen Fall. Es waren schon Menschen in Eis und Schnee eingeschlafen, aber hier im Kanal einzudösen, das ging nun wirklich zu weit.

Das Licht war jetzt hell, ein breiter Streifen erleuchtete oben über ihrem Kopf die gegenüberliegende Böschung. Sie selbst stand nahezu im Dunkel. Dies war sicher der richtige Augenblick; jedenfalls wollte sie es versuchen.

»Hilfe!« piepste sie.

Nichts. Sie lauschte. Nur der Wind und der ununterbrochene Regenstrom. Niemand antwortete, aber das war ja kein Wunder. Bei dem Regen. Ob sie besser aufs Verdeck kletterte und winkte ...? Prüfend musterte sie den Wagen. Er hatte sich mit gesenkter Motorhaube in den Kanal eingewühlt, wie ein Schwein in seinen Futtertrog. Aber das hintere Ende ragte hoch; wenn sie da hinaufkam ... Sie suchte nach Stützen für die Hände. Der Wagen stand ziemlich über Kopf – war er nicht vorher viel gerader gewesen? Sie legte die Hand oben auf die Tür und zog, und der Wagen, freundlich und hilfsbereit, neigte sich ihr zu. Schleunigst ließ sie ihn los. Jetzt schwankte er sanft. Ogottogott, sie hatte recht gehabt, vorher war er viel gerader gewesen. Langsam, aber sicher neigte er sich zur Seite und war im Begriff, sie unter sich zu begraben. Schnell – sie mußte hier weg. Sie grub die Finger in die schlammige Böschung und versuchte, einen Fuß zu heben, was mißlang. Sie probierte es mit dem andern. Auch das ging nicht. Jetzt nahm sie alle Kraft zusammen. Ogottogott, es nützte nichts. Beide Füße steckten fest im Schlamm. Was sollte sie bloß tun? Nur nicht – nur nicht den Mut verlieren. Gründlich nachdenken. Grund..., das war's. Sie mußte die Füße aus dem Schlammgrund ausgraben. Sie bückte sich, befühlte ihre Füße unter dem Wasserspiegel und versuchte, mit den Händen den Schlamm um die Gelenke wegzuschaufeln. Ganz in der Nähe bimmelte etwas, dann klirrte es, etwas weiter weg. Sie blickte auf und starrte auf die Stelle, wo sie den Sack mit ihrem Schirm festgenagelt hatte. Beide, Sack und Schirm, waren verschwunden.

Wieder hupte der Wagen. Miss Seeton wandte den Kopf. Er kam langsam herunter. O nein – bitte nicht. Sie warf sich gegen die Böschung, streckte die Arme weit aus und krallte die Finger in den Boden. Der Schlamm gab nicht nach, die Füße steckten fest. Oben schwankte der Wagen. Er sah jetzt nicht mehr freundlich aus – eher drohend.

Ein Schlag auf das Handgelenk. Jemand hielt es gepackt und zog – zog so stark, daß es weh tat. Jetzt das andere Gelenk. Die Hand, die daran zerrte, war wie ein Schraubstock. Sie hob den Kopf. Dicht vor sich sah sie ein regennasses Gesicht. Zornige Augen starrten sie unter tropfenden Haaren an.

Der schüchterne Junge. »Zu freundlich«, keuchte Miss Seeton. »Tut mir so leid..., etwas schwierig..., ich kriege die Füße nicht los.«

Mit dem Kopf nach unten lag der Junge auf der Böschung, stemmte die Füße in den Boden und zog... zog. Miss Seetons Arme fühlten sich an, als würden sie aus den Gelenken gerissen. Einer mußte nachgeben – und tat es auch. Mit häßlichem Plop gab der Schlammgrund den einen Fuß frei. Sie stützte sich auf die Böschung, hob sich an und befreite auch den anderen. Der Stoß riß sie nach oben; und der Wagen, den die Unruhe störte, seufzte einmal auf und legte sich dann plätschernd auf die Stelle, an der sie gestanden hatte. Jetzt ließen die Hände ihre Handgelenke los und schoben sich über Schultern und Arme bis zur Taille, die sie festhielten. Der

Junge arbeitete sich Fuß für Fuß rückwärts den fast senkrechten Abhang hinauf, hielt an und wartete. Miss Seeton, von den kräftigen Fäusten gehalten, kroch langsam nach und hielt dann an. Auf diese Weise erreichten sie endlich zusammen die Höhe und blieben erschöpft und triumphierend sitzen.

Auf der Straße, deren ganze Breite er einnahm, stand ein Lastwagen in Richtung auf Plummergen; die Scheinwerfer beleuchteten den Sack und den Regenschirm.

»Mein Gott – der ist voller Silber«, sagte Miss Seeton. Es war schwierig, die Einzelheiten mitzuteilen, mußte aber sein. Dem Jungen kam das ganz bestimmt komisch vor. »Den haben sie zurückgelassen beim Aussteigen«, erklärte sie. »Wissen Sie, ich fühle mich dafür verantwortlich, weil es meine Schuld war, daß sie drin waren. Im Wasser, meine ich. Das lag nämlich an meinem Schirm. Aber Silber in so einem Sack – vielleicht gehört es ihnen ja gar nicht, glauben Sie nicht auch? Jedenfalls finde ich, wir müssen es zur Polizei bringen, meinen Sie nicht auch?«

»In Ordnung«, stimmte der Junge zu.

Er war jetzt auf den Füßen, nahm den Sack, klemmte sich zwischen den Wagen und den schmalen Straßenrand und warf den Sack hinten über die Verschlußklappe in den Frachtraum. Miss Seeton nahm ihren Schirm und folgte ihm, kletterte auf der Fahrerseite in den Wagen und schob sich auf den Nebensitz. Der Junge sprang hinein, drehte den Zündschlüssel um, setzte zurück, schaltete und fuhr mit klickenden Scheibenwischern die Straße hinunter. Neben ihm tropfte Miss Seeton.

Als die Polizisten das Farmintsche Anwesen verließen, wußten sie nicht viel mehr als zuvor. Die Liste der gestohlenen Silber- und Schmucksachen war angewachsen, doch über die Diebe hatten sie kaum etwas Neues erfahren. Jedesmal waren sie durch ein Hinterfenster eingestiegen; am Fenster sah man auch Spuren von Gewaltanwendung. Bei den beiden Fenstern, die er gesehen hatte, kam es Delphick so vor, als seien die Kratzer und Splitter rund um das Schloß erst nachträglich angebracht worden, zur Irreführung. Die Fenster waren vielleicht gewaltsam geöffnet worden, doch die Spuren waren sich in beiden Fällen auffallend ähnlich. Es sah verdammt aus wie ein Innenjob, oder zumindest wie eine Unternehmung, die auf Innenkenntnis schließen ließ. Durcheinandergebracht war sehr wenig; der Täter hatte sich ohne Umschweife das geholt, wonach er aus gewesen war. Es war auch keinerlei Geräusch zu hören gewesen; und man konnte zwar ein Fenster unbemerkt, nicht aber völlig lautlos aufbrechen. Daß man in drei Haushalten keinen Ton gehört hatte, ließ auf ein Ausmaß von Glück schließen, wie es kaum ein Einbrecher haben dürfte.

Die ersten Betroffenen hatten ihren Verlust bemerkt, als die Tochter des Hauses nach unten ging, um ein Glas Milch zu holen, und das Küchenfenster offen vorfand. Im Hause *Lilikot* war es Mrs. Blaine beim Zubettgehen aufgefallen, daß ihr Frisiertisch in Unordnung und ihr Ring verschwunden war. In *Glenvale House* hatte der Hausherr, als er in der Einfahrt einen Wagen hörte, aus dem Schlafzimmerfenster geblickt und unten gerade noch seinen eigenen Wagen abfahren sehen. Daraufhin hatte Mrs. Farmint die Polizei angerufen, und als ihr Mann das Haus durchsuchte und feststellte, daß außer ihren Schmucksachen auch noch Silber fehlte, riefen sie das Revier noch einmal an.

Die Tatsache, daß Doris Quint in allen drei Häusern kürzlich ihre Arbeit aufgenommen hatte, war für Delphick ein Hinweis, den man nicht übersehen durfte; und dieser Ansicht schloß sich auch der Inspector in Ashford an. Obgleich es jetzt fast ein Uhr war, beschlossen sie, den Quints auf der Stelle einen Besuch abzustatten und sich anzuhören, was Mrs. Quint zu sagen hatte. Bevor sie sich nach Plummergen Common auf den Weg machten, bat Delphick bei den Farmints um Erlaubnis, das Telefon zu benutzen. Bobs Meldung lautete: Immer noch nichts Neues. Sturm und Regen hatten sich nicht gelegt, und Delphicks Sorge um Miss Seeton wuchs. Es schien zwar aussichtslos, aber er überlegte sich, ob man nicht doch Reserven aufrufen und eine nächtliche Suchaktion in die Wege leiten sollte.

Der Lastwagen hielt an; der Junge sprang ab und machte ihr ein Zeichen, sitzen zu bleiben. Miss Seeton blickte ihm nach. Er schritt in ein kleines Häuschen, in dem jetzt ein Licht anging. Einen Augenblick später wurde auch oben ein Fenster hell. Natürlich – er war sicher zu seiner Frau gegangen, um ihr die Sache zu erklären. So ein freundlicher junger Mann, und so rücksichtsvoll. Sie spähte durch die Windschutzscheibe nach draußen in den Regen. Also – das war doch – natürlich! Sie standen an der Kanalbrücke, die zu ihrem Haus führte. Nach knapp zwei Minuten kam der Junge zurück. In der offenen Haustür stand eine schmale mädchenhafte Gestalt, die schüchtern grüßend die Hand hob, dann schloß sich die Tür wieder. Miss Seeton kämpfte mit dem Türgriff an ihrer Seite und kletterte hinaus. Schnell kam der Junge um den Wagen herum und half ihr.

»Sie sind wirklich furchtbar nett zu mir gewesen«, sagte sie. »Ich bin Ihnen so dankbar. Aber ich wohne hier ganz in der Nähe, ich kann jetzt leicht zu Fuß hingehen.« Sie wühlte in der durchweichten Tasche und brachte den Schlüssel hervor. »Wissen Sie, es wäre auch besser, nicht vorzufahren, sonst wacht vielleicht jemand auf von dem Lärm. Wenn ich allein hineinschlüpfe, dann merkt das niemand.« Sie blickte an sich herab. Alles triefte und tropfte; der schöne Hut mit dem Aufschlag vorn war jetzt gar nicht mehr schön, und der Aufschlag – immer noch deutlich erkennbar – hing ihr wie eine trübe Traube in die Stirn. »Und dann bin ich ja auch ziemlich naß, nicht wahr?«

Der Anflug eines Lächelns erschien auf dem jungen Gesicht. »In Ordnung«, sagte er. Sie wollte ihm zum Abschied die Hand geben, aber er nahm sie nicht. Sie wandte sich zum Gehen. Er folgte. Gemeinsam patschten sie den Weg hinunter bis zu ihrem Haus, wo sie die Seitenpforte aufschloß und eintrat. Er folgte. Sie hielt ihm die Hand entgegen. Er ignorierte sie. Die Pforte fiel ins Schloß, und sie gingen durch den Garten zur Küche. Miss Seeton schloß auf und wollte sich verabschieden. Er beachtete sie nicht und trat ein. Sie folgte ihm. Er drehte das Licht an, öffnete Türen, blickte in die Zimmer. Sie setzte zum Reden an, aber er ignorierte sie und ging nach oben. Sie folgte. Er fand das Badezimmer, drehte den Wasserhahn auf und machte ihr Zeichen in Richtung auf ihr Schlafzimmer. Miss Seeton nahm ein Handtuch und legte es auf den Boden, zog ihre nassen Sachen aus und ließ sie auf das Handtuch fallen, nahm ihr Nachthemd und zog den Morgenrock an. Wirklich, er war zu und zu freundlich, der Junge. So richtig fürsorglich. Sie ging ins Badezimmer. Der Junge war verschwunden.

Das Ausruhen im heißen Wasser war wundervoll. Was für ein Segen dieser Sieder war, den Flora damals noch installiert hatte. Trocken und erholt kam sie ins Schlafzimmer zurück. Die nassen Kleider waren verschwunden. Auf dem Handtuch war der Inhalt ihrer Tasche ausgebreitet; darunter – im Plastikbeutel – die zweite Tablette, die ihr Dr. Geldson gegeben hatte. Ach ja, die sollte sie ja vor dem Schlafengehen nehmen. Ja, das wollte sie jetzt tun. Obgleich sie eigentlich gar keine Schmerzen mehr fühlte. Aber sie hatte ja auch an anderes zu denken gehabt. Sie stieg ins Bett, nahm die Tablette und wollte sich gerade aus der Karaffe auf dem Nachttisch etwas Wasser einschenken, als der Junge hereinkam. In der Hand trug er ein dampfendes Glas, das er ihr reichte. Sie faßte es oben am Rand an. Dunkelgelb war die Flüssigkeit und sehr heiß. Sie schob sich die Tablette in den

Mund, nahm einen Schluck – und verschluckte sich. Ogottogott. Sehr heiß, wirklich. Und es brannte auch so, innen. Und schmeckte nicht gut. Aber es durchrann sie – richtig schön warm. Sie hielt ihm das Glas hin. Er schüttelte den Kopf. Wieder setzte sie vorsichtig an und trank. Nein, es schmeckte nicht gut, aber innerlich tat es sehr wohl. Komisch. Die Decke war ganz schräg, mehr als sonst. Das Bett erhob sich in die Luft, kam herunter und stieg noch einmal auf. Nur gut, daß sie niemals seekrank wurde. Zwei Jungen standen an ihrem Bett, beugten sich zu ihr, nahmen ihr die beiden Gläser aus der Hand.

»Schu nett«, murmelte sie schläfrig.

Drei Jungen knipsten drei Lichtschalter aus und verließen das Zimmer. Miss Seeton fiel zurück in die Kissen.

Hinter der Gardine eines Fensters im Hause *Saturday Stop* brannte Licht. Auf das Klingeln der Polizisten öffnete Doris Quint, im Morgenrock und den Kopf mit einem Handtuch umwickelt, die Tür und blickte die triefnassen Männer ablehnend an.

»Polente? Mitten in der Nacht? Was ist denn los?«

Die Beamten erklärten. Doris zeigte sich entrüstet, verstand auch gar nicht, was das alles mit ihr zu tun haben sollte. Sie konnte die Besucher nicht hereinbitten, da sie, wie man sah, nicht angezogen sei; sie habe sich nämlich vor dem Schlafengehen die Haare gewaschen. Am Tage kam sie nie zu so was, da gab es viel zuviel zu tun. Überdies schlief jetzt ihr Mann schon, und der Junge war auch im Bett, die Herren mußten also Verständnis haben. Sie hatten keinen Haussuchungsbefehl und mußten die ganze Zeit im strömenden Regen draußen stehenbleiben, während Doris von der Krankheit ihres Mannes berichtete, von seinem Bedürfnis nach Ruhe und der Gefahr einer Ruhestörung, von den Schwierigkeiten mit dem kleinen Bruder und den eigenen

Kümmernissen, und manchmal wisse sie selbst nicht, wie sie alles schaffe. Der Redestrom riß nicht ab. Die Beamten erfuhren nichts. Und damit mußten sie sich – weder beeindruckt noch überzeugt – schließlich bescheiden. Sie unterhielten sich im Wagen weiter über die Frau und ihren spontanen Ausruf »Polente?« – offenbar ein Zeichen, daß es nicht ihre erste Begegnung mit den Hütern von Recht und Ordnung gewesen war. Vielleicht hatte sie sich wirklich die Haare gewaschen; vielleicht trocknete sie sie auch nur, weil sie im Regen draußen gewesen war, obgleich man wohl annehmen konnte, daß sie bei solchem Wetter nicht ohne Kopfschutz hinausging. Möglich, daß ihr Mann schon schlief, aber auch denkbar, daß er nicht gesehen werden wollte oder gar nicht da war. Auf so vagen Verdacht hin konnten sie jedenfalls nicht darauf bestehen, daß er an die Tür kam. Und der kleine Bruder war vermutlich zu jung, noch fast ein Kind. Der Inspector aus Ashford erinnerte Delphick daran, daß die ganze Familie für die Zeit des Postraubs ein Alibi hatte.

Delphick knurrte. »Ja, ich weiß. 'ne Ausflugsfahrt. Im März.«

Der Streifenwagen setzte ihn am *George and Dragon* ab und fuhr dann weiter. Delphick war immer noch unentschlossen und zögerte: Sollte er schlafen gehen und mit allem weiteren bis morgen früh warten, wie es nur vernünftig war; oder sollte er jetzt eine Anzahl übermüdeter Männer in die scheußliche Nacht hinaushetzen und meilenweit das Land absuchen lassen? Damit würde er zwar sein Gewissen beruhigen, aber nützen würde es nichts. Sie konnte ja wirklich überall sein: meilenweit entfernt oder ganz in der Nähe, irgendwo vom Sturm festgehalten oder auch – angesichts ihrer unheimlichen Fähigkeit, sich ebenso phantastisch aus Schwierigkeiten herauszuwinden, wie sie sich hineinmanövrierte – womöglich irgendwo fest schlafend in einem molligen Bett, das ihr ein guter Samariter zurechtgemacht hatte.

Er blickte zu ihrem Haus hinüber und entschloß sich spontan, noch einmal einen Blick hineinzuwerfen und sich zu vergewissern, daß weiter nichts vorgefallen war; dann wollte er seine Entscheidung treffen. Er hatte mit den Kollegen vereinbart, die Haustür zwar zuzumachen, aber nicht abzuschließen, denn es schien unwahrscheinlich, daß heute noch einmal jemand einbrach. Vor allem wollten sie, falls Miss Seeton gefunden wurde, imstande sein, schnell hineinzukommen, ohne erst Martha Bloomer – womöglich tief in der Nacht – wecken zu müssen.

Sobald Delphick die Tür öffnete, spürte er eine Veränderung. Es wirkte nicht mehr wie ein leeres Haus. Irgendwas . . ., ja, es roch nach nassen Kleidern, und zwar aus der Küche. Ordentlich über Tisch und Stühle ausgebreitet fand er dort Miss Seetons triefnasse Kleider. Die Handtasche, leer und umgekehrt, stand tropfend auf dem Ablaufbrett neben einem ausgespülten Glas. Im Ausguß stand ihr Regenschirm.

Er kehrte um, warf einen schnellen Blick in die andern Räume und lief dann nach oben. Ohne Rücksicht auf Schicklichkeit riß er die Schlafzimmertür auf und knipste das Licht an. Wie angewurzelt blieb er stehen und starrte auf das Bett. Miss Seeton beachtete ihn gar nicht. Sie schlief fest.

Sein Blick fiel auf den Fußboden und auf das Durcheinander des Handtascheninhalts, das dort lag. Er kniete nieder. Was war das da – ein Ring? Er hatte noch nie einen Ring an ihrer Hand gesehen. Vielleicht ein Ring ihrer Mutter oder Patin, den sie aus Anhänglichkeit bei sich trug, ein Erb. . . Erbstück? Ein roter Stein in Gold? Ein echtes Erbstück? Sie hatte doch nicht etwa . . ., war es denkbar, daß sie auch diesmal die gestohlenen Sachen –? Hastig sprang er auf und hielt den Stein ins Licht. Nein, ein Rubin war das nicht. Ein Karfunkel vielleicht – eine Art Granat. Bestohlene übertrieben ja gern, besonders Typen wie Mrs. Blaine. Er runzelte die Stirn und legte den Ring wieder hin. Was roch hier –? Er zog die

Nase hoch, ging zum Bett hinüber und beugte sich zu der Schlafenden. Tatsächlich – Whisky. Vorsichtig faßte er sie an der Schulter. Sie reagierte nicht. Er schüttelte sie stärker.

In Miss Seetons Traumnebel flossen Kaskaden von Silber und Juwelen die Flüsse hinab, begleitet von schwarzen Schwänen. Dahinter glitt Kleopatras Barke flußabwärts, überdeckt von Pfauenfedern. In die Kissen gelehnt lag die Königin.

»Blond nicht«, murmelte Miss Seeton. Jetzt setzte die Königin sich aufrecht hin. Lange dunkle Haarsträhnen. »Haar musch dunkel sein.«

Delphick strengte sich an, um die Worte zu verstehen. Blond? Dunkel? Was sollte das heißen? Um ihrer Sicherheit willen und in Anbetracht des Ringes, konnte er das nicht ignorieren. Er mußte herausfinden, was sie angestellt hatte.

»Aufwachen, Miss Seeton«, befahl er und schüttelte sie noch einmal. »Aufwachen. Los, wachen Sie auf!«

Oh, wie ärgerlich, wenn man so müde war. Nein, jetzt nicht, beschloß Miss Seeton. Jetzt noch nicht. Sie setzte sich im Bett auf und öffnete weit die Augen.

»Noch nicht, mein König!« sagte sie klar und deutlich und fiel in die Kissen zurück.

Ratlos blickte Delphick auf sie hinunter. Es juckte ihm in den Fingern, ihr eine runterzuhauen. Da lag sie grinsend vor ihm, stockbetrunken, während er und seine Männer sich halb umgebracht hatten vor Angst und Sorge! Er blickte sie an. Sein Mund zuckte, er mußte lächeln beim Anblick des faltigen kleinen Gesichts, das schlafrot und zufrieden, mit halbgeöffneten Lippen vor ihm lag. Wo war die törichte Person bloß gewesen? Triefnaß und sternhagelvoll. Und wer hatte ihr den Whisky verabreicht? Hier im Haus war keiner, das wußte er von der Durchsuchung. Und das Glas auf dem Ablaufbrett in der Küche –? Aber sie konnte doch in dem Regen nicht ein Glas Whisky in der Hand heimgetragen haben.

Eilig lief Delphick nach unten, ging ans Telefon und rief Dr. Knight an, bei dem er sich entschuldigte für die späte Störung. Er beschrieb Miss Seetons Zustand, so gut er konnte. Hier sei bestimmt nicht nur Whisky im Spiel, sagte er. So betrunken konnte sie gar nicht sein. Ob Dr. Knight es wohl übelnähme, wenn er ihn bäte, sie sich mal anzusehen?

Dr. Knight erwiderte, angesichts der späten Stunde nähme er das sehr übel. Er werde in fünf Minuten dort sein.

Dankbar legte Delphick auf. Dann rief er seinen Sergeant an und trug ihm auf, in Ashford mitzuteilen, daß Miss Seeton wieder zu Hause sei.

Gleich darauf kam Bob an und brachte Neues: Die Beute aus den Einbrüchen war gefunden und der Dieb in Haft. Eine Streife, die den Auftrag hatte, bei der Suche nach Miss Seeton jeden Autofahrer nach ihr zu fragen, hatte auf der Landstraße nach Brettenden einen Lastwagen angehalten. Da ihnen der Fahrer verdächtig vorkam, hatten sie den Wagen durchsucht und die verschwundenen Silber- und Schmucksachen in einem nassen Sack gefunden. Sie wurden jetzt gerade mit der aufgestellten Liste verglichen. Der Führerschein des Fahrers lautete auf den Namen Leonard Hosigg, die Adresse war in der Nähe von Rochester. Er behauptete, bei einer Speditionsfirma in Brettenden angestellt zu sein, der auch der Wagen gehörte. Seine Erklärung war die übliche: Er war gerade unterwegs zur Polizeistation in Brettenden, um die Sachen dort abzuliefern, die er auf der Straße gefunden habe. Als man ihn eingehender befragte, schloß er den Mund und weigerte sich, noch irgend etwas zu sagen. Man hatte ihn verwarnt und behielt ihn in Brettenden auf der Wache. Anklage wollte man erst erheben, wenn die Liste der gestohlenen Sachen fertig war. Die örtliche Polizei, berichtete Bob, war begeistert: Innerhalb von zwei Stunden waren die Einbrüche aufgeklärt, mindestens einer der Posträuber saß hinter Schloß und Riegel, und die kleine Goffer war damit außer Gefahr, obgleich die Bewacher heute noch auf ihrem Posten bleiben sollten, bis man sie offiziell abrief.

Delphick ging rastlos im Wohnzimmer auf und ab; dann nahm er den Hörer und rief das Revier in Ashford an. War die Liste der in Plummergen gestohlenen Sachen jetzt komplett? Moment – sie wollten mal eben mit Brettenden vergleichen. Ja, die Liste war fertig. Und fehlte da ein Ring? Moment mal…, ja, stimmt, ein Ring fehlte; aber bei einem offenen Sack, in den die Sachen augenscheinlich einfach hineingestopft worden waren, war es tatsächlich erstaunlich, daß nicht mehr herausgefallen und nur ein kleiner Ring verlorengegangen war; auch den würde man vermutlich später noch finden, irgendwo im Lastwagen eingeklemmt oder auf der Landstraße. Jetzt ließ sich der Superintendent die Privatnummer von Chief Inspector Brinton geben und rief ihn an. Brinton war nicht gerade entzückt. Delphick meinte, man solle mit der Anklage gegen den jungen Hosigg noch etwas warten, bis man weitere Untersuchungen angestellt habe. Brinton, um halb zwei Uhr nachts aus dem Schlaf gerissen und nicht mit allen Fakten vertraut, war einer Explosion nahe. Worauf, um Himmels willen, wollte Delphick noch warten? Ein Mann war auf frischer Tat erwischt worden, und dann sollte man noch warten? Was für ›weitere Untersuchungen‹? Hatten sie in Ashford nicht alles für Delphick geklärt? Hatte er nicht seine alte Freundin heil und unversehrt zurückbekommen? Dann war doch wohl alles in Butter – was wollte er denn noch? Endlich lag hier mal ein schöner glatter Fall vor, in dem Miss Seeton ausnahmsweise nicht mit ihrem Schirm herumgestochert hatte, um dann das Verlorene triumphierend dem Täter wieder abzujagen. Also –?

Delphick war zerknirscht. »Das ist es ja gerade, Chris. Ich bin noch nicht ganz sicher, aber ich halte es für möglich, daß sie genau das getan hat. Sie hat hier einen Ring, und es ist durchaus möglich, daß das der fehlende Ring ist.«

»Und was sagt sie dazu?«

»Das ist es ja – sie kann nichts sagen. Ich werde sie im Lauf des Vormittags fragen.«

»Warum nicht jetzt?«

»Kann ich nicht, Chris. Sie schläft.«

»Aha. Sie schläft, wie schön. Und aufwecken kann man sie natürlich nicht. Wir müssen uns also alle gedulden, weil die Dame zu schlafen geruht, was?«

Delphick begann zu verstehen, daß Erklärungen zuweilen nicht einfach abzugeben waren. Auch Miss Seeton ging es ja so. »Ganz so einfach ist es nicht, Chris. Sie ist nämlich – also sie ist – äh – betrunken. Ja.«

»Sie ist was?« bellte Brinton.

»Ja«, sagte Delphick hastig. »Ich habe den Arzt gerufen.«

»Aha. Na schön, sie ist also betrunken, und Sie haben den Arzt gerufen. Großartig. Das werd' ich mir merken – wenn ich mir nächstesmal einen angedudelt habe, werd' ich meiner Frau sagen, sie soll nicht lange schimpfen, sondern gleich den Tierarzt rufen.« Ein tiefer Seufzer kam durchs Telefon. »Also gut, Orakel – ich tu' Ihnen den Gefallen und gebe Anweisung, daß man in Brettenden einstweilen nichts unternehmen soll. Aber tun Sie mir auch einen Gefallen: Wenn Ihre Lady wieder ansprechbar ist, möchte ich eine wasserklare Aussage haben.« Er legte auf.

Der Sergeant blickte seinen Vorgesetzten mit großen Augen an. »Sie meinen, Miss Seeton ist beschwipst, Sir? Das glaube ich nicht. Ich meine, das täte sie niemals. Ich meine ...«

»Ich weiß, was Sie meinen, Bob«, sagte Delphick müde. »Aber das ändert nichts an den Tatsachen. Sie ist blau.«

»Sie rührt aber gar keinen Alkohol an, Sir. Und außerdem: Wo soll sie ihn denn herhaben?«

»Das ist es ja gerade, Bob. Wenn wir das wüßten, dann wüßten wir sicher noch sehr viel mehr.«

Delphick griff gerade noch einmal zum Telefon, als Dr. Knight eintraf. Bevor er mit dem Arzt nach oben ging, gab er Bob Anweisung, als erstes in Brettenden anzurufen und festzustellen, ob der junge Hosigg Whisky bei sich oder im Wagen hatte, sodann sich Miss Seetons Kleider in der Küche anzusehen und an dem ausgespülten Glas zu riechen, um herauszufinden, ob es Spuren von Whisky enthielt.

Dr. Knight war nur kurz oben im Schlafzimmer und kam wohlgelaunt wieder nach unten. Es könne sicher nicht schaden, meinte er, wenn die Polizei von ihren Angehörigen ein paar elementare Kenntnisse in Erster Hilfe verlangte. Dann würden sie vielleicht so simple Tatbestände wie den vorliegenden selbst erkennen können: wenn nämlich jemand offensichtlich beim Zahnarzt gewesen war, um sich einen Zahn ziehen zu lassen. So lag der Fall mit der Patientin oben. Der Arzt hatte den Zahn gezogen und ihr dann ein schmerzstillendes Mittel mit auf den Weg gegeben – ein Barbiturat vermutlich –, das sie zusammen mit Alkohol eingenommen hatte. Das hatte sie umgeworfen. Und anstatt sie durch Rütteln und alberne Reden zu stören, hätte man sie besser in Ruhe gelassen, damit sie das Mittel jetzt ausschlief. »Versuchen Sie also ja nicht«, sagte er schon an der Tür, »sie um acht mit Tee zu wecken – dann wacht sie den ganzen Tag nicht richtig auf und hat brüllende Kopfschmerzen. Warten Sie, bis sie von selbst aufwacht – wahrscheinlich so um Mittag, so sieht es jedenfalls aus.« Mit einem Blick auf seine Uhr sagte er noch: »Guten Morgen allerseits«, nickte und verschwand.

Brettenden hatte, wie Bob jetzt sagte, berichtet, man habe in Hosiggs Manteltasche eine halbvolle Flasche Whisky gefunden. Delphick nickte befriedigt, und die beiden Beamten stiegen noch einmal hinauf ins Schlafzimmer, um einen letzten Blick auf Miss Seeton zu werfen und die trübe kleine Bescherung auf dem Handtuch etwas näher zu betrachten.

Sie knieten nieder und prüften die Sachen eingehend, aber es war nichts Ungewöhnliches darunter bis auf den Ring und die Tatsache, daß alles klitschnaß war.

»Ihr knobelt wohl, was?« fragte Mel von der Tür her. »Kann ich mitspielen?«

Bob war verlegen und Delphick böse. Langsam erhob er sich. Um Miss Seetons willen dämpfte er seine Stimme.

»Aha, die Presse. Wie reizend. Unbefugter Eintritt, Hausfriedensbruch, Behinderung der Polizei bei der Ausübung ihrer Pflichten . . .«

»Von Behinderung kann keine Rede sein«, fuhr Mel auf. »Wenn ihr zwei Clowns um zwei Uhr früh im Schlafzimmer einer Dame knobeln wollt: meinen Segen habt ihr. Gebrochen habe ich gar nichts, auch keinen Hausfrieden, und unbefugter Eintritt –«; sie wandte sich dem Bett zu, »– na, ich darf mich wohl als Freundin der Leiche bezeichnen. Also –?«

Ohne ein Wort ging Delphick zur Tür und machte eine Handbewegung, um Mel Forby hinauszukomplimentieren. Er folgte. Bob machte das Licht aus, schloß die Tür und ging ebenfalls nach unten.

Im Wohnzimmer ließ sich Mel in einen Sessel fallen. Delphick blieb stehen, Bob hielt sich zögernd im Hintergrund.

»Vielleicht haben Sie jetzt die Freundlichkeit«, sagte der Superintendent, »uns Ihre Anwesenheit zu erklären, selbst wenn die Impertinenz nicht zu entschuldigen ist.«

»Gewiß doch«, gab Mel ironisch zur Antwort. »Ein freundschaftlicher Besuch, das ist alles. Rein menschliches Interesse.«

»Aha. Das menschliche Interesse kann man wohl auch Sensationshascherei nennen, nicht wahr? Haben Sie noch nie daran gedacht, wieviel Schaden Sie anrichten können, wenn Sie auf Menschenjagd gehen, nur um Ihre Story zu kriegen? Wenn Sie ins Privatleben eindringen wegen Ihrer Story, Menschen schlechtmachen und Tatsachen verdrehen und Andeutungen fallenlassen, die hart an Verleumdung grenzen, und das alles wegen Ihrer dreimal verdammten Story? Aber den Zeitungen ist nichts heilig und jedes Mittel recht, wenn nur eine Story dabei rauskommt.«

»Junge, Junge«, sagte Mel bewundernd. »Der Ritter ohne Furcht und Tadel, wie er im Buche steht.« Sie beugte sich vor, und ihr Blick wurde scharf. »Ihnen wäre es also lieber, wenn ich die Titelseite folgendermaßen aufmachte: ›Polizeiorgie im Schlafzimmer der streitbaren Schirmlady. Miss Seeton seit Stunden verschwunden. Großaktion. Drei Einbrüche gemeldet. Immer noch nichts Neues von Miss Seeton. Hat sie etwas damit zu tun? Kurz nach zwei Uhr früh fand man zwei Polizeibeamte in Miss Seetons Schlafzimmer; sie selbst lag im Bett, und der Raum roch stark nach Whisky.‹«

In Delphicks Augen stand Zorn. »Miss Forby, die Polizei ist, wenn sie will, durchaus in der Lage, die Arbeit von Zeitungsreportern zu erschweren, und zwar so stark zu erschweren, daß die Zeitung es manchmal für ratsam hält, einen anderen Berichterstatter zu beauftragen, wenn sie keine Verzögerungen in Kauf nehmen will.«

»Aha. Wenn das keine Drohungen sind ... Und haben *Sie* schon mal daran gedacht, Sie halbfertiger Kreuzritter, daß ich auch etwas weiß: daß Sie nämlich Miss S. ins Leichenschauhaus von Lewisham gebracht haben, damit sie dort einen Toten porträtiert? Alles kolossal rücksichtsvoll, nicht wahr? Das ist aber noch nicht alles: Ich habe auch das Bild von der kleinen Goffer gesehen.« Delphick fuhr auf. »Ja, da staunste, was? Ich bin einigermaßen im Bilde, warum Sie hier sind und was sonst los ist, das können Sie mir glauben. Und habe ich ein Wort davon verraten? Nein, im Gegenteil, ich habe mich an eure Richtlinien gehalten. Natürlich ist Miss S. ein Thema für die Zeitung, dafür kann ich nichts, aber habe ich das etwa breitgetreten? Nein, ich habe von der Schirmlady gesprochen, damit die Leser den Namen vergessen. Klar, ich bin hinter einer Story her – auf Befehl. Klar, ich hoffe, daß es 'n Knüller wird, aber nicht auf ihre Kosten, Sie Schwachkopp. Wofür halten Sie mich eigentlich – ein Sensationsblättchen?«

Delphick spreizte die Hände und setzte sich. »Tut mir leid, Miss Forby«, begann er.

»Wenn das ehrlich gemeint ist, können Sie mich Mel nennen.«

»Schön. Ich bitte um Entschuldigung, Mel.«

»In Ordnung. Alles, was ich abschicke, sollen Sie vorher zu sehen kriegen; und die kleine Unschuld da oben nehmen wir gemeinsam unter unsere Fittiche. Wissen Sie, die macht mich fertig.« Und Mel schüttelte konsterniert den Kopf.

Nachdem auf diese Weise die Meinungsverschiedenheiten beigelegt und eine feste Basis geschaffen worden war, erklärte Delphick, es sei zwar ein diszipliniertes Vergehen, wenn er der Presse irgendwelche Informationen gäbe; in Anbetracht der Tatsache jedoch, daß Mel eine Freundin von Miss Seeton war, habe er nicht das Recht, sie aus dem Haus zu weisen. Wenn sie hier sitzen blieb, während er mit seinem Sergeant die Ereignisse der Nacht besprach, so konnte er sie daran nicht hindern.

Mel nahm schließlich sämtliche Kissen und Decken, die sie auftreiben konnte, und machte für Bob ein Lager auf dem Fußboden, denn das Sofa war viel zu kurz. Sie waren übereingekommen, daß Miss Seeton unter keinen Umständen in ihrem Haus alleingelassen werden sollte. Delphick mußte in der Frühe nach Ashford hinüberfahren, um den Chief Inspector zu beschwichtigen. Mel wollte sich im Laufe des Vormittags bei Miss Seeton einfinden und sie, wenn sie wach war, fragen, ob sie wohl in Ashford ihre Aussage zu Protokoll geben würde. Sie schrieben einen Zettel für Martha Bloomer auf, damit sie Bescheid wußte und Miss Seeton möglichst in Ruhe ließ.

Mel Forby und der Superintendent machten sich – unter Mels viel zu kleinem Schirm – gemeinsam auf den Weg, um den Zettel abzugeben und dann ins Gasthaus zurückzukehren.

Bob machte sich auf seinem Lager auf ein paar Stunden schlafloser Unbequemlichkeit gefaßt.

Miss Seeton schlief.

7

Miss Seeton erwachte. Sie fühlte sich wohl und entspannt; aufstehen mochte sie noch nicht. Gestern abend ..., langsam kehrte die Erinnerung zurück. Dr. Geldson war wirklich ein sehr guter Arzt; sie merkte gar nichts mehr von ihrem Zahn. So, und nun mal aufstehen – so faul durfte man nicht sein.

Sie stand auf, badete, ging ins Schlafzimmer zurück und holte frische Wäsche aus dem Schrank. Einen Augenblick runzelte sie die Stirn: Wo mochten die nassen Sachen geblieben sein? Nun, darum würde sie sich später kümmern. Sie begann, sich anzuziehen und hielt dann unruhig inne. Gestern abend ..., die Hände wollten nicht stillhalten. Aus einer Schublade des Frisiertisches zog sie einen Zeichenblock und Farbstifte hervor. Gestern abend ..., ja, das war das richtige: sie wollte es festhalten – mit allen Einzelheiten festhalten, solange sie es noch frisch im Gedächtnis hatte. Zufrieden kauerte sie sich auf den Boden und begann mit der Arbeit.

Als sie fertig war, legte sie den Block beiseite, ruhig und zufrieden, auch die Hände hielten jetzt still. Aber nun war es Zeit zum Anziehen. Ihr war etwas apathisch zumute, und als sie langsam auf die Füße kam, fühlten ihre Glieder sich steif an. Sicher wäre es gut, wenn sie sich – wie sagte die Sportlehrerin an ihrer Schule doch immer? – ja: wenn sie sich mal richtig ausarbeitete. Gut: Tee und Toast konnten warten; erst kamen jetzt die Übungen.

Behutsam öffnete Mel Forby die Haustür, schlich nach oben, drückte leise die Klinke der Schlafzimmertür herunter und blickte hinein. In Strümpfen, Schlüpfer und Pullover kniete dort Miss Seeton auf dem Fußboden: Knie zusammen, Füße auseinander, so saß sie da. Der eine Arm griff über die Schulter, der andere kam ihm auf dem Rücken entgegen, die Hände waren verschränkt. Mit geschlossenen Augen und angehaltenem Atem bewegte sie beim Zählen leise die Lippen. Mel starrte sie verblüfft an.

»Da schlag doch einer lang hin«, rief sie aus. »Was machen Sie da, Miss S.?«

Miss Seeton öffnete die Augen und wandte ganz wenig den Kopf. Vier ... fünf ... Zu dumm – man durfte nicht ausatmen, und man mußte weiterzählen. Aber antworten mußte man natürlich auch. Ihre Stimme klang leicht erstickt von der Anstrengung des Zählens und Atemanhaltens, als sie erwiderte:

»Kuhgesicht.«

Na, das hatte man davon, wenn man persönliche Fragen stellte. Leise schloß Mel die Tür und ging nach unten. In der Küche nahm sie Miss Seetons immer noch feuchte Überkleidung und bündelte sie für die Reinigung zusammen. Sie setzte den Kessel auf, schnitt Brot, nahm die Butter aus dem Kühlschrank, fand die Marmelade und deckte den Tisch zum Frühstück. Dann ging sie ins Wohnzimmer. Der Sergeant war bei Tagesanbruch ins Gasthaus zurückgekehrt und hatte alles tadellos hinterlassen. Sie rief ihn an und berichtete, Miss Seeton sei wach, aber noch nicht fertig angezogen und habe auch noch nichts gegessen. Ja – vielleicht noch eine halbe Stunde. Sie legte den Hörer auf. Das Telefon klingelte: die Colvedens. Das Telefon klingelte: Miss Treeves. Das Telefon klingelte: Anne Knight. Das Telefon klingelte: Delphick. Mel erledigte alles. Sie holte auch die Post von dem Tischchen im Flur und legte sie auf Miss Seetons Teller. Sieh mal an: ein amtlich aussehender Umschlag mit der Aufschrift: *Miss Ess, Sweetbriars, Plummergen/Kent.*

Mel sorgte dafür, daß Miss Seeton ihr Frühstück in Ruhe verzehrte; sie bezwang ihre Neugier und stellte auch keine Fragen nach dem gestrigen Abend. Dann deckte sie den Tisch ab und spülte das Geschirr, wobei sie Miss Seetons Hilfe strikt ablehnte, da ja, wie sie warnend bemerkte, Bob gleich erscheinen werde und man dann nach Ashford fahren müsse. Miss Seeton ergab sich in ihr Schicksal; die Fahrt war zwar lästig, aber offenbar notwendig. Wenigstens konnte sie dann den Ring abgeben, den sie so gern loswerden wollte. Und danach war dann Schluß mit der ganzen Sache. Sie nahm ihre Post in die Hand. Ein amtlicher Umschlag – komisch. Dann erhellte sich ihr Gesicht, sie lächelte und öffnete den Umschlag. Ein Scheck war darin und ein kleiner Brief. Mel stand am Spülstein und beobachtete sie. Miss Seeton las den Brief, runzelte die Stirn und schüttelte den Kopf. Sie sah prüfend den Scheck an, hob ihn näher an die Augen und stieß verstört ein halblautes »Oh!« aus. Der Brief war außerordentlich freundlich, wirklich, wenn auch ganz unverdient. Delphick erklärte darin, er und auch Sir Hubert Everleigh seien der Ansicht, die Zeichnung der kleinen Goffer sei ein Bestandteil der Polizeiakte. Wenn sie also nichts dagegen habe, so wolle man sie behalten. Der Scheck sei auf den doppelten Betrag ausgestellt, da es sich ja um zwei Skizzen handele. Der Scheck jedoch ... Ogottogott. So großzügig, wirklich ... Wieder betrachtete sie das Formular. Ja, sie hatte sich nicht geirrt, die Unterschrift lautete *i.A. für die Vollzugsbehörde der Metropolitan Police.* Das war ja furchtbar. Es war natürlich kein Geheimnis, daß die Dinge nicht zum besten standen und daß die Polizeibeamten unterbezahlt wurden. Aber daß die Vollzugsbehörde schon eingesetzt war – Gerichtsvollzieher ..., für so schlimm hatte sie es doch nicht gehalten. Natürlich würde sie den Scheck nicht einlösen, das kam ja nicht mehr in Frage, aber ob man vielleicht eine kleine Spende schicken sollte? Miss Seeton sah grübelnd vor sich hin.

»Was ist los, Schatz?« fragte Mel.

Wie unangenehm. Sollte sie es sagen? Vielleicht war das der Polizei gar nicht recht. Andererseits: Die Presse wußte doch immer alles und war immer sehr vorsichtig mit allen Informationen. Delphick konnte sie jedenfalls nicht fragen, das war ausgeschlossen, und der reizende Sergeant würde sie vielleicht nicht ganz verstehen. Miss Forby hingegen ..., gut also: Mel ... Ach ja. Mel würde ihr sicher raten können. Sie gab ihr den Scheck und erklärte ihr Dilemma. Mel tat ihr möglichstes, die Fassung zu bewahren, doch es gelang ihr nur kurze Zeit; dann fiel sie auf einen Stuhl und schrie vor Lachen.

»Kein Mensch außer Ihnen wäre auf so eine Idee gekommen! Der Pleitegeier in Scotland Yard! Einfach unbezahlbar.« Sie wischte sich die Lachtränen aus den Augen.

Miss Seeton lächelte etwas unsicher, war aber doch sichtlich erleichtert, als Mel ihr erklärte, daß diese Vollzugsbehörde mit dem Gerichtsvollzieheramt nichts zu tun habe, sondern die Finanzverwaltung der Londoner Polizei sei.

»Wieso steht da ›Miss Ess‹?« erkundigte sich Mel dann.

»Das muß so sein. Das machen ja heute alle. Offiziell jedenfalls.«

»Was machen heute alle?« fragte Mel.

»Anreden mit Anfangsbuchstaben. Früher waren es Ausnahmen – höchstens mal S. M. für Seine Majestät oder so, aber heute wird das doch überall gebraucht. Bloß in meinem Fall, da wäre es schlecht gewesen: M. S., das hätte ja auch Manuskript heißen können, da hätte es dann Verwirrung gegeben, nicht wahr? Deshalb haben sie wohl diesen Kompromiß gewählt. Sehr klug, finde ich.«

Vorn an der Haustür klopfte es. Sicher Bob. Mel ging hin, um zu öffnen, und fand ein Mädchen vor der Tür. Ob sie wohl die Lady mal sprechen dürfe? Mel führte sie in die Küche. Die Kleine stürzte auf Miss Seeton zu, fiel neben ihr auf die Knie und rief unter Tränen:

»O bitte, Miss, bitte helfen Sie uns! Sie haben Len mitgenommen, und er hat's doch nicht getan, niemals, das wissen Sie doch! Aber er wird nichts sagen, das weiß ich – er kann nichts sagen, um meinetwillen!«

Miss Seeton ergriff die beiden Hände. Das war also die junge Frau des wortkargen Jungen. Sie lächelte das tränenüberströmte kleine Gesicht an. »So, mein Kind – nicht mehr weinen. Was sagten Sie: Man hat Len mitgenommen? Warum denn?«

»Ja, die Polizei – sie sagen, er hat die Sachen gestohlen, gestern nacht, aber so was tut er nicht, das wissen Sie!«

»Selbstverständlich nicht!« sagte Miss Seeton entrüstet. »Wirklich lächerlich. Wie kommen sie darauf? Und warum will er nichts sagen? Ihretwegen – wieso?«

»Weil ich doch noch minderjährig bin. Wir durften noch gar nicht heiraten. Deshalb sind wir ja hierhergekommen. Und Len hat noch Bewährung, weil da was vorgefallen ist, bei mir zu Hause.«

»Was vorgefallen? Ach so.« Miss Seeton nickte. »Ich glaube, am besten erzählen Sie mir jetzt mal alles hübsch der Reihe nach, mein Kind.«

»Ja – das war nämlich mein Stiefvater, meine Mutter kann

nichts dafür, wissen Sie, und da hat er's mit meiner Schwester Rosie versucht, und ich war so dämlich und hab' das Len erzählt, und dann hat's mein Stiefvater auch bei mir versucht, und Len kriegte so eine Wut, daß er ihm eine runtergehauen hat, aber gründlich, daß er die Treppe runtergefallen ist. Drei Rippen hat er gebrochen. Schwere Körperverletzung nannten sie das. Dafür hat Len dann Bewährung gekriegt. Er wollte aber nicht, daß ich da noch länger bleibe, deshalb haben wir uns eine Heiratslizenz besorgt und sind abgehauen, aber eigentlich durften wir das gar nicht, weil ich ja nicht die Erlaubnis von meiner Mutter hatte und wo ich doch noch minderjährig bin. Und Len auch. Deshalb hat er hier diese Arbeit auf dem Laster angenommen, und wir sind hierhergekommen, damit sie uns nicht finden. Aber wir haben nichts getan, ganz bestimmt nicht!«

»Aber woher denn«, sagte Miss Seeton. »Len hat ganz recht gehabt. Ihr Stiefvater hätte vor den Richter gehört, Kind. Ganz furchtbar, was er da gemacht hat. Das hätten die doch erkennen müssen.«

»'s hat ja niemand davon gewußt«, sagte die Kleine verzagt.

»Und warum nicht?«

»Len wollte es nicht. Ich wollte alles sagen, aber er wollte es nicht. Wegen meiner Mutter und Rosie, und dann noch die Nachbarn, Sie wissen doch, wie die Leute sind, er wollte nicht, daß ich dazwischensteckte, wenn die Leute so Übles redeten. Der Richter sagte, er hätte keinen Grund gehabt, aber Len hatte einen guten Leumund und hat noch nie irgendwas angestellt, deshalb haben sie ihm Bewährung gegeben.« Ein schwaches Lächeln zog über das Kindergesicht. »Er hat wohl noch Glück gehabt.«

Miss Seeton tätschelte ihr die Hände. »Na, na, nun beruhigen Sie sich nur, Kindchen. Das ist ja alles Unsinn. Len war gestern abend mit mir zusammen und hat mir sehr, sehr geholfen.«

Mel hörte begeistert zu. Hier kam ja eine ganz neue Miss S. zutage. Die hilfreiche Lehrerin, die ein verzagtes Würmchen tröstet. Und jetzt kam sicher auch die Geschichte von gestern abend ans Licht.

»Ja, ich weiß«, sagte die Kleine. »Er ist erst spät nach Haus gekommen und hat 'ne Flasche Whisky rausgeholt, damit Sie sich nicht erkälten, sagte er. Weil Sie so triefnaß waren, wie 'n Fisch, sagte er.«

Der Sergeant hatte eine Weile im Wagen gewartet und war dann an die Tür gekommen. Als auf sein Klopfen niemand antwortete und er in der Küche Stimmen hörte, trat er ins Haus und blieb wie gebannt in der offenen Küchentür stehen, wo ihn zunächst niemand bemerkte.

»Ja, das war ich wirklich«, stimmte Miss Seeton eifrig zu. »Er hat mich aus dem Kanal herausgeholt und dann noch den Sack auf die Straße geschleppt. So was Nettes. Und so zuvorkommend.« Ihre Hände bewegten sich und beschrieben etwas in der Luft. »Heute morgen beim Aufwachen habe ich alles zu Papier gebracht, als ich es noch frisch im Kopf hatte. Wir hatten abgemacht, daß er ihn auf die Polizei bringen sollte – ich meine den Sack. Ich glaube, ich war sehr müde«, fügte sie entschuldigend hinzu. »Er hat mich nach Hause gebracht und...«, erstaunt hielt sie inne. »Ich weiß gar nicht mehr, was dann eigentlich geschah.«

Bob hüstelte. Alle fuhren herum. »Wenn Sie jetzt vielleicht mitkommen könnten, *Madam*?«

»Aber ja, natürlich. Entschuldigen Sie, das hatte ich ganz vergessen. Ich will nur eben meinen Hut und Mantel holen.«

»Ach – Miss Seeton, würden Sie das vielleicht mitbringen, was Sie über gestern abend aufgeschrieben haben?« schlug Bob vor. »Könnte sein, daß es uns Zeit spart und auch sonst weiterhilft.«

»Das glaube ich eigentlich nicht«, meinte Miss Seeton zweifelnd.

»Ach bitte, Miss, tun Sie's doch!« bat die Kleine.

»Na, mal los, Miss S., warum denn nicht?« redete ihr Mel zu. Immer noch etwas unsicher ging Miss Seeton nach oben.

»Wo fahren Sie mit ihr hin?« fragte die Kleine.

»Nach Ashford. Sie soll da eine Aussage machen vor der Polizei.«

»Für Len? Damit er freikommt?« Die jungen Augen leuchteten. »Kann ich bitte mitkommen?«

»Ach – Sie sind Mrs. Hosigg?«

»Ja. Darf ich mit? Ich kann doch auch was aussagen, ich weiß ja, was passiert ist, Len hat mir alles erzählt.«

Bob schwankte noch, aber Mel entschied: »Wir fahren alle.«

»Nein – Sie nicht, Miss Forby«, sagte Bob.

»O doch, ich auch. Wenn Sie mich zurückhalten wollen, dann können Sie was erleben.«

Bob wußte, daß er den kürzeren ziehen würde. Voll trüber Ahnungen und den Wagen beladen mit Frauen fuhr er los.

»Machen wir uns doch nichts vor, Delphick: der Junge sitzt ganz zu Recht. Bekannt als gewalttätig, Bewährung mißachtet, mit 'ner Minderjährigen ausgerissen und irgendwo versteckt: das reicht doch wohl.« Chief Inspector Brinton legte den Bericht vom Rochester Polizeirevier auf den Tisch.

Delphick ging im Zimmer auf und ab. »Schön, Chris – warten wir, bis wir Miss Seeton gesprochen haben.« Brinton stöhnte. »Ich weiß, es stimmt alles, was Sie gesagt haben, und trotzdem ist da ein falscher Ton. Und wie erklären Sie sich den Whisky und den Ring?«

»Brauche ich gar nicht. Sie haben ja selbst gesagt, der Ring ist ein Granat. Der Ring aus dem Einbruch ist ein Rubin. Und der Whisky – liebe Zeit, woher wissen wir denn, ob die alte Dame nicht doch heimlich trinkt? Kommt oft genug vor, daß so eine Miss Rührmichnichtan säuft wie ein Faß.«

Es klopfte. Bob trat ein und sagte leicht betreten: »Ich habe Miss Seeton, Mrs. Hosigg und Miss Forby mitgebracht, Sir.«

»Sie halten uns wohl für 'ne Frauenherberge, was?« fragte Brinton laut. Delphick sah ihn nur an.

»Ich kann wirklich nichts dafür, Sir«, verteidigte sich Bob. »Sie wollten unbedingt alle mitkommen, und – und nun sind sie da.«

»Schön – ich lasse also Miss Seeton heraufbitten. Und die kleine Hosigg – das ist ganz gut, die brauchen wir doch. Und Miss Forby können Sie von mir bestellen –« Delphicks Augen tanzten –, »daß sie unten bleiben kann. Und ich rate ihr, es nicht zu weit mit mir zu treiben.«

Gleich darauf kam Bob zurück mit Miss Seeton und einem großen Umschlag. Als die Förmlichkeiten erledigt waren, setzte er Miss Seeton in einen Sessel und legte den Umschlag mit einigem Stolz auf Brintons Schreibtisch.

»Was ist das?«

»Eine Aussage von Miss Seeton, Sir.« Miss Seeton öffnete den Mund, um zu widersprechen.

»Haben Sie das aufgenommen, Sergeant?«

»Nein, Sir, ich hab's gar nicht gesehen, aber Miss Seeton sagte mir – nein, Miss Forby sagte – also es war so: Ich hörte, wie Miss Seeton sagte, sie habe heute morgen alles aufgeschrieben über gestern abend. Da habe ich sie gebeten, es mitzubringen. Ich dachte, es würde Zeit sparen.« Er nahm Bleistift und Notizbuch und setzte sich ebenfalls.

Delphick ging um den Schreibtisch herum, während Brinton den Umschlag öffnete und ein Blatt Papier herauszog. Schweigen folgte. Der Chief Inspector kämpfte mit sich.

»Sie haben dies nicht gelesen, Sergeant?«

»Nein, Sir.«

»Gut – kommen Sie her und lesen Sie's jetzt.«

Mit sinkendem Mut – irgendwas war offenbar faul – trat

Bob an den Schreibtisch und besah sich das Papier. Er sah eine Karikatur der *Ritterwache.* Im Profil sah man den jungen gepanzerten Ritter, der im Gebet vor dem Altar kniete. Die im Gebet verschränkten Hände hielten kein Schwert, sondern eine Lilie, die der junge Knappe mit verzückt leuchtenden Augen anblickte. Bob stieß einen tiefen Seufzer aus. Na klar – er hätte wissen können, daß es meilenweit danebenging.

»Ich habe gleich gesagt, es würde nichts nützen«, sagte Miss Seeton, als Bob zu seinem Stuhl zurückging.

Delphick lächelte ihr zu. »Da bin ich noch gar nicht so sicher, Miss Seeton. Ist dies der junge Hosigg?«

»Ja.«

»Das war also Ihr Eindruck von ihm, ja?«

»Ja.«

Delphick lächelte immer noch. »Dies ist also *in summa* nach Ihrer Meinung alles Wichtige, was sich gestern abend ereignet hat, ja?«

Sie blickte ihn dankbar an. »Ja, das stimmt. Es ist nämlich so ...« Sie erzählte ihnen von ihrer Rettung und gab dann den Bericht der jungen Mrs. Hosigg weiter mit allen Einzelheiten und Gründen, warum die beiden nach Plummergen gekommen waren.

Delphick langte nach dem Telefonhörer, ließ sich mit Rochester verbinden und hinterließ eine Bestellung für Hosiggs Bewährungshelfer, nachdem er die Sache in kurzen Worten durchgegeben und um Nachprüfung gebeten hatte; auch sollte man Hosiggs Schwägerin Rosie verhören und versuchen, die Wahrheit aus ihr herauszubekommen. Man sollte ihn bitte zurückrufen.

Miss Seeton war sehr froh. Die armen Kinder – jetzt konnte man ihnen hoffentlich helfen.

Delphick betrachtete die Zeichnung noch einmal und fragte:

»Erzählen Sie: Was hat die Lilie zu bedeuten?«

Miss Seeton runzelte erstaunt die Stirn. »Die Lilie? Habe ich eine gezeichnet? Ach ja, ich weiß – ich fand es einfach richtiger. Es paßte irgendwie besser.«

Jetzt runzelte auch Delphick die Brauen; er dachte nach und fragte dann: »Wie heißt seine Frau eigentlich?«

»Das weiß ich leider nicht«, erwiderte Miss Seeton. »Ich habe sie nicht gefragt.«

»Ich kann's Ihnen sagen.« Brinton blätterte. »Hier – Leonard Hosigg und Frau Lily geb. Smale.« Er blickte Miss Seeton an. Zum erstenmal sah er sie richtig an.

Miss Seeton öffnete ihre Handtasche und zog den Ring heraus. »Hier – das ist der Ring, der aus dem Sack herausgefallen ist. Noch vor der Teekanne. Er fiel in meinen Schirm – zum Glück. Er hätte ja ins Wasser fallen können, nicht wahr? Ich wollte ihn nicht wieder hineintun, damit er nicht verlorenging.«

Brinton warf einen Blick auf die Liste, die vor ihm lag. »Gestohlen: Ein wertvoller Rubinring, Eigentümerin Mrs. N. Blaine.« Er blickte sie scharf an. »Und Sie wollen sagen, daß dies der Ring ist?«

Miss Seeton lächelte unsicher. »Dies ist doch ein Granat. Glaube ich jedenfalls. Ach so –«, jetzt verstand sie. »Ja, vielleicht sollte man ihn lieber einfach zurückgeben und gar nichts sagen.«

Der Chief Inspector starrte sie an und lachte. »Und ebenso die antike silberne Teekanne aus Neusilber, was? Und Miss Nuttels in Gold gefaßte Kameenbrosche, die sich über Nacht in Talmi verwandelt hat?«

Miss Seeton lächelte zurück. »Ach, wissen Sie, Chief Inspector, man ist oft in Versuchung, seine Sachen ein bißchen besser hinzustellen, als sie wirklich sind.«

»Miss Seeton«, sagte Delphick jetzt, »ich wüßte gern noch etwas. Der Wagen, der da in den Kanal gerutscht ist – er war übrigens gestohlen, er gehörte Mr. und Mrs. Farmint, bei denen der letzte Einbruch verübt wurde –: Können Sie mir sagen, was damit passiert war? Die Windschutzscheibe ging vermutlich zu Bruch, als der Wagen herunterfiel, aber unser Labor behauptet, da sei noch ein Loch, das von einem Schuß herrühren könnte.«

Miss Seeton lief rot an. »Nein, nein – ich fürchte, das war ich.« Brinton blickte auf. »Oder vielmehr mein Schirm. Der ist mir hingefallen, als ich ausrutschte, und bei dem starken Wind schlug er dann auf den Wagen auf. Schrecklich. Hätte ja der Tod sein können für die beiden.«

»War's aber leider nicht«, sagte Brinton.

»Haben Sie sie gesehen?« fragte Delphick.

»O ja.« Bob spitzte die Ohren und hielt den Bleistift bereit. »Aber nur einen Augenblick – als ich neben dem Wagen im Wasser stand. Da kletterten sie auf der andere Seite nach oben. Auf der anderen Kanalseite, meine ich. Sehr gut konnte ich sie nicht sehen, weil sie mir die Rücken zuwandten und nicht im Licht waren.« Bob schloß die Augen. »Ich meine im Licht von den Wagenlampen. Bevor es nämlich zischte und ausging.« Warum, um Himmels willen, konnte sie nicht reden wie andere Leute? Delphick verstand sie, und selbst Brinton schien ihr folgen zu können, aber eine polizeiliche Aussage, die mußte eben klar und deutlich sein, etwa so: ›Ich ging unter Wasser in östlicher Richtung den Kanal entlang, als es plötzlich zischte.‹ Er lachte verstohlen. Delphick zog die Stirn hoch. Miss Seeton fuhr fort: »Aber eben, bevor es zischte, da rutschte sie aus und fiel ins Licht, und er mußte sie festhalten.«

»Sie?« fragte Delphick. »Sind Sie ganz sicher, daß es eine Sie war?« »O ja, völlig sicher. Sie hatte langes Haar.«

»Und ein langhaariger Junge konnte es nicht sein?«

»O nein, ausgeschlossen. Ihre Kleider waren ganz naß und klebten am Körper. Nein, das war ganz eindeutig.«

»Hab' mir gerade die Haare gewaschen«, hörte Delphick eine Stimme sagen. »Am Tage komm' ich nie zu so was, da gibt's viel zuviel zu tun.« Mensch: das Alibi mit dem Ausflug, das brachte er zum Platzen, und wenn er selber dabei platzte. Er zog einen alten Umschlag aus der Tasche und blickte auf die Notizen. »Verzeihen Sie, Miss Seeton – als Sie schliefen, da sagten Sie etwas, daß Blond ganz falsch sei. Hatte das etwas mit der Sache zu tun?«

Miss Seeton dachte nach, dann fiel es ihr ein. »O nein – das war die Königin von Saba. Ich fand es so falsch, wissen Sie. Außer wenn es bei ihr so war wie bei Kleopatra. Daß sie aus Griechenland kam. Das wird ja noch erforscht«, fügte sie als Erklärung hinzu.

Jetzt war auch Delphick konsterniert. »Saba –? Was –«

»Ja. Da bin ich doch hingegangen, nach dem Tee. Weil ich nicht richtig trinken konnte. Wegen meinem Mund.«

Jetzt dämmerte es ihm. »Ah ja, natürlich – der Film. Jetzt verstehe ich.« Er blickte wieder auf den Umschlag. »Sie sagten noch etwas. ›Haar muß dunkel sein.‹ Erinnern Sie sich?«

Miss Seeton überlegte. »Ja – das kann das Mädchen gewesen sein. Das beim Raufklettern runterrutschte. Sie hatte lange dunkle Haare. Es kann natürlich auch das Licht gewesen sein. Oder vielmehr das fehlende Licht, wissen Sie.«

Weiteres von Bedeutung hatte sie nicht mitzuteilen. Jetzt kam ein Anruf aus Rochester. Das Mädchen Rosie Smale hatte alles zugegeben, und die Mutter hatte auf Drängen die Aussage der Tochter bestätigt. Man hatte den Stiefvater dazugeholt: Als man ihn verhörte und ihm die Aussage seiner Frau entgegenhielt, hatte er gestanden. Die Gefahr eines Meineidsverfahrens schien ihn mehr zu schrecken als eine eventuelle Anklage wegen versuchter Notzucht. Wozu hatte man schließlich Stieftöchter. Der junge Hosigg war jedenfalls damit rehabilitiert; die ganze Sache sollte noch einmal verhandelt werden. Die junge Frau brauchte nicht mehr vorgeführt zu werden. Brinton rief das Polizeirevier in Brettenden an und gab Anweisung, Hosigg freizulassen. Man verabschiedete sich; Bob brachte Miss Seeton nach unten. Er hatte Order, mit seinem Schützling via Brettenden nach Plummergen zurückzukehren und Len Hosigg auf dem Weg mitzunehmen.

Als sich die Tür geschlossen hatte, fing der Chief Inspector an zu lachen. »Das also war Miss Seeton, Orakel! Na schön, ich geb's zu: geholfen hat sie uns. Nur hätte ich's gern nicht allzu häufig. Vielleicht können Sie sie auch von kriminellen Delikten etwas fernhalten?« Schmunzelnd machte er sie nach: »Wissen Sie, da war doch dieser Wagen, der mir im Weg stand, deshalb habe ich ein bißchen mit dem Schirm zugestochen, und da ist er in den Kanal gefallen. Oder vielmehr – Ja. Und dann mußte ich ja nachspringen, das werden Sie verstehen. Ich meine – Ja.« Er lachte noch einmal und sagte dann ruhiger: »Gut, alles in Ordnung – sie hat sogar wie üblich die Diebesbeute für uns zurückgeholt. Aber es ist Ihnen doch wohl klar, Delphick, daß damit der junge Hosigg noch lange nicht entlastet ist. Von mir aus kann er ein Ritter ohne Furcht und Tadel sein, will ich gar nicht bestreiten, und in der Aufzucht von Lilien kann er meinetwegen sämtliche Gärtnereien schlagen, aber das besagt noch nicht, daß er die Sache nicht doch gedreht hat. Durchaus denkbar, daß er da ausgestiegen ist, dann umkehrte, seinen Lastwagen holte, hinfuhr und das Zeug noch einmal mitnahm.«

»Und das Mädchen, das er bei sich hatte?« fragte Delphick.

»Seine Frau, natürlich. Sie ist dann einfach nach Haus gegangen, und er hat sich zum zweitenmal auf die Socken gemacht.«

»Das paßt aber nicht zu seinem Verhalten nachher. Warum hat er Miss Seeton dann aussteigen lassen? Warum ließ er sie nicht einfach dort? Das kostete ihn doch nur Zeit. Warum hat er ihr Whisky gebracht und ihre Kleider zum Trocknen hingelegt? Denn das alles hat er getan, Chris. Der Junge hat sich viel Mühe gemacht.«

»Gut, zugegeben – sehr wahrscheinlich ist er es nicht. Aber wer sonst sollte es gewesen sein? Die Hosiggs nicht, die Quints nicht. Damit sind wir also wieder am Anfang.«

Delphick nahm seine Wanderung durch das Zimmer wieder auf. »Bei den Quints hängt einfach alles von dem Alibi ab, Chris. Wenn wir das zum Platzen kriegten . . .«

Da man sowieso nach Brettenden fuhr, konnte sie auch gleich bei der Bank vorsprechen. Das heißt, wenn der Sergeant sie dort absetzen wollte. Natürlich hätte sie den Scheck viel lieber per Post geschickt, aber in diesem Fall mußte sie wohl doch kurz mit dem Manager sprechen und ihm erklären, wieso der Scheck auf ihre Anfangsbuchstaben ausgestellt war. Oder vielmehr *nicht* auf ihre Anfangsbuchstaben – die lauteten ja E. D., Emily Dorothea, sondern auf Miss Ess, genau wie Mel Forby sie immer nannte, komisch, aber letzten Endes ganz natürlich, denn bei Behörden und Zeitungen war so was ja durchaus üblich, der Gebrauch von Anfangsbuchstaben, nicht wahr? Sicher war so was dem Bankmanager schon häufig vorgekommen, er würde wissen, worum es sich da handelte. Aber eins stand fest: dem jungen Mann an der Kasse wollte sie das nicht auseinandersetzen. Wenn sie in die Bank kam, versuchte sie immer, von seinem Kollegen bedient zu werden. Ihr Konto war ja auch wirklich sehr klein, das war nicht zu leugnen. Ganz unbedeutend. Man hatte fast das Gefühl, sich entschuldigen zu müssen für den Zeitaufwand. Aber der Hauptkassierer war immer so hochmütig und tat so gelangweilt, daß es ihr peinlich war, deshalb erledigte sie ihre Sachen, wo es anging, per Post.

Der Sergeant setzte Miss Seeton an der Bank ab. Warten

sollte er nicht, sie wollte zu Fuß nachkommen. Er fuhr mit Lil Hosigg zum Polizeirevier; Mel Forby kam mit. Sie hatte alles erfahren, was für ihre Zeitung wichtig war, und war sehr zufrieden. Die Schirmgeschichte kam gut an; sie hatte Miss S. etwas aus dem Rampenlicht gerückt und verlieh überdies der Idyll-Reihe den Reiz einer Cartoon-Serie. Sie selbst war hart auf der Spur einer Knüllerstory, und wenn sie mit dem Orakel klarkam, mußte es ihr eigentlich gelingen, hier den Vogel abzuschießen. Außerdem war aus den beiden Hosiggs ganz sicher auch noch was rauszuholen, etwas fürs Gemüt. Ihnen würde es nicht schaden, und wenn sein Fall neu verhandelt wurde, kam mindestens noch ein Einspalter dabei heraus.

Ogottogott, so mußte es ja kommen: Der zweite Kassierer war nicht da. Sicher war er zum Essen gegangen. Also blieb ihr keine Wahl, sie mußte zum Hauptkassierer. Sie würde ihm gerade in die Augen sehen, lächeln, den Scheck hinüberreichen und bitten, den Manager sprechen zu dürfen. Sie holte tief Luft, faßte Mut, ging an den Tresen und schrieb einen Zettel aus; doch dann verließ sie der Mut, als sie in der Handtasche zu wühlen begann. Wo hatte sie bloß den Scheck? Aha, da war er ja. Immer noch entschlossen, richtete sie sich auf und blickte dem Bankbeamten gerade ins Gesicht ... Komisch. So genau hatte sie ihn noch nie angesehen. Nicht richtig. Diese Augen ... Ganz ungewöhnlich glänzend bei einem so hellen Blau. Durchdringend, konnte man fast sagen. Dazu die flachen Backenknochen und die Hautfalte über den Augen ... Zum Epikanthus gehörten eigentlich die runden Gesichter von Asiaten, mit dunklen Augen und glatten dunklen Haaren. Ein Epikanthus mit hellen Augen war ganz ungewöhnlich. Vielleicht kamen sie einem deshalb so glänzend vor –? Bei einem länglichen Gesicht und zu diesen Zügen hätte man eigentlich keine blonden welligen Haare erwartet. Ja, das Haar: das war es.

Komisch. Und eigentlich interessant... Sie gab ihm den Scheck ohne ein Wort der Erklärung, lächelte freundlich und sagte: »Ich möchte gern mit dem Manager sprechen.« Damit schritt sie an ihm vorbei und klopfte an die Tür des Privatbüros.

Mit schmalen Augen blickte der Kassierer ihr nach. Langsam ließ er den angehaltenen Atem entweichen. Sie hatten ihn also erwischt. Und ausgerechnet die hatte es gemerkt... Er war immer noch angespannt, doch langsam erholte er sich von dem jagenden Schrecken, den sie ihm versetzt hatte. Ihm blieb noch eine Chance. Einen Augenblick hatte er angenommen, es sei alles aus und vorbei, doch jetzt... Er blickte durchs Fenster. Von einem Streifenwagen war nichts zu sehen. Auch nicht von Zivilfahndern; aber das gehörte ja auch zu ihrem Job, unsichtbar zu sein. Vielleicht lauerten sie ihm irgendwo auf, das mußte er riskieren. Ja, eine Chance hatte er – die alte Ziege hatte ihm eine Chance verschafft, als sie sich verriet und er dadurch eine Gnadenfrist bekam. Rauskommen mußte es mal, das hatte er immer gewußt, aber er hatte gedacht, er könne den Augenblick abschätzen, vor einer Buchprüfung, und sich aus dem Staube machen, bevor sie zustießen. Diese alte Henne..., und so was nahm die Polizei als Spitzel! Nie hätte er das gedacht. Es mußte weit gekommen sein mit der Polizei, wenn sie auf solche Hilfskräfte zurückgriffen. Nie im Leben wäre er darauf gekommen. Es war sein Glück gewesen, daß sie es nicht hatte lassen können, sich noch vor dem Schalter aufzuplustern. Immer war sie sonst wie eine graue Maus vorübergehuscht, wenn sie kam. Hatte nur im stillen genagt und ihm nachspioniert. Und jetzt war sie soweit – selbstzufrieden wie eine satte Katze; schwenkte ihm den Polizeischeck unter die Nase, der auch noch auf ihren Codenamen ausgestellt war. Blöde Ziege. Ihn derartig triumphierend anzugrinsen, daß er sofort im Bilde war. Und dann ihr gemessenes: »Ich möchte gern mit dem Manager sprechen.« Das sollte sie nur tun. Ausgezeichnet, ihm das mitzuteilen. Weder sie noch der Manager würden ihn je wieder zu Gesicht kriegen. Ruhig und ohne Hast nahm er die Notenbündel, die vor ihm auf dem Tisch lagen, und schob sie sich unters Hemd. Taschengeld. Dieses Häufchen wollte er erst mal in Ashford lassen, bei Maryse, bis er sich vergewissert hatte, daß die Nummern nicht notiert waren und man wußte, wie der Hase etwa lief. Bei Maryse . . ., sein Herz schlug schneller. Maryse: Schon der Gedanke an sie erregte ihn. Das Spiel lohnte sich. Jetzt wollte er schnell seinen alten Wagen vom Parkplatz holen und in das Wäldchen hinter seinem Haus fahren, das etwas außerhalb von Brettenden lag und von dem die alte Hexe bei all ihrer Wühlarbeit nichts wissen konnte. Dann würde er unbemerkt durch den Garten ins Haus schlüpfen, sich das Haar färben, den falschen Bart anheften, die Kontaktschalen einsetzen, den Rover aus der Garage holen und mit ihm auf die andere Seite der großen Autostraße nach Dover fahren, wo er ihn in der Nähe des Steinbruchs stehenlassen wollte. Er mußte dann zwar zu Fuß nach Brettenden zurückgehen, was sehr lästig war, aber er hatte reichlich Zeit. In seine Wohnung in Ashford konnte er nicht zurückkehren, das war zu gefährlich; was die Polizei dort vorfand, mochte sie gern behalten. Sobald es dunkel war, wollte er dann den alten Wagen aus dem Wäldchen holen; die Nummernschilder konnte man mit Schmutz etwas verschmieren, das war sicher genug. Darauf würde er mit dem alten Wagen zum Steinbruch fahren und ihn dort im Unterholz abstellen, bevor er den Rover holte und nach Ashford zurückfuhr, zu Maryse. In ihrer Wohnung konnte er bleiben, bis die Zeit zur Ausführung des wichtigsten Teils seines Plans gekommen war.

Das Jackett über dem geldgefütterten Hemd war zu eng geworden; er ließ es offen und wandte sich zu der Stenotypistin um, die im Hintergrund an der Maschine saß und tippte.

»Halten Sie mal die Stellung, ja? Ich bin sofort zurück.«

»... sowie ungesicherte Darlehen. Wir bedauern daher, daß wir in Anbetracht ...« Erstaunt hielt sie inne und blickte fragend auf.

Der Kassierer war verschwunden.

Miss Seeton war auf dem Weg zur Polizeistation. Der Bankmanager hatte sich sehr verständnisvoll – fast konnte man sagen: beeindruckt – gezeigt. Er hatte sie dann noch bis zur Tür begleitet und schien sehr erstaunt, als er sah, daß der Kassierer nicht da war. Das junge Mädchen weiter hinten hatte gesagt, er sei mal eben rausgegangen und werde sofort zurück sein. Aber der Manager war doch unruhig geworden, beinahe verstört. Eigentlich gehörte es sich ja auch, daß ein Kassierer immer da war, wie wollten sonst die Kunden ihr Geld bekommen? Vermutlich war er einfach früher als sonst zum Essen gegangen, bevor er abgelöst wurde, und hatte niemandem was gesagt.

Vor der Polizei wartete schon der Wagen; Bob sprang heraus und öffnete ihr die Tür, und Miss Seeton nahm vorne Platz. Hinten saßen die beiden Hosiggs, Hand in Hand, neben Mel Forby, die etwas auf einen Block kritzelte. Len Hosiggs Gesicht war immer noch verschlossen und die Augen aufmerksam, aber nicht mehr voll Angst. Er beugte sich vor und packte Miss Seeton fest am Arm, dann setzte er sich zurück, und sie brachte es fertig, keine Miene zu verziehen.

»Tut mir wirklich leid«, sagte sie entschuldigend. »Sie hatten mich ganz falsch verstanden auf der Polizei. Das war aber nicht ihre Schuld – jedenfalls nicht allein ihre Schuld. Eigentlich lag es an mir, muß ich leider sagen. Ich habe nämlich verschlafen, und schuld daran war der Whisky; ich bin so etwas gar nicht gewöhnt. Und dann auch noch die Tablette.« Strahlend lächelte sie die jungen Leute an. So blutjung, die beiden, so schüchtern, und dabei so reell und verläßlich. »Aber jetzt ist doch alles in Ordnung, wie?«

»In Ordnung«, sagte Len. Und sie fuhren weiter nach Plummergen.

Im Dorf brodelte es. Langsam waren alle Neuigkeiten durchgesickert; die Buschtrommeln hatten für schnelle Verbreitung gesorgt. Diebstahl: das war unbestritten, die hitzigen Diskussionen gingen nur darum, wer was gestohlen hatte und warum. Die stets gefällige Doris Quint, tief erschrocken und voller Teilnahme mit den Betroffenen – »Nein, was für ein Glück, daß die Sachen alle wieder da sind, nicht?!« –, hatte das ihre zu den Gerüchten beigetragen. Natürlich war wieder Miss Seeton beteiligt: Sie hatte ein Auto gestohlen und es zu Bruch gefahren; sie war verhaftet worden, ihr Führerschein eingezogen. Auch die Hosiggs waren darin verwickelt. Um ihren Verfolgern zu entgehen und sie in die Irre zu führen, war Miss Seeton ins Wasser gesprungen und nach Rye geschwommen. Rauschgift spielte natürlich auch eine Rolle, ebenso Massen von Alkohol. Ströme von Whisky. In Miss Seetons Cottage hatte man eine Orgie gefeiert mit zertrümmerten Möbeln und aufgeschnittenen Kissen und Gardinen, und die Colvedens waren auch dabeigewesen, ebenso die Polizei – es war eben auf niemand mehr Verlaß heutzutage; ferner Miss Knight und diese Reporterin aus London und Miss Treeves, unglaublich, die Schwester eines Pfarrers! Furchtbar. Alle hatten sich – schwer betrunken und ohne Rücksicht auf den strömenden Regen – gegen Mitternacht zu einem Spaziergang aufgemacht, und Miss Seeton war dann heimlich zusammen mit dem jungen Hosigg zurückgefahren und hatte die Sachen gestohlen. Und das alles, während das ganze Dorf sich um sie sorgte und fürchtete, man habe sie umgebracht. Einfach nicht zu glauben, so was.

Mel Forby war an solche Dimensionen von Dorfklatsch

nicht gewöhnt und kochte vor Wut. Denen wollte sie ein Kuhgesicht zeigen.

Aus THE DAILY NEGATIVE vom 29. März
Idyllisches englisches Landleben
von Amelita Forby

III. Kühe auf der Weide

Friedlich träumt das Dörfchen Plummergen im letzten geruhsamen Winkel von Kent. Schafe weiden im Marschland, Kühe grasen auf fetten Wiesen. Weich tönt das tiefe Muhen und das hellere Blöken durch die Dämmerung.

Es gibt in unserem Dörfchen auch Kühe, die in den Häusern muhen, und ebenso finden sich blökende Schafe in manchen Wohnstuben.

In diesem Dörfchen, wo das Leben gelassen vorüberströmt und niemals etwas passiert – bis auf Überfälle und Einbrüche: Den Rekord hält eine Nacht mit drei Untaten ...

... wo ein Regenschirm fieberhaft arbeitet, um Menschen zu retten ...

... wo ein Besuch beim Zahnarzt als Orgie bezeichnet wird ...

... wo junge Liebe und redliche Gesinnung auf Hohn und Verleumdung treffen ...

... wo Tag und Nacht die Polizei am Werk ist, um zu helfen, zu wachen und zu schützen, um schließlich völlig mißverstanden zu werden ...

In diesem Dörfchen, wo alles möglich – und auch geschehen – ist: hier fehlt jetzt nur noch Mord.

Wie lange noch?

8

Effie Goffer genoß ihr Dasein wie noch nie. Täglich wurde sie zur Schule gebracht und von der Schule nach Hause begleitet; wohin sie auch ging, einer der zwei stämmigen Polizisten ging mit ihr.

Doch auch das verlor seinen Reiz. Ihr liebster Zeitvertreib war es immer gewesen, anderen nachzuspionieren, und dem konnte sie nicht mehr nachgehen. Wer selbst kontrolliert wird, kann nicht andere bespitzeln. Das ärgerte sie. Langsam wurde ihr klar, daß jemand, der auf Schritt und Tritt begleitet wird, auch auf Schritt und Tritt unter Beobachtung steht. Es war genau ihr Lieblingsspiel, das jetzt mit ihr gespielt wurde: ›Ich seh' was, was du nicht siehst.‹ Was du nicht siehst –? Denen würde sie's zeigen! Sie wartete, bis abends ihre Leibwache abgelöst wurde. Auf dem Weg nach Hause und ins Bett rannte sie plötzlich los und war verschwunden.

Am nächsten Morgen fand ein Landarbeiter auf seinem Weg zur Arbeit die Leiche in einem Graben.

Belagerungszustand in Plummergen. KINDERWÜRGER SCHLÄGT VON NEUEM ZU. Die Polizei wurde verstärkt; die Presse wurde verstärkt. Schaulustige erschienen in Mengen. Auch die Entrüstung nahm zu. Mord als Zeitungslektüre mag angehen, aber dabei muß es bleiben. Vor allem aber muß ein Mord unter allen Umständen woanders stattfinden, wo käme man sonst hin? Und diese Bedingungen waren hier gründlich mißachtet worden, daher die allgemeine Entrüstung.

In *Rytham Hall* bei den Colvedens hatte die Nachricht von der Untat das Frühstück restlos verdorben. Auch die Zeitung blieb ungelesen.

»Wißt ihr was«, sagte Lady Colveden, »ich glaube, die

meisten Leute sind so entsetzt, weil sie im Grunde gar nicht entsetzt sind.« Nigel sah seine Mutter an. »Doch, das ist wahr«, protestierte sie. »Ich jedenfalls habe das Gefühl, ich müßte schockiert sein, tief betroffen, und das bin ich nicht. Diese Effie war ein gräßlicher Balg. Die Mutter tut mir natürlich leid – ehrlich leid, obgleich, wenn ich sie wäre ...« Sie fing den Blick ihres Mannes auf. »Doch, George, das ist es ja gerade. Die ganze Sache ist so schrecklich, weil keiner sie schrecklich findet.« Sie nahm sich einen Toast und trank einen Schluck Tee; dann fuhr sie ratlos fort: »Ich muß mich ja wohl um die Mutter kümmern, was?« Schweigende Zustimmung antwortete ihr. »Was soll ich ihr bloß sagen? ›Tut mir leid, daß Ihr Kind umgebracht worden ist – hier haben Sie ein Glas Marmelade.‹ Kann ich es nicht einfach ganz lassen?« fragte sie ihren Mann, erhielt jedoch keine Antwort. »Na ja, das wußte ich ja.« Seufzend erhob sie sich und stellte das Geschirr zusammen.

Die Reaktion der Polizei war blanker Zorn, der bei Delphick mit Verzweiflung gemischt war. Sie ersuchten um Verstärkung, machten sich an die Arbeit und verhörten jeden einzelnen. Delphick selbst nahm die beiden Quints vor. Das Ergebnis war Null. Der Pathologe gab als Zeit des Mordes die Stunden zwischen sechs und acht Uhr abends an. Die restlichen forensischen Einzelheiten – Draht, Tötungsart, Verletzungen – kannte Delphick schon auswendig.

Quint war sorglos, heiter und hilfsbereit; in seinen Notizen bezeichnete ihn der Sergeant als ›dreist‹. Ja, am Nachmittag hatte er einen Spaziergang gemacht, um mal Luft zu schnappen. Um vier war er zurück, legte sich hin und wartete auf Doris. Herzbeschwerden – der Arzt hatte gesagt, er müsse vorsichtig sein. Der Nervenzusammenbruch als Folge von Überarbeitung war also, vermerkte Delphick, jetzt zu Herzbeschwerden geworden. Er sagte nichts dazu – es war ja schließlich kein Widerspruch, eins konnte die Folge des anderen sein. Der Junge, sagte Quint, war auch dagewesen, jedenfalls zeitweise, er habe nicht darauf geachtet. Nach dem Essen hatten sie vor dem Fernseher gesessen – meist Quatsch, das Programm – und waren dann ins Bett gegangen. Er hatte von nichts eine Ahnung gehabt, bis morgens der Milchmann kam.

Doris' Bericht stimmte damit überein. Sie war um fünf mit Putzen fertig gewesen, und zwar im Hause *Lilikot*, bei den beiden Damen, die im Dorf ›die Zicken‹ genannt wurden, kein Wunder, sie aßen ja auch nur Grünzeug. Jammerten immer noch wegen ihrer Sachen, ganz gräßlich, wo sie doch überhaupt alles wiedergekriegt hatten. Jedenfalls war sie um zehn nach fünf zu Hause gewesen und hatte das Abendbrot vorbereitet – Eier und schöne Dosenspaghetti mit Schinken und dann noch Käse. Dann hatten sie, wie Dick angegeben hatte, das Fernsehprogramm angesehen und waren zu Bett gegangen. Furchtbar, als sie dann heute morgen alles erfuhren. Wirklich schrecklich, was in so einem kleinen Dorf alles passieren konnte. Man konnte zuviel kriegen, tatsächlich.

Zuviel, dachte Delphick. Die Quintschen Aussagen hörten sich ganz ordentlich, vielleicht sogar plausibel an, aber beweisen taten sie nichts. Doris kam ihm nervös vor, als ob sie etwas zu verbergen hätte. So ehrlich und glaubwürdig ihm die Hosiggs vorkamen, so falsch erschienen ihm die Quints. Ihre Erklärungen und die Gründe, warum sie nach Plummergen gekommen waren, klangen ganz einleuchtend und mochten auch wahr sein, nur fühlten sie sich unwahr an. Er hatte nachforschen lassen, und aus London stand die Antwort noch aus, doch bisher schien kein Mensch etwas von den Quints zu wissen. Es war geradezu, als seien sie vom Himmel gefallen und hier gelandet. Wenn er nicht mehr zusammenbrachte als ein unsicheres Gefühl und vagen Verdacht, den das verdammte Alibi auch noch entkräften konnte, dann mußte er die Sache fallenlassen. Er blickte Doris' jungen Bruder an, der ihn schon eine Weile beobachtete. Wie verhörte man einen Taubstummen? Konnte er vom Munde ablesen – war er dazu schon alt genug? Übertrieben deutlich formulierte Delphick eine Frage. Die Antwort kam in mühsamen und ungeformten Tönen, ein häßliches Lautgewirr.

Doris fuhr hoch. Den Jungen solle er gefälligst in Ruhe lassen; was ihm eigentlich einfiele, ein Kind anzuschreien, das gar nicht sprechen könne, von verstehen ganz zu schweigen. Was er sich einbilde? So könne er mit ihr nicht umgehen!

Delphick sah den Jungen prüfend an. Hübsches Kind. Sein Blick wanderte zu Doris und ihrem Mann; im Geiste sah er ein Stück Draht von ihren festgespannten Händen herunterhängen. Ihm wurde leicht übel.

Dem Chief Inspector in Ashford tat es schon leid, daß er Len Hosigg hatte laufenlassen.

»Wenn wir ihn bloß hierbehalten hätten, Orakel, dann wüßten wir, woran wir sind. Jetzt haben wir ihn erst in die Zange genommen und dann gehen lassen, und gleich darauf passiert dies. Sieht übel aus.«

»Und seine Frau?« sagte Delphick. »Ich neige in diesem Fall mehr zum schwächeren Geschlecht.«

Auf Delphicks Ersuchen wurde vereinbart, daß die nächste Streife, die den Ouintschen Wagen auf der Straße antraf, ihn unter einem technischen Vorwand anhalten und sich den Führerschein zeigen lassen solle, damit man Namen und Adresse nachprüfen konnte. Bob Ranger hatte, als die Quints nicht daheim waren, sich das Haus mal angesehen und nirgends irgendwelche Spuren von Motorrädern gefunden, auch nicht im Schuppen; es gab keinerlei Hinweis darauf, daß sie jemals so etwas besessen oder gefahren hatten. Nur der kleine Transporter stand da; er sah recht schmutzig aus, und die Türen waren verschlossen. Brinton hatte jetzt eine Idee. Ob Delphick wohl Miss Seeton bitten würde, in die Dorfschule zu gehen und von jedem Kind eine Skizze zu machen?

Delphick war nicht begeistert. »Das ist eine Zumutung, Chris. Wir haben noch nie in einem Bezirk zwei Fälle gehabt. Und ich wußte übrigens gar nicht, daß Sie soviel von ihr halten –?«

»Tue ich ja auch nicht«, gab Brinton zurück. »Aber es steht doch nun mal fest, sie hat damals diese gräßliche Zeichnung von der kleinen Goffer gemacht, und dann noch die Lilie. Vielleicht bedeutet es tatsächlich nichts, aber es gibt doch zu denken, Orakel. Wir können uns absolut nicht leisten, etwas zu übersehen. Die Schule ist klein – wir wollen ja keine Ölgemälde, nur ganz rohe Skizzen. Vielleicht macht sie uns das Ganze zu einem Pauschalpreis.«

Delphick rief Scotland Yard an. Sir Hubert Everleigh war einverstanden und meinte abschließend leicht ironisch, bei dieser Inanspruchnahme wäre es vermutlich rationeller, Miss Seeton bei der Polizei fest anzustellen.

Die Zeitungen taten sich zusammen und stimmten ein allgemeines Entrüstungslied an. Dies sei der sechste Kindermord, und noch immer wartete man auf die Verhaftung. Es sei unerhört, daß die Morde sozusagen direkt unter den Augen der Polizei verübt wurden. Direkt unter den Augen von Superintendent Delphick vom Yard, der mit dem Fall betraut worden sei und sogar in dem Dorf wohne, wo die Untat geschehen sei. Man betonte, daß die Polizei im Augenblick des Verbrechens am Tatort war, ignorierte jedoch die logische Folgerung, daß sie daher dem Täter offenbar dicht auf den Fersen war. Insgeheim richtete sich der Zorn der Presse auf den *The Daily Negative* und auf Mel Forby. Mel hatte am Tag vorher in ihrem Artikel von Mord gesprochen; das mußte sie von irgendwoher haben. Was wußte sie und woher? Warum hatten nicht alle gewußt, daß Delphick in Plummergen war? Wie war die Forby darauf gekommen, und warum hatte sie in dem Artikel nichts davon gesagt?

Mel hatte die ganze Nacht hindurch immer wieder mit ihrer Zeitung telefoniert und alles durchgegeben: Effie Goffers Verschwinden, das polizeiliche Aufgebot, das nach ihr suchte, die Besorgnis um die Sicherheit des Kindes, die Ansetzung von Suchhunden, und schließlich – mit Delphicks Zustimmung – die Befürchtung, daß der Kinderwürger ein neues Opfer gefunden habe. Dieser Knüller kam zwar zu spät für die Titelseite, aber gerade noch rechtzeitig als letzte Meldung. Die Nachricht von der Auffindung der Leiche hatten die Morgenzeitungen nicht mehr bringen können; in den Abendblättern erschien sie in Balkenüberschriften. Mel hatte ihren Vorsprung gehabt und war zufrieden, ebenso wie *The Daily Negative.* Miss Seeton und ihr Regenschirm waren nicht erwähnt. Die Uneingeweihten wußten nicht, daß sie überhaupt etwas damit zu tun hatte, und in die Idyll-Serie paßte die Sache auch nicht. Die wollte sie lieber nach eigener Kappe weitermachen. Sollte es noch weitere Sensationen geben, so wollte sie sie direkt an die Redaktion weiterleiten.

Die herbeiströmenden Neugierigen und die kochende Volksseele nahmen verschiedene Standpunkte ein.

»Nein, Gertie, da drüben ist es schlecht – die Sonne scheint genau in deine Linse. Von hier kriegst du's besser auf die Platte.« »Ich weiß gar nicht, warum wir hergekommen sind, wo doch niemand genau die Stelle kennt.« »Überhaupt – das Ganze ist ein Reinfall. Hier sieht man ja gar nichts, weder Blut noch sonstwas.«

Miss Seeton tat, was man von ihr erbeten hatte: Sie begab sich in die Schule gegenüber von Dr. Knights Klinik und skizzierte in den Klassen etwa fünfzig kleine Gesichter. Die Ergebnisse ließen vom Künstlerischen her sicher einiges zu wünschen übrig, waren aber für die Polizei insofern aufschlußreich, als sie nichts Besorgniserregendes ergaben. Alle Gesichter, auch die ganz flüchtig skizzierten, waren heil und ganz.

Delphick saß in der Halle des *George and Dragon* und besah sich die Bilder, als Mel zum Essen hereinkam. Sie fragte, ob sie sie ansehen dürfe. Der Superintendent blickte sie streng an.

»Ausgeschlossen, Miss Forby. Dies sind polizeiliche Unterlagen – das wäre äußerst ungehörig. Bitte seien Sie doch so gut«, fügte er hinzu, »und stellen Sie sich hinter mich, dann stehen Sie mir nicht im Licht.«

Mel verzog amüsiert das Gesicht. Sie stand über seine Stuhllehne gebeugt, während er die Bilder so hinlegte, daß sie sie betrachten konnte. Im ganzen waren es fünf Bogen, auf jedem Bogen mehrere Gesichter. Sie musterte sie flüchtig, griff dann über seine Schulter, legte die Blätter zusammen und ließ sie mit der Bildseite nach unten in seinen Schoß fallen.

»Zeitverschwendung, mein Lieber, reine Zeitverschwendung. Miss S. mag ja eine gute Lehrerin sein, das kann ich nicht beurteilen, aber künstlerisch sind ihre Sachen nicht weit her. Bloß manchmal, wenn ihr was auffällt und ihre Hand die Führung übernimmt, dann hat sie wirklich was los, irgend etwas, eine Fähigkeit – ich kann's nicht sagen, ich verstehe nichts davon, aber ich weiß, daß es da ist. Wahrscheinlich hat sie Hemmungen.«

Delphick lachte. Einen weniger gehemmten Menschen als Miss Seeton konnte er sich kaum vorstellen. »Hemmungen – nein. Unsicher ist sie. Sie hält viel von der Freiheit des Ausdrucks, bei wirklich klugen Menschen. Oder bei gut trainierten.« Er grinste. »Daß sie selber klug ist oder klug sein kann – auf die Idee ist sie noch nie gekommen.«

»Schade um die Vergeudung. Ein paar Skizzen von ihr, wenn sie richtig in Form ist, könnten die Sache viel weiter bringen. So – und jetzt kommen Sie mit, wir trinken ein Glas. Ich lade Sie ein – Spesenkonto.« Sie ging ihm voran in die Bar.

Delphick legte die Papiere zusammen und folgte ihr. »Ach wissen Sie, Mel – Vergeudung ist eigentlich nicht das richtige Wort, wenn jemand so richtig zufrieden ist«, sagte er.

»Ich soll einen Betrüger heiraten? Du mußt den Verstand verloren haben.«

»Maryse . . .«

»Wofür hältst du mich eigentlich?« Maryse Palstead zog eine Zigarette aus dem Päckchen in ihrer Handtasche. »Glaubst du, ich habe Lust, mein Leben lang darauf zu warten, daß die Polizei dir auf die Schliche kommt? Meinst du, ich will jedesmal 'n Herzanfall kriegen, wenn ich auf der Straße einen Polizisten treffe?« Sie steckte sich die Zigarette zwischen die Lippen. »Glaubst du, immer wenn ich 'n Strafzettel an den Wagen kriege, will ich Angst haben, ob das nicht 'ne Falle ist und die Polizei als nächstes zu mir in die Wohnung kommt und mir Fragen stellt?« Die Zigarette schwankte, während sie heftig weitersprach. »Und zwar Fragen nach dir, mein Lieber!«

»Maryse . . .«

»Wofür hältst du mich, sag mal?« fragte sie höhnisch. »Für 'n Gangsterliebchen, was?« Sie klappte das goldene Feuerzeug auf – ein Geschenk von ihm – und betrachtete ihn über die Flamme hinweg. »Glaubst du, ich hatte vor, deinetwegen auf ein normales Leben zu verzichten?« Sie inhalierte und blies ihm den Rauch ins Gesicht. »Meinst du wirklich, ich wäre bereit, um deiner blauen Augen willen ewig in Angst zu leben?« Sie sah ihn vor sich – die dunklen Augen, das glatte schwarze Haar, den dünnen Schnurrbart – und lachte. »Du mußt von Sinnen sein, mein Bester. Das kannst du doch nicht geglaubt haben.«

»Aber Maryse, du hast doch gesagt...«

Verstört ließ sich der Kassierer ihr gegenüber in den Sessel fallen. Seine Tasche mit dem aus der Bank entwendeten Geld lag auf dem Fußboden neben der Abendzeitung. Noch stand nichts von ihm darin. Er hob den Kopf und blickte sich verwundert in ihrer Wohnung um. Er sah die teure Einrichtung, die kostbaren Möbelstücke, die er fast alle selbst gekauft hatte. Gekauft für die Zukunft – für die gemeinsame Zukunft.

Sie folgte ihm mit kalten Augen. »Nicht wahr – du hast dich für so schlau gehalten.« Die nachdenkliche, fast sanfte Stimme wurde scharf. »Schlau –? Die Polizei hat dich wahrscheinlich schon monatelang beobachtet. Warum schicken sie dir sonst die alte Hexe in die Bank, um dir Angst einzujagen. Du dachtest, sie hätte sich verraten. Daß ich nicht lache! Was meinst du, wozu die hingekommen ist? Die sind ja nicht blöd – sie haben gewartet, bis du dich aus dem Staub machst, und so weit ist es jetzt. Du wolltest in der Versenkung verschwinden und als ein anderer wiederauftauchen. Fabelhaft.« Hohn klang aus ihrer Stimme. »Du mit deinen getönten Haftschalen, deinem gefärbten Haar und allem andern. Na schön«, schloß sie entschieden, »ich verschwinde jetzt ebenfalls in der Versenkung. Hier trennen sich unsere Wege.«

Der Kassierer blieb stumm. Hier trennten sich die Wege? Dies also war Maryse. Noch immer betäubt saß er da und begriff nicht, wartete, bis das Begreifen langsam kam. So liebevoll war sie immer gewesen, sanft und zärtlich, eine fröhliche Gefährtin. Schmuck hatte er ihr geschenkt, als Sicherheit, als Anfangskapital für ihr neues Leben – ihr gemeinsames Leben. Alles gut und schön, solange Geld und Sicherheit da waren – jedenfalls Sicherheit für sie. Und jetzt, da der kritische Augenblick gekommen war, der Moment zum Umsteigen, der Tag, an dem er sein altes Ich abwerfen und begraben wollte – oder vielmehr, wörtlich, begraben lassen wollte; jetzt, da ernste Gefahr vor der Tür stand, jetzt wollte sie ›verschwinden‹. Dabei konnte von wirklicher Gefahr gar keine Rede sein; dazu war der Plan viel zu einfach, zu langfristig erwogen und zu sorgfältig vorbedacht.

Die Unterschlagungen in der Bank waren kinderleicht gewesen. Alles, was man dazu nötig hatte, waren Sachkenntnis – und Kaltblütigkeit. Das besaß er beides, und außerdem, was noch wichtiger war: er hatte Verstand. Bei kleineren Unterschleifen, da wurde aufgepaßt, die wurden schnell genug festgestellt. Aber bei größeren Summen – wenn einer nur lange genug im Haus war und Vertrauen genoß ... Nun, er hatte sich angestrengt: Drei Jahre hintereinander hatten die Buchprüfer nichts gemerkt. Grund genug, zufrieden zu sein: Er hatte ein Haus gekauft und bezahlt, ferner Maryses Schmuck, die Einrichtung und den Rover, dazu mehr als fünfunddreißigtausend Pfund in bar und in Papieren, die ein Mann mit seinen Fähigkeiten in wenigen Jahren verdoppeln konnte. Und hatte man erst mal richtiges Kapital, dann kam der Rest von selber.

Der ›einfache Plan‹ sah so aus: Er wollte in Brettenden ein neues Leben als nicht unbemittelter Mann anfangen. Sein altes Ich sollte dadurch aus der Welt geschafft werden, indem man die verkohlten Überreste in dem ausgebrannten Wrack seines alten Wagens entdeckte; wenn dann der Leichnam des betrügerischen Bankangestellten identifiziert und die Suche eingestellt war, wollte er sich in Brettenden mit einem neuen Namen, seinem neuen Haus, einem Wagen – und mit Maryse niederlassen.

Das einzige, was an ihm auffiel, war das merkwürdig helle Blau seiner Augen. Vor drei Jahren war er im Urlaub nach München geflogen und hatte sich dort getönte Haftschalen anfertigen lassen, an die er sich durch immer längeres Tragen bei Nacht so gewöhnte, daß sie ihm schließlich keinerlei Beschwerden mehr machten. Die tiefdunklen, fast schwarzen Augen bewirkten eine völlige Veränderung seines Aussehens. Als auch das wellig-blonde Haar mit einer Farbwäsche glattgesträhnt und dunkelgefärbt war und er sich noch ein bleistiftdünnes Bärtchen angeheftet hatte, war er ganz unkenntlich geworden. Das hatte er nach einem Jahr Training bewiesen, als er im darauffolgenden Sommerurlaub in seiner Bankfiliale erschien und dort unter seinem neugewählten Namen ein Konto eröffnete. Hätte jemand etwas gemerkt, so hätte er die Sache als halben Scherz hingestellt: Erfahrungen sammeln, Lücken im Sicherheitssystem ausprobieren, mal sehen, ob Betrug überhaupt möglich war. Reines Berufsinteresse. Das Experiment gelang, das Konto wurde ohne Fragen eröffnet. Seine Sicherheit und das Vertrauen in die neue Verkleidung wuchs; er kaufte ein Haus am Rande von Brettenden, einen Rover, bestand die Fahrprüfung und erhielt einen Führerschein für sein neues Ich. Den Nachbarn erzählte er, er müsse noch eine Weile geschäftlich abwesend sein, danach aber hoffe er, seßhaft zu werden. Es war daher ganz natürlich, daß der etwas ausländisch anmutende Herr, der das Haus *Ivy Manse* erstanden hatte, sich nur selten und dann nur am Wochenende sehen ließ. Und es war mehr als unwahrscheinlich, daß irgendeiner jemals diesen wohlsituierten Herrn in Verbindung bringen würde mit dem unbemittelten Bankkassierer, der täglich in einem verbeulten, aus vierter Hand erstandenen Wagen von seiner Wohnung in Ashford zur Arbeitsstätte nach Brettenden fuhr.

Maryse Palstead war der einzige Punkt, in dem er von seinem ursprünglichen Plan abgewichen war. Er hatte sie auf einer Party kennengelernt und fand sie gleich anziehend, aber sie ihn nicht. Er war entschlossen, Eindruck bei ihr zu machen, lud sie zum Essen ein, gab viel Geld für sie aus, und darauf reagierte sie. Seine Verliebtheit wuchs, und ihr schien es ebenso zu gehen. Er machte zuerst nur Andeutungen und erzählte ihr dann schließlich alles, was er getan hatte und was er noch zu tun plante. Sie zeigte sich interessiert und hilfsbereit; sie schlug ihm vor, Geld in Schmuck anzulegen und unter seinem neuen Namen ein Konto zu eröffnen, das er dann unter seinem richtigen Namen um beträchtliche Summen erleichterte. Dieser letzte Trick entzückte ihn: Es war der ideale Weg, Max zu nehmen, was er Moritz aushändigte. Den letzten – in diesem Fall die Bank – bissen die Hunde, denn an ihm mußte sich Max schadlos halten; und wenn die Bank den Schaden bezahlte, so zahlte sie damit unwissentlich wieder an Moritz.

Maryse hatte sich nicht binden wollen, bevor sich alle Pläne als sicher und gelungen herausstellten; sie verlangte eine Wartefrist von mindestens drei Monaten nach seinem angeblichen Tod. Erst dann wollte sie ihn heiraten.

Unruhig rutschte er im Sessel hin und her. Er war sehr blaß geworden. Dies also war das Ende – das Ende des gemeinsamen Weges und das Ende von Maryse. Sie hatte ganz recht: Er mußte wahnsinnig gewesen sein, ihr all seine Pläne zu enthüllen, sein törichtes Herz auszuschütten. Jetzt war sie in der Lage, auszupacken. Blicklos starrte er auf das Zeitungsblatt, das auf dem Boden neben ihm lag. Die verschwommenen Worte nahmen Gestalt an. KINDERWÜRGER SCHLÄGT VON NEUEM ZU. BESTEHT EIN ZUSAMMENHANG ZU DEN EINBRÜCHEN IN PLUMMERGEN? Zusammenhang –? Zusammen... Die Gedanken begannen zu arbeiten, zu koordinieren, ein Muster bildete sich. Ein Blick auf die Armbanduhr: Es war zwanzig nach zehn. Ja – jedes Steinchen saß an seinem Platz. Es paßte. Aber er hatte keine Zeit zu verlieren.

Er stand auf. »Ich hole uns was zu trinken.«

»Ich will nichts.«

»Aber ich.«

Er ging in die kleine Küche, klirrte mit den Gläsern, öffnete eine Schublade. Ein paar Werkzeuge lagen darin, ein Schraubenzieher, eine Kneifzange und – ja, ganz richtig: eine Rolle Draht. Er schnitt ein Stück ab, klirrte noch einmal mit dem Glas und kehrte ins Wohnzimmer zurück.

Maryse hörte ihn hinter sich. »Los, trink aus. Und dann kannst du gehen, und zwar für immer.« Sie lehnte sich über den Tisch und drückte die Zigarette im Aschenbecher aus.

»Das werde ich.« Er stand hinter dem Sofa, beugte sich vor und warf ihr, als sie sich zurücklehnte, mit gekreuzten Händen die Drahtschlinge über den Kopf und zog an. Sie fuhr hoch, mit offenem Mund und verkrallten Händen. Er zog und hielt den Draht so lange fest, bis er ihm in die Hände schnitt; dann ließ er los. Sie sackte in sich zusammen, tot.

Mit den genauen Bewegungen eines Automaten nahm er ihre Handtasche, zog das Feuerzeug heraus, steckte es ein, nahm auch die Geldscheine und das lose Kleingeld, warf die Tasche beiseite, ging ins Schlafzimmer, holte ihr Schmuckkästchen, brach es auf und schob die Juwelen – nirgends aufgeführt und unversichert – in seine Aktentasche. Er riß Schubladen und Schranktüren auf und streute den Inhalt im Zimmer umher. Dann ergriff er die Zeitung und seinen Mantel und verließ die Wohnung.

Jetzt war die Polizei sicher schon auf der Suche nach seinem alten Wagen. Nun – sie würden ihn erst dann finden, wenn es ihm paßte. Heute abend brauchte er ihn noch; aber wenn er ihn jetzt geholt hatte, durfte er sich auf der Landstraße nicht lange sehen lassen, das war zu riskant. Immerhin: Dieses Risiko mußte er auf sich nehmen. Den einzigen wirklich üblen Moment hatte er hinter sich: als er unbemerkt in das leere Haus in Brettenden schlüpfte, um sich dort gründlich zu verwandeln und dann den Rover zu holen. Das war gelungen: Kein Mensch hatte ihn gesehen.

Er fuhr auf direktem Weg von Ashford in Richtung auf die Hauptstraße. Etwa zwei Meilen vor der Hauptstraße bog er in eine Nebenstraße ein und von dort aus wieder in einen engen Weg, der an einem alten Steinbruch vorüberführte. Rechts oben auf der Anhöhe kam man über einen grasbewachsenen Abhang direkt an den Rand des Steinbruchs. Links sah man Büsche und Unterholz und dahinter Gestrüpp. Vorsichtig fuhr er den Wagen hinter die Büsche und nahm sich in acht, damit er keine Kratzer von den Brombeerranken davontrug. Dort wartete sein alter Wagen mit gut verschmutzten Nummernschildern. Er untersuchte sie mit Hilfe einer Taschenlampe und stellte fest, daß sie auch in geringer Entfernung unlesbar waren, ohne geradezu absichtlich verschmiert auszusehen. Er stieg ein, nahm die Armbanduhr ab, die seine Initialen trug, und legte sie auf den Nebensitz; dann nahm er eine Mappe mit seinem alten Führerschein und der Versicherungskarte und zwängte sie in den hinteren Polstersitz. Auf Seitenstraßen fuhr er dann nach Norden, kreuzte die Hauptstraße und fuhr langsam zurück in Richtung Maidstone. Ursprünglich hatte er sich für dieses Vorhaben zwei oder drei Nächte Zeit lassen wollen, um reichlich Auswahl zu haben; aber jetzt hatte ihm die alte Hexe in der Bank die Pistole auf die Brust gesetzt, sozusagen; er mußte es riskieren und konnte nur hoffen, daß alles gutging.

Ein Anhalter am Straßenrand hob den Daumen. Er verlangsamte die Fahrt bis zum Kriechen und sah sich den Jungen an: ein Kind mit schwerem Rucksack auf dem Rücken. Er fuhr wieder an. Nach wenigen Minuten winkte ein zweiter Daumen. Anhalter gab es immer reichlich, darauf war Verlaß. Wieder verlangsamte er die Fahrt. Der da sah besser aus. Er hielt an, lehnte sich über den Sitz und öffnete die Tür.

»Dover?« fragte der Anhalter; er beugte sich herunter und zeigte sein Gesicht im Licht der Innenlampe. Aha: ungefähr dreißig, ein Paket in der Hand. Der war richtig.

»Ja«, sagte der Bankkassierer. »Ich muß bloß noch einen kleinen Umweg machen – hab' unterwegs noch was zu besorgen. Dauert aber nicht lange. Steigen Sie nur ein.« Er nahm seine Uhr vom Nebensitz, als der andere jetzt einstieg. »Würden Sie dies wohl mal halten? Oder noch besser: Würden Sie sie umbinden? Ich hab' eine Stelle am Handgelenk, da scheuert das Armband, und ich möchte nicht, daß sie zwischen die Sitze fällt.«

Erstaunt blickte der Ankömmling auf, zuckte dann die Achseln, sagte »in Ordnung« und schob sich die Uhr über das Handgelenk.

Der Fahrer ließ den Wagen wieder an. Er fuhr an Maidstone vorbei, dann weiter auf der Hauptstraße, bis er nach links abbog und zwei Meilen weiter auf der Landstraße ankam, von der der schmale Weg abging. Er fuhr hinein, bot seinem Mitfahrer eine Zigarette an, nahm selbst eine und zündete beide an. Der Wagen kletterte steil in die Höhe. Jetzt schwenkte er ihn nach links ins Unterholz, riß das Steuerrad herum und beschrieb mit dem Wagen einen Halbkreis, nachdem er die Scheinwerfer ausgeschaltet hatte. Er hielt an, der Wagen stand im Leerlauf, die Bremse war nicht angezogen, und der Motor lief.

»Moment – ich komm' sofort zurück.« Er ließ die brennende Zigarette auf den Wagenboden fallen, sprang hinaus und lief nach hinten zum Heck des Wagens.

Der Mitfahrer wandte sich um. »He, Sie – Sie haben ja...« Er merkte, daß der Wagen vorwärts rollte, und griff angstvoll nach dem Türgriff. »He – ich kann ja nicht...«

Die letzten Worte verhallten ungehört. Der Wagen rollte über den Abhang und überschlug sich einmal in der Luft.

Die Zeit blieb stehen – endlos lange. Dann kam von unten der Knall, ein tierischer Schrei, metallenes Scheppern und Klirren von Glas. Schweigen. Ganz leise folgte Gewinsel. Ersticktes Wimmern. Und wieder Schweigen.

Der Kassierer blickte hinunter, aufmerksam und wartend. Es mußte gelingen – es mußte einfach. Bei jedem Wagen, der von einer Höhe herunterfiel, war Feuer die eine große Gefahr. Und mit laufendem Motor und dem Ersatzbenzinkanister mit losgeschraubtem Deckel im Heck, und dann noch zwei brennende Zigaretten: da konnte nichts schiefgehen. Es war kein Licht zu sehen; die Hecklampen waren vermutlich – es kam ihm vor wie eine Stunde; tatsächlich waren nur wenige Sekunden vergangen, als unten in der Dunkelheit ein rotes Fünkchen aufleuchtete. Das Fünkchen erlosch. Sein Herzschlag setzte aus. Da war es wieder: schnellzüngelnd, eine gelbe Blume mit rotem Stern in der Mitte. Die Explosion krachte, und der rote Stern flammte auf in langen feurigen Strahlen.

9

Auf einem Bauernhof hatte man das Feuer im Steinbruch gesehen. Bis die Feuerwehr ankam und die Polizei benachrichtigt war, konnte man nichts tun als abwarten, daß die Reste abkühlten und eine Untersuchung zuließen. Ein junger Constable half den Feuerwehrleuten, den Toten herauszuziehen; als er aber, nachdem die Leiche in sich zusammengefallen war, ebenfalls umfiel, schickte ihn der beauftragte Inspector zurück ins Krankenhaus, wo man ihn wegen Schocks behandelte. Sie ließen einen Mann am Unfallort zurück und ordneten an, daß die Überreste des Wagens nach Ashford gebracht wurden, wo die Techniker ihn am nächsten Morgen untersuchen konnten. Das vordere Nummernschild war noch lesbar, und das Krankenhaus schickte eine mit Initialen versehene Armbanduhr, die man bei der Leiche gefunden hatte. Als daher Chief Inspector Brinton nach einem herzhaften Frühstück in seinem Büro ankam, erwarteten ihn dort die unerfreulichen Einzelheiten und die vorläufige Identifizierung des Toten, die innerhalb einer Stunde bestätigt wurde, als vom Labor der verkohlte Fetzen eines Führerscheins und ein verbranntes Stückchen Papier ankam, auf dem es gelungen war, einige Zahlen sichtbar zu machen, die angeblich von einer Versicherungskarte stammten. Die Leiche wurde offiziell identifiziert als die des verschwundenen Bankkassierers, der seinem Leben freiwillig oder aus reiner Idiotie ein Ende bereitet hatte. Damit war der Fall abgeschlossen. Er wurde jedoch noch vor Mittag von neuem hervorgeholt.

Den Mord an Maryse Palstead entdeckte ihre Putzfrau, die um zehn Uhr kam. Sie erhob gellendes Geschrei, rief um Hilfe, holte die Mieter der Nachbarwohnungen herbei, die ebenfalls Nachbarn zu Hilfe riefen, und nachdem sie alle einen schnellen Blick in das Mordzimmer geworfen hatten, lief die Putzfrau zum Pförtner, der den Hausbesitzer holte, und dieser endlich benachrichtigte die Polizei. Ein Inspector wurde hingeschickt; er untersuchte die Mordart und den Draht und gab dann seinem Vorgesetzten Bescheid. Chief Inspector Brinton rief Delphick an und teilte ihm mit, man habe wieder eine hübsche Spezialität für ihn. Wenn jedoch jetzt, fügte er hinzu, überall in Kent, wo Delphick auftauchte, Drahthalsbänder in Mode kommen sollten, so wolle er damit nichts mehr zu tun haben und werde am nächsten Montag in den Ruhestand treten.

Delphick fuhr nach Ashford, wo ihm der dortige Beamte erleichtert den Fall übergab. Er sah sich die Sache kurz an und gab sie dann zurück. Das hier war nicht der Kinderwürger – eine Nachahmung, und zwar eine schlechte. Der Bericht aus der Pathologie lag zwar noch nicht vor, aber er war ziemlich sicher, daß hier mit stärkerer Gewalt und auch anderem Draht gearbeitet worden war. Er nahm das Stück Draht auf, das neben der Leiche lag. Die Spuren hatten sich tief in den Hals der Toten eingegraben und an zwei Stellen die Haut durchschnitten. Auch die Quetschungen gingen weiter. Delphick erklärte sich jedoch einverstanden, bei den Vernehmungen zu helfen. Zunächst die Putzfrau, die inzwischen bei der dritten Kanne Tee angelangt war und das Folgende zu Protokoll gab: Ihr Ältester machte sich recht nett – hatte Arbeit in einer Tankstelle; der zweite gammelte herum, hielt es in keiner Stellung aus; die Tochter, die trieb es manchmal 'n bißchen bunt – was nicht näher erläutert wurde; der Jüngste ging noch zur Schule; und der Mann – na, der saß auch lieber woanders als zu Hause, woraus zu schließen war, daß die Tochter nach ihm geraten war. Sie selber war natürlich noch ganz durcheinander, was ja zu verstehen war, wo sie doch auf so was nicht vorbereitet war, und wenn sie es gewesen wäre und jemand hätte ihr ein Wort gesagt, dann wäre sie ja niemals in der Stellung geblieben – keinen Tag, dafür wollte sie ihre Hand ins Feuer legen. Sie war ein ehrlicher Mensch, und sie konnte offen und ehrlich sagen: Das hatte sie glatt umgehauen. Total erledigt. Der Inspector aus Ashford schäumte. Delphick blieb geduldig und zog aus dem Wortschwall schließlich die Information, daß Miss Palstead so etwas wie eine leichte Person gewesen sei. Mehr schien die gesprächige Dame von ihrer verstorbenen Arbeitgeberin nicht zu wissen.

Mit dem Pförtner ging es besser. Ja, es stimmte, Miss Palstead hatte viele Freunde gehabt, aber nur einen regelmäßigen, besonders in der letzten Zeit. Die Beschreibung des regelmäßigen Herrn und seines Wagens traf auf einen Bankangestellten zu, nach dem seit gestern in einer Suchanzeige, die die Bank in Brettenden veranlaßt hatte, gefahndet wurde. Der Inspector überlegte. Ein eifriger Constable fischte aus seinem Notizbuch eine Abschrift der Anzeige. Der Inspector telefonierte noch einmal mit der Polizeiwache, die weitere Nachforschungen anstellte und den Verdacht bestätigt fand, als die Fingerabdrücke aus seiner Wohnung und aus Maryse Palsteads Wohnung verglichen wurden. Am Spätnachmittag war der Fall von neuem erledigt, die Sache Palstead wurde sauber abgeheftet, und es herrschte wieder eitel Freude.

Plummergen war erleichtert; die drohenden Sturmwolken waren vorübergezogen. Der Mord an Effie war natürlich schrecklich, und noch schlimmer – da von materieller Art – waren die Einbrüche, doch daß das alles hier stattgefunden hatte, war offensichtlich reiner Zufall. Ganz klar: Der Blitz schlug niemals zweimal in die gleiche Stelle ein. Wirklich ein Trost.

Für die Damen im Haus *Lilikot* gab es selbstverständlich keinen Trost nach den unerhörten Andeutungen der Polizei wegen des tatsächlichen Wertes ihrer gestohlenen Sachen. Es war ja bekannt, wie einfach es für gewisse Leute war, die echten Sachen zu behalten, sie kopieren zu lassen und dann die Imitationen zurückzugeben. Immerhin, es war eine Erleichterung zu wissen, daß die Morde nicht von einem Ortsansässigen verübt worden waren. Mit den Diebstählen war es was anderes. Man wollte gewiß gerecht sein und keinem zu nahe treten, aber es lag ja auf der Hand, auch ohne Namen zu nennen, daß mehr dahinter war. Und diese unerhörte Reporterin, der hatte man gründlich die Meinung gesagt; die wußte jetzt, was man von ihr hielt. Daß die eigene Bank ebenfalls in den Skandal verwickelt war, hielten die beiden Damen für schlicht geschmacklos. Die rettende Idee hatte diesmal Miss Nuttel:

»Ich werde mein Konto dort auflösen.«

Bei den Colvedens sah es nicht ganz so tröstlich aus. »Wie gut, daß jetzt alles vorüber ist«, sagte Lady Colveden und reichte Nigel eine Tasse Kaffee, die er an seinen Vater weitergab. »Auch wenn man es nicht glaubt.«

»Du glaubst es also nicht?« fragte ihr Sohn.

»Nein. Ich sehe natürlich den Standpunkt der Polizei – für die erspart es eine Menge Arbeit. Aber eine Liebesgeschichte in Ashford und Unterschlagungen bei der Bank, das ist doch ganz was anderes, als kleine Kinder umzubringen. Finde ich jedenfalls. Du weißt auch sehr wohl, was ich meine, George.« Sie sah den Ausdruck in ihres Mannes Gesicht.

»Klar wissen wir das«, meinte Nigel. »Was uns interessiert, ist nur dies: Wie viele Liebhaber hast du denn in Ashford?«

»Werd nicht frech«, erwiderte seine Mutter und überlegte dann. »Oder war das ein Kompliment? Na jedenfalls, für so was ist Ashford nicht der richtige Ort. Vielleicht ist es anders, wenn man da wohnt«, fügte sie zweifelnd hinzu. »Ich meine bloß, wenn man schon einen hat in Ashford oder sonstwo, und dann liegt da so ein Stück Draht herum, dann kann ich mir gut vorstellen, wie so was geschieht – impulsiv, im Zorn oder so. Verheiratete Leute zanken sich ja auch mal, warum also nicht unverheiratete? Und Unterschlagungen – na, das täte doch jeder, wenn er wüßte, wie's gemacht wird. Aber die Überfälle in Poststellen und der Mord an Effie, das ist doch wirklich ganz was anderes. Du wirst ja sehen, daß ich recht habe. Die Zeitungsleute sind jetzt alle nach Haus gegangen oder wohin sie sonst gehen, aber Miss Forby ist noch hier, und der Superintendent und der Sergeant sind auch noch hier. Und wenn ich nicht recht hätte, wären sie nicht mehr hier.« Für das junge Paar im Dunnihoe Cottage füllte Trost das ganze Häuschen.

»O Len, ist es nicht wunderbar?« Lil Hosigg füllte eine große Portion Pudding auf einen Teller, goß Sirup darüber und reichte ihn ihrem Mann. »Daß wir nun durch sind bei der Polizei, meine ich. 'türlich, schön ist das nicht, daß nun alles wieder aufgerollt wird – ich meine das mit Mamas

Mann und was er getan hat oder zumindest versucht hat. Du hättest es damals doch lieber gleich sagen sollen. Ich wollt's ja, und ich hätte auch Rosie dazu gekriegt. Aber das wird schon vorübergehen, und ich finde, es ist wunderbar.« Sie blickte ihn liebevoll an. »Und du bist auch wunderbar, Len. Und das alles kommt bloß von der komischen kleinen Schraube – weißt du noch, sie hat uns zugelächelt, als wir neu hierher kamen, und wie das Kind da vor den Wagen laufen wollte, da sagte sie, wie prima du das gemacht hast, daß du angehalten und nicht laut getobt hast, wie es die meisten Leute gemacht hätten. Und wie du dich dann um sie gekümmert hast, da hat sie nicht einfach bloß danke schön gesagt – nee, da ist sie auf die Polizei gelaufen und hat denen gesagt, was sie von dir hält, und hat alles in Ordnung gebracht, und dann hat sie noch das schöne Bild von dir gemacht und mir geschenkt, weil ich sie gefragt habe, ob ich's kaufen könnte.« Begeistert sah sie ihn an. »Du brauchst gar nicht so zu gukken – es ist ein richtiges Bild von einer Künstlerin, und du siehst da genauso aus wie in Wirklichkeit, und ich geb's auch nicht wieder her. Ich laß es einrahmen und häng es hier auf, ganz bestimmt. Ich mag sie gerne, sie ist nett. Und jetzt weiß die Polizei Bescheid über dich, und der Mann in London, der bringt das mit der Bewährung in Ordnung, es war ja auch gar keiner von hier, es war einer in Ashford, und jetzt ist alles vorbei und ganz wunderbar.« Stolz lächelte sie ihn an. »Findest du nicht, du alter Brummbär?«

Das verschlossene Gesicht öffnete sich. Staunen und Liebe drängten sich in Worte. »In Ordnung«, sagte Len glücklich.

Im Hause *Saturday Stop* war kein Trost eingekehrt.

»Und was hat's uns diesmal eingebracht? Nix – gar nichts. Aber du, du weißt ja alles besser! Da oben wurd's zu gefährlich für uns, was? In Kent sollten wir's versuchen, in irgendeinem kleinen Nest, wo uns kein Mensch kennt. Alles bloß 'n

Kinderspiel, und wenn wir dann kräftig abgesahnt hätten, würden wir einfach verduften.«

»Sieht ganz so aus, was?« fauchte Dick Quint. »Jetzt sitzen wir in dem Drecksnest fest, Geld ist alle, und beinahe hätte uns die Polente geschnappt!«

»Ach nee«, gab Doris höhnisch zurück. »Wer macht hier eigentlich die ganze Arbeit? Ich! Schufte mich tagsüber ab, seh' nach, in welchen Häusern es sich lohnt, bereite alles vor, und wenn ich nach Hause komm, muß ich auch noch kochen für euch beide. Und was tut ihr? Sitzt den ganzen Tag auf euren Hintern und tut gar nichts!«

»Übertreib nicht«, gab er wütend zurück. »Wer macht denn den Kram, wenn's soweit ist? Und dann ist auch noch die Hälfte falsch, billiger Schund! Die beiden alten Ziegen, die haben dich schön reingelegt!«

Doris war entrüstet. »War das vielleicht meine Schuld? ›Alles sehr, sehr wertvoll!‹« äffte sie nach. »So was dürfte gar nicht erlaubt sein. Da weiß ja kein Mensch mehr, woran er ist. Aber die Sachen von den andern beiden waren wirklich gut.«

»Wirklich gut! Und was hat uns das genützt?« höhnte er. »Alles hin, nachdem die alte Schnecke mit ihrem Schirm durch die Scheibe stieß und uns in den Graben fuhr!«

»Weißt du was – das ist schon das zweitemal, daß die uns ein Bein gestellt hat, die mit ihrem Schirm!«

Dick Quint zuckte die Achseln. »Wir haben jedenfalls nichts davon gehabt als massenhaft Polizei – der eine Beamte kam schon, als wir gerade eben erst nach Haus gekommen waren, und du hattest noch ganz nasse Haare.«

»Na und?« verteidigte sich Doris. »Den habe ich ganz schön eingeseift. Mir können die nichts erzählen, die Polypen, und der da ist 'n Schwachkopp.«

»Eingeseift!« spottete er. »'n Schwachkopf vielleicht, aber der ist vorsichtig. Du weißt, daß er später wiedergekommen ist mit seinem andern Heini, der im Garten und im Geräteschuppen rumgeschnüffelt hat.«

»Aber er hat nichts gefunden, keine Spuren und kein gar nichts, die Räder waren ganz sicher, und der Laster war abgeschlossen, und außerdem darf er da gar nicht rein, das ist verboten.«

»Hast du gesehen, wie Delphick den Jungen angesehen hat?« Quint warf seinem Schwager einen finsteren Blick zu.

»Laß den Jungen in Ruh!« fuhr Doris auf.

»In Ruh lassen? Den werd ich schon in Ruh lassen! Der ist doch nicht richtig im Kopf, und du auch nicht, wenn du ihn immer läßt. Wozu erwürgt er die Kinder? Warum machst du da nicht mal Schluß?«

»Und du – warum machst du da nicht Schluß?« Ein Seitenblick streifte den jungen Bruder. »Du weißt doch selber, daß er das Toben kriegt, wenn man ihm was verbietet.« Sie fuhr sich mit einer abwehrenden Geste an den Hals. »Das eine Mal hat mir gereicht, das kann ich dir sagen! Wenn du ihn da nicht so fix zusammengeschlagen hättest – der hätte mich erledigt. Ich denk' nicht daran, das noch mal zu riskieren. Er tut ja nichts, wenn man ihn in Ruhe läßt, und außerdem –« sie warf den Kopf zurück –, »er muß bloß vorsichtig sein, dann kann gar nichts passieren. Bisher hat doch noch keiner was gemerkt, oder? Und wird auch nichts merken. Der Junge hat sowieso nicht viel vom Leben. Die paar Kinder – was macht das schon?«

»Der wird uns noch alle an den Galgen liefern, darauf kannst du Gift nehmen. Warum wird er kein Mann? Guck ihn dir doch an – siebzehn, und sieht aus wie 'n kleiner Junge. Wenn er jemanden umbringen muß, warum dann nicht die richtigen? Die blöde alte Henne zum Beispiel, die mit dem Schirm, das hätte wenigstens noch 'n Zweck, wo die 'n Polizeispitzel ist.« Der taubstumme Junge beobachtete die beiden und versuchte, die Worte von den Lippen abzulesen. Ein glückliches Lächeln erschien auf dem Kindergesicht. Die Hand fuhr in die Tasche; er nickte. »Wir können jetzt mal Luft holen«, fuhr Dick Quint fort. »Die Polente nimmt sich jetzt erst mal den Kerl von der Bank vor – damit sind wir draußen, aber wir sind pleite und brauchen Geld, und ich weiß auch, wo wir's herkriegen. Ich habe mit 'n paar Kumpels in Ashford geredet; die haben 'ne Mordsgaudi geplant. Samstag abend ist hier Tanz im Gemeindehaus; die Jungs aus Ashford wollen rüberkommen und 'n bißchen Rabatz machen.«

»Und was hat das mit uns zu tun?«

»Das lenkt ab. Während die sich prügeln, nehmen wir uns ein oder zwei Häuser vor. Als erstes das von Colvedens, da muß ein Haufen Zeugs rumliegen. Sie trägt 'n dicken Brillantklunker, den hab' ich gesehen.«

»Die kommen doch nicht zum Tanzen«, wandte Doris ein. »Solche Leute gehen nicht auf 'n Dorfball.«

»Gut, dann machen wir's wie auf den Poststellen«, entgegnete er. »Wir stürzen rein, halten sie fest, schließen sie irgendwo ein, und wenn sie schreien, kriegen sie eins über 'n Schädel. Ich hab 'n Revolver in Ashford, und diesmal –« fügte er böse hinzu, »diesmal soll's der alten Hexe nicht gelingen, uns ihren Schirm in den Hintern zu stecken und dann mit der ganzen Sore und dem Schießeisen abzufahren.«

Der Taubstumme saß still träumend auf seinem Platz, ein frohes Lächeln auf dem kindlichen Gesicht. Ein Draht, mit einem Holzgriff an jedem Ende, hing lose von seiner Hand herab.

Für Mel Forby kam der Trost mit der Post. Auf dem Rückweg ins Gasthaus überlegte sie sich den Vorschlag, den *The Negative* ihr gemacht hatte: Sie sollte dem Dorf einen neuen Namen geben und die Idyll-Serie in einen Cartoon-Strip umformen. Ein Strip ..., wer weiß, vielleicht eine Rundfunkserie? Vielleicht Amerika ...? Diesmal hatte sie's anscheinend getroffen. Auf der Straße hielt eine alte Dame sie an. Mensch, dachte Mel, die kommt mir wegen der ›Kühe auf der Weide‹.

»Wirklich treffend, Ihre Zeitungsartikel«, lispelte Miss Wicks freundlich. »Und so humorvoll! Ich sag's ja immer, Fremde haben einen viel besseren Blick für uns.« Schelmisch drohte sie mit dem Zeigefinger. »Und so scharfsinnig seid ihr in Amerika.«

»Sind wir ... wo?« fragte Mel konsterniert.

»Ja«, bestätigte Miss Wicks. »Wirklich intelligent. Ich habe eine Nichte in Amerika – Sie kennen sie wahrscheinlich. Sybil heißt sie.«

Mel tätschelte die schmale kleine Altfrauenschulter. »Nein, tut mir leid, da irren Sie sich. Ich komme aus Liverpool – weiter nach Amerika bin ich noch nicht gekommen.«

Das kleine Gesicht verzog sich in viele Runzeln, der welke Mund stand offen – Allmächtiger, gleich heult sie, dachte Mel – und begann zu lachen: »Hihi – hehihi!« Scherzend tappte die kleine Alte Mel auf den Arm, die falschen Zähne glänzten, sie nickte freundlich und wandte sich zum Gehen. Mels Blicke folgten ihr begeistert, als sie unter mehrfachem »Hehihi!« den Fahrweg überquerte und straßabwärts verschwand.

Mensch – das war ein Motiv für einen Strip. Karikaturserie: Belohnte Tugend? Hilfreiche Hand für Miss S.? Mit neuen Meldungen war fürs erste Essig. Aber zu Ende – nee. Delphick war ja immer noch hier und ebenso Bob Ranger. Solange die blieben, blieb sie auch.

Und das Dörfchen kam wieder zur Ruhe. Alles war wieder normal, Tod und Verderben hatten sich in die Stadt zurückgezogen, man konnte leichter atmen und über die Nachbarn reden – ohne das ungemütliche Gefühl, daß man der Wahrheit vielleicht dabei reichlich nahekam.

In der Arbeit der Polizei lösen sich Sturmwolken nur selten wirklich auf; sie ziehen vorüber, und die Polizei zieht mit, denn Gefahren für Menschen und Eigentum gibt es immer. Immerhin war die Ashforder Polizei froh, daß sie Scotland Yard demonstriert hatte, wie man einen Fall löste, der das ganze Land beunruhigt hatte. Daß sie tatsächlich nicht viel mehr als Aufräumungsarbeiten geleistet hatten, machte nichts; was zählte, war die Wahrheit, die nach der Aufräumung zutage kam. Und über diese Wahrheit gab es geteilte Meinungen.

Die Ashforder Polizei mochte zufrieden sein, doch Delphick hatte seine Zweifel. Miss Palstead hatte eine Menge Schmuck besessen, das war bekannt. Wo war er? Der Bankkassierer hatte einen Haufen Geld gestohlen und unterschlagen. Wo war das?

»Verjubelt«, meinte Chief Inspector Brinton. »Wozu um Himmels willen nach Schwierigkeiten suchen, wo keine sind? Und wo wir endlich mal ohne großes Allotria auskommen, weil Ihre teure Miss Seeton den Regenschirm zu Haus gelassen hat.«

Nun, es war nicht sein Fall, deshalb sagte Delphick nichts weiter. Brinton war offensichtlich froh, daß sich die Spitzbuben wieder nach Schema verhielten, ihren Dreck selber aufkehrten und im allgemeinen der Polizei nicht mehr Schwierigkeiten machten als unbedingt nötig. Doch das allgemeine Gefühl der Gewißheit, daß der Kindermordfall erledigt und der Täter bekannt sei, konnte Delphick nicht teilen. Auch Brinton räumte ein, daß das Orakel hier recht haben könne; der pathologische Befund im Falle Palstead schien Delphicks Verdacht zu bestätigen. Hier war anderer Draht und viel mehr Gewalt angewendet worden als bei den bisher bekannten Erdrosselungen der Kinder. Auch Fleischwunden waren bisher nicht vorgekommen, und im Fall Palstead war der Druck auf die Muskeln des Schlüssel- und Brustbeins stärker gewesen und hatte tiefere Quetschungen verursacht. Man war daher übereingekommen, die Quints und ihren Wagen auch weiterhin im Auge zu behalten, nur befürchtete Delphick, daß die Sache reichlich oberflächlich betrieben werden würde. Seiner Meinung nach hatte der Mord an Effie Goffer nur verübt werden können, weil die Aufmerksamkeit ihrer Wächter mit der Verhaftung des jungen Hosigg nachgelassen hatte. Delphick hatte daher für sich und seinen Sergeant beschlossen, auch weiterhin zu wachen, soweit das möglich war.

Zu seiner Überraschung waren die Quints im Dorf geblieben. Da er sie trotz ihres Alibis für die Täter hielt, zumindest was die Einbrüche anging, hatte er eigentlich erwartet, daß sie nach ihrem letzten Fiasko, das auf Miss Seetons Eingreifen zurückzuführen war und Polizeiverstärkung ins Dorf gebracht hatte, ihr Wirkungsfeld verlegen würden. Möglicherweise planten sie einen letzten Coup, um die Verluste wettzumachen und die Kosten zu decken. Doch Gefahr für Leib und Leben dürfte im Augenblick wohl für niemanden bestehen, sonst hätte sich das – da war er ganz sicher – in Miss Seetons Skizzen aus der Schule gezeigt, in denen alle Kinder erfaßt waren. Alle ...? Nein, nicht alle, fiel ihm plötzlich ein. Der kleine Taubstumme ging nicht in die Schule und war deshalb nicht dabei. Es war zwar unwahrscheinlich, daß hier irgendeine Gefahr drohte; wenn einer der Quints ihn loswerden wollte, hätten sie dafür schon früher reichlich Gelegenheit gehabt. Und außerdem verteidigte Doris ihren Bruder, wo immer sie konnte. Trotzdem: sicher war sicher. Miss Seeton kannte den Jungen; eine ungefähre Skizze würde genügen. Am besten ging er gleich mal zu ihr. Zum Glück machte sie selten Schwierigkeiten, wenn man sie um einen derartigen Gefallen bat. Für eine berufsmäßige Zeichnerin, die sie ihr Leben lang gewesen war, war sie an solche Bitten ja auch gewöhnt.

Miss Seeton war im Garten. Endlich hatte sie die Zeit gefunden, sich das Gras auf den Beeten vorzunehmen. Gott sei Dank war die ganze Unruhe ja nun vorüber. Alles sehr tragisch, wirklich schrecklich. Sie stemmte die kleine Forke in den Boden. Und dann noch die Einbrüche, wirklich schlimm so was. Es gab so viele Arten, und dabei hatte man doch Gras immer nur einfach für Gras gehalten. Ganz falsch. Hier, dies war das gewöhnliche Gras; sie schüttelte den Grasboden, um die Erde loszuwerden, die ihr über den Rock fiel. Und dann noch diese Bankgeschichte. Und dies buschige hier, das so schwer herausging. Sie riß energisch an dem Büschel. Eigentlich unerhört – als Kassierer in einer Vertrauensstellung... Ach, diese Quecken, die gingen überhaupt nicht heraus; Mr. Greenfinger nannte sie anders, wie doch noch...? Wo war sie..., ja, Vertrauen. Das war wirklich noch viel schlimmer. Etwas ganz Schreckliches. Stan Bloomer ging mit der Gartenwalze vorüber. Miss Seeton blickte ihm nach. Ein schweres Ding war das, sie konnte es nicht mal von der Stelle bewegen. Sie war geradezu unruhig geworden, zuerst jedenfalls, als Stan sie neulich fragte, ob er die Walze einen oder zwei Tage an der Glastür stehenlassen könne, bis man den Boden walzen könnte. Sie hatte Angst gehabt, das Ding könne womöglich von selber den Rasenabhang hinunterrollen. Aber Stan hatte ihr gezeigt, daß es ganz sicher war; er hatte ein dreieckiges Holzstück genommen – Hemmer nannte er das, oder hieß es Himmer? Sie konnte oft kaum verstehen, was er sagte. Wenn er überhaupt was sagte – meistens lächelte er nur sehr freundlich und sagte: »Ah.« Gewöhnlich wußte man, was er sagen wollte. Hier ja auch – das Ding saß fest. Der Hemmer. Unter der Walze.

Ein Schatten fiel über das Beet. Miss Seeton blickte auf und lächelte.

»Oh, Superintendent – entschuldigen Sie, ich hatte Sie gar nicht gehört. Ich dachte, es wäre Stan – er ist nämlich eben mit der Walze vorbeigegangen.« Sie wollte aufstehen, aber Delphick hielt sie zurück.

»Nein, ich kann Ihnen doch helfen. Sie haben ja nicht mehr sehr viel zu tun.« Er hockte sich auf die Fersen, nahm die kleine Hacke aus dem Weidenkorb, und in zufriedenem Schweigen jäteten sie das Beet zusammen durch.

Als alles erledigt und die Geräte geölt und gesäubert waren, setzten sie sich ins Wohnzimmer, und Delphick bat sie, aus dem Gedächtnis eine Skizze von dem taubstummen Kind zu machen.

Miss Seeton war voller Reue. »Oh, das tut mir aber leid. Wie dumm von mir – ich wußte doch, Sie wollten von jedem Schüler eine Skizze haben. Ich hätte ihn nicht vergessen dürfen – besonders weil ich finde, man hätte ihn in eine Spezialschule schicken sollen, die für ihn geeignet wäre.« Sie ging an den Schreibtisch und suchte Papier und Zeichenstifte hervor.

»Ich brauche nur eine ungefähre Skizze«, versicherte Delphick.

Mit erhobenem Stift blieb Miss Seeton einen Augenblick erstaunt und nachdenklich stehen. »Wissen Sie was – ich weiß, es war unachtsam von mir, aber mir fällt gerade ein: Ich habe ihn in Gedanken nie als Kind betrachtet.« Sie begann mit der Arbeit.

Delphick blieb still sitzen und wartete. Plötzlich ließ Miss Seeton den Zeichenstift fallen und stand auf. »Bitte«, sagte sie und trat erregt und mit unruhigen Händen vom Schreibtisch fort. »Mir ist nicht wohl dabei. Ich möchte es nicht weitermachen. Ich kann nicht.« Flehend sah sie Delphick an. »Mir ist nicht wohl dabei«, wiederholte sie fast verzweifelt. »Bitte, ich ... Bitte.«

10

Delphick ging mit großen Schritten im Wohnzimmer auf und ab, das neben Dr. Knights Praxisräumen lag. Mrs. Knight hatte entschuldigend gesagt, ihr Mann habe sich verspätet: Einer der Ärzte aus der Klinik in Brettenden hatte einen Patienten zur Konsultation mitgebracht, was für einen Samstagmorgen ungewöhnlich war. Sehr lange könne es nicht mehr dauern. Sie hatte Delphick Kaffee angeboten, den er dankend abgelehnt hatte, und nach einem Blick in sein Gesicht hatte sie es für besser gehalten, ihn in Ruhe zu lassen.

Der Superintendent blieb an dem Tisch stehen, auf den er eine Mappe mit drei von Miss Seetons Skizzen gelegt hatte. Er breitete sic aus und betrachtete nachdenklich das jüngste der Bilder. Erstaunlich. Rätselhaft. ›Allerhand‹ nannte Mel Forby diese lebhaften Strichzeichnungen. Lebhaft war aber eigentlich nur die vollständige Hälfte. Nein – das stimmte nicht, fand er jetzt. Leben – etwas Drohendes, Abschreckendes lag in dem leeren, unberührt weißen Raum, der die zweite Gesichtshälfte enthalten sollte. Ein gerader dicker Strich lief von oben nach unten über die Seite. Auf der einen Seite sah man das weiche hübsche Jungengesicht – nur war es gar nicht attraktiv, nicht jung. Die andere Hälfte ..., sie zeigte nicht die verwischte Totenmaske, die er vielleicht erwartet hatte. Hier gab es keine zweite Hälfte. Es war, als habe jemand einen Strich mitten durch ein fertiges Porträt gezogen – ein so vitales Porträt, daß das Gesicht fast zu leben schien –, dann die eine Hälfte abgesäbelt und auf ein weißes Blatt Papier geheftet. Das Resultat war seltsam: gleichzeitig schrecklich und traurig. Ihm fiel ein, wie verzagt Miss Seeton bei dieser Zeichnung gewesen war, wie sie auf einmal nicht weitermachen wollte. Und dabei war es fertig, wenn sie es auch nicht wußte. Er war sicher: alles, was er zu wissen brauchte, lag hier vor ihm – wenn er es nur lesen könnte. Ein Gedanke blitzte auf: Da war doch noch etwas. Was war es? Delphick grübelte. Er betrachtete die beiden anderen Skizzen, die von dem toten Jungen aus Lewisham und die von Effie Goffer. Ja natürlich – das war's. Die andere Seite. In den beiden anderen war die rechte Seite verwischt. Hier war die linke leer geblieben. Rechts – links ... Delphick mühte sich ab und versuchte, sich in die Zeichnung hineinzuversetzen. Dann wurde die rechte Seite zur linken, und die linke Seite, das bedeutete nach traditioneller Anschauung das Herz, das Leben. Die linke, das war die rechte Seite des Porträtierten. Seine Gedanken gingen zurück zu dem Kursus in forensischer Medizin, der zu seiner Ausbildung gehört hatte. Ja, so war es, wenn er sich recht erinnerte. Auf der rechten Seite saß eine der Halsschlagadern, die das Gehirn mit Blut versorgten. Sollte es also Gehirn bedeuten? In den Skizzen der beiden toten Kinder war die lebende Seite verwischt. Hier war das lebendige Element ganz klar, nur das Gehirn fehlte. War das eine Andeutung? Eine Illusion? Delphick bemühte sich, das Blatt objektiv zu betrachten, sich von der hypnotischen Kraft freizumachen und nüchtern zu analysieren. War er hier allzu gefühlsgebunden? Oder hatte die Skizze tatsächlich etwas zu bedeuten?

Die Tür ging auf, und Dr. Knight trat eilig ein. »Verzeihen Sie, daß ich Sie warten ließ – ich hatte da eine dämliche Patientin mit Blähungen; sie dachte, sie sei schwanger. Was habe ich eigentlich damit zu tun? Ich bin ja kein Gynäkologe. Fontiss war ganz sicher bei seiner Diagnose, aber er hielt es für möglich, daß da nervöse Ursachen mitspielten. Dumme Person – sie hätte Grund genug gehabt, nervös zu sein; ihr Mann ist Soldat und seit einem Jahr in Übersee. Jetzt plagt sie sowohl ihr Gewissen wie mangelhafte Verdauung. Ich kann ihr auch nicht helfen. Fontiss hat ihr schon gesagt, daß sie Pillen braucht, aber keine Hebamme. Sehr ordentlicher Mann, Fontiss – grundzuverlässig. Und was kann ich nun für Sie tun?« Er trat an den Tisch heran und sah die Zeichnungen. »Na, da hat wohl die gute Seeton wieder was fabriziert, was? Oder soll ich Ihnen einen Vortrag halten über die Spaltung des menschlichen Gemüts, wie gehabt?«

»Ich glaube fast, Sie haben es getroffen«, erwiderte Delphick und zeigte auf den Tisch. »Miss Seeton ist allerdings auch wieder dabei, wie Sie ganz richtig geraten haben. Sie hat mir da ein neues Rätsel aufgegeben, und diesmal kriege ich's nicht raus.«

»Und mir trauen Sie's zu?« Die Augenbrauen des Arztes zuckten. »Na – ich habe ihr eine weitere Dosis Mord verschrieben, und soviel ich weiß, hat sie das literweise genommen. Was haben Sie denn hier?« Er blickte auf die Bilder. »Und worum geht's Ihnen nun?« Eine kleine Weile schwieg er. Dann: »Wissen Sie – mir gefällt das nicht, diese Zeichnungen. Sehr unerfreulich. Stammt alles von ihr, nehme ich an? Das hier –«, er wies auf die Skizze von Effie Goffer –, »das muß die Zeichnung sein, wegen der sie zuerst zu mir gekommen ist. Ich hab das Bild nie gesehen, aber Anne hat mir davon erzählt. Die gute Seeton sagte, sie habe versucht, die kleine Goffer zu zeichnen, aber es gelänge ihr nicht. Sie dachte schon, sie hätte 'n Schlaganfall gehabt. Unsinn. Ausgezeichnet in Form. Begreif' gar nicht, wie sie das macht – in ihrem Alter.«

Delphick lächelte flüchtig. »Yoga, das ist's.«

Dr. Knight blickte auf. »Ach – ist das ihr Geheimnis? Dann wundert es mich nicht mehr. Sehr vernünftige Person.« Wieder beugte er sich über den Tisch. »Das hier –« und er wies auf die letzte Zeichnung, »– das ist mir am unangenehmsten von allen.« Er blickte immer noch aufmerksam das Bild an. »Wirklich ganz besonders unangenehm«, wiederholte er. »Was soll der Strich da bedeuten?« fragte er dann plötzlich. »Warum hat sie das nicht fertig gemacht?«

Delphick ging zu einem Sessel und setzte sich. »Sie war unruhig und sagte, sie wollte es nicht weitermachen. Oder könnte es nicht.« Er runzelte die Stirn. »Ich habe aber das Gefühl, sie hat es fertig gemacht, ohne es zu wissen. Ich finde, es ist komplett, so wie es ist.«

»Finden Sie?« Mit dem Fuß zog sich Dr. Knight einen Stuhl heran und nahm Platz. Er blickte Delphick über den Tisch hinweg an. »Dann würde ich sagen, man sollte mal in Ihr Gehirn hineinleuchten. Halten Sie was von so übersinnlichem Zeug? Oder tut die Seeton das vielleicht?«

»Wäre das so unsinnig, meinen Sie?«

Dr. Knight runzelte die Stirn. »Blabla. Aber ich bin ja auch nur ein kleiner Neurologe. Wer ist dies hier überhaupt?«

Delphick berichtete, wie Miss Seeton die Schulkinder gezeichnet hatte, und erzählte dem Arzt von seinem Verdacht und den Gründen und wie er sie schließlich um diese letzte Skizze gebeten hatte, als er merkte, daß dieses eine Kind ausgelassen worden war.

»Kind?« sagte Dr. Knight knapp. »Das hier ist kein Kind.« Er tippte mit dem Finger auf die Zeichnung. »Unterentwicklung – Typ Lorain-Levy, möchte ich annehmen.« Als er Delphicks fragenden Blick sah, fügte er ungeduldig hinzu: »Ein zurückgebliebener Mensch, was Entwicklung und Körperbau angeht. Das heißt, wenn dieses Bild ihn richtig darstellt und überhaupt irgend etwas bedeutet. Sieht aus wie etwa achtzehn, neunzehn.«

Jetzt fiel es auch Delphick ein: »Wissen Sie was, Dr. Knight – für mich war das tatsächlich auch niemals ein Kind.« Er rechnete nach. »Sagen Sie, wenn das Alter stimmt – mit diesem Handicap ..., der Junge ist taubstumm von Geburt –, wäre es da möglich, daß die Pubertät eine Rolle mitspielt? Könnten die Entwicklungsjahre ihn ungünstig beeinflussen und verursachen, daß er diese Ausbrüche hat? Ich meine, wäre es denkbar, daß der Mord an Kindern für ihn eine Art Ersatz darstellt? Der Mord an Menschen seiner eigenen Größe als – vielleicht als Selbstbestätigung? Ist so etwas möglich?«

»Pubertät? Nein.« Dr. Knight schüttelte den Kopf. »Die Lorain-Levy-Typen sind sexuell meistens infantil, bei sonst normaler Intelligenz. Aber ich bin natürlich keine Autorität; ich habe mich mit diesen Sachen nie beschäftigt und habe nicht viel Ahnung davon. Nur: Eine verminderte Tätigkeit der eosinophilen Zellen braucht noch nicht das Gehirn zu beeinträchtigen. Und die Taubheit hat damit gar nichts zu tun – reiner Zufall bei der Geburt. Wie redet er denn? Haben Sie eine Ahnung, wo er zur Schule gegangen ist?«

Delphick dachte nach. »Soviel ich weiß, kann er überhaupt nicht reden. Ich glaube auch nicht, daß er irgendwo zur Schule gegangen ist. Wahrscheinlich hat ihn seine Schwester immer zu Hause behalten, bei sich.«

»Aha«, sagte der Arzt nachdenklich. »Dann liegt die Sache natürlich anders. Ihre Idee ist zwar medizinisch nicht zutreffend, könnte aber in diesem Fall dann doch hinkommen. Wissen Sie, die Crux bei jeder Art Verkrüppelung ist, wie einer damit fertig wird. Wenn dieser junge Mann immer noch an der Schürze seiner Schwester hängt – sie ist doch übrigens verheiratet, und er lebt mit ihnen zusammen, nicht wahr? –, dann wäre es denkbar, daß ihm allmählich der Kamm schwillt, da er ja kein Kind mehr ist. Es ist eben grundfalsch, Menschen von sich abhängig zu machen. Denken Sie an eine Mutter mit einem einzigen Sohn: wenn sie den ewig unselbständig und von sich abhängig hält, kriegt sie irgendwann einmal von ihm einen Tritt in die Schnauze oder sonstwohin. Und das hier klingt mir ganz ähnlich. Wenn sie den Jungen sein Leben lang an der Leine gehalten hat, könnte ich mir durchaus vorstellen, daß er sich jetzt mal die Hörner abstoßen möchte. Irgendwas unternehmen, um es ihnen zu zeigen. Nach Ihrer Beschreibung schließe ich auf eine Paronoia, verursacht durch ein angeborenes Handikap – in diesem Fall also die Taubheit – und verstärkt durch die Umstände einer blödsinnigen Erziehung – bis zur Psychose. Hm. Der Junge kann im Grunde nichts dafür, Schuld hat allein die Schwester. Tut mir leid, daß ich Ihnen weiter nicht helfen kann . . .« Er schob zwei der Skizzen in die Mappe und behielt die dritte in der Hand, als er aufstand. »Aber ein glattes Ja oder Nein gibt es bei dieser Art Fragen nicht. Immerhin –«, er blickte Delphick in die Augen, »wenn Sie meine Ansicht hören wollen, inoffiziell und unvoreingenommen – nach Ihrem Bericht also würde ich sagen: Ja, Sie haben vermutlich recht.« Er warf noch einen Blick auf die Skizze und schob sie dann zu den andern in die Mappe. »Sehr unerfreulich.« Er reichte Delphick die Mappe. Das Telefon schnurrte. Er nahm den Hörer auf, horchte und gab ihn weiter an Delphick. »Bob Ranger. Für Sie.«

Der Superintendent hörte sich den Bericht des Sergeant ohne Kommentar an, sagte dann: »in Ordnung« und legte den Hörer auf. Er sah aus wie vom Donner gerührt.

»Wieder was los?« fragte der Arzt.

Delphick schlug sich mit der Hand vor die Stirn, was zwar nicht viel half, aber seine Gefühle deutlich ausdrückte. »Bob ist auf dem Weg hierher, mit dem Wagen. Er hat gerade einen Anruf aus Ashford bekommen: die behaupten, Miss Seeton habe einen Toten zum Leben erweckt und sei mit ihm weggefahren.«

»Nicht immer bequem, aber nie langweilig«, meinte der Arzt. »Und wer ist der Tote?«

»Ein Bankkassierer, der mit unterschlagenen Geldern geflüchtet ist. Er hat seine Freundin in Ashford umgebracht, und dann wurden neulich seine verkohlten Überreste in dem ausgebrannten Wagen gefunden und identifiziert. Ich muß sagen, es kam mir gleich verdächtig vor – allzu gelegen für ihn, da das ganze Geld und ihr Schmuck noch immer verschwunden waren. Aber wie, zum Teufel, kommt Miss Seeton da nun wieder rein?« Delphick trat in die Diele. »Sie hat doch nie was mit ihm zu tun gehabt.« Er blieb stehen und knöpfte sich den Mantel zu. »Allerdings, gesehen kann sie ihn haben. Er war in der Bank in Brettenden angestellt. Aber wie sie jetzt an ihn geraten sein kann – wenn er noch lebt, würde er sich doch nicht ausgerechnet in Brettenden sehen lassen. Na, wir haben jedenfalls eine Adresse, bei der wir ansetzen können.«

Der Arzt folgte ihm zur Eingangstür. »Sie machen sich Sorgen um sie?«

Delphick fuhr ungestüm herum. »Ist das ein Wunder? Wenn das der Mann ist, dann hat er bereits zwei Menschen umgebracht. Wenn sie ihn erkannt hat, ist das ihr Ende.«

Dr. Knight hielt die eine Schwingtür auf. »Das verstehe ich. Aber Kopf hoch – die ist nicht totzukriegen, glauben Sie mir. Sie wird Ihnen wahrscheinlich entgegenkommen und sagen: ›Aber nein, Superintendent, was für ein Zufall!‹«

Delphick lachte erleichtert. Er trat durch die Tür und sah, als er die Stufen hinunterging, Bob vor dem Haus ankommen.

Der Scheck für die Schulkinderskizzen kam mit der Post, adressiert wiederum an ›Miss Ess‹. Wirklich sehr anständig von der Polizei – und natürlich höchst willkommen. Und ein angenehmes Gefühl, daß der Superintendent ihr das Geld nicht aus reiner Freundlichkeit zukommen ließ. Er war allerdings, wenn er etwas von ihr haben wollte, immer einigermaßen unnachgiebig, man konnte fast sagen, hartnäckig, bei dem letzten ... Sehr schade, daß sie da nichts hatte tun können, und eigentlich dumm, daß sie sich so töricht benommen hatte. In ihrem Alter mußte man seine Gefühle im Zaum halten. Miss Seeton kräuselte abfällig die Lippen. Nun, am besten dachte man nicht mehr daran. Sie durfte nicht vergessen, auf die Bank zu gehen. Das war nun wirklich in mancher Hinsicht jetzt angenehmer. Wenn es natürlich auch eine schreckliche Sache war und blieb. Aber der arme Mann hatte für seine Torheit bezahlt. So ein gräßlicher Tod. Immerhin, es war jetzt angenehmer. Der Weg zur Bank nämlich. Aber wenn man an die Frau dachte, die er da in Ashford gehabt und dann umgebracht hatte ... Lieber nicht daran denken. Sie hatte in Brettenden ein paar Besorgungen zu machen, dann konnte sie den Scheck gleich einlösen, das sparte Porto. Dieser neue junge Mr. Jestin – wirklich eine gute Idee, die Namensschilder an den Schaltern – sah zwar noch sehr jung aus für einen Hauptkassierer, denn das war er ja nun geworden, aber wenigstens machte er einen sehr zuverlässigen Eindruck. Und dazu so freundlich. Immer begrüßte er einen mit Namen und sagte »guten Morgen« oder »guten Abend«, wie es gerade kam. Und nie hatte man bei ihm das Gefühl, er habe was Besseres zu tun, als einen zu bedienen.

In der Bank ließ Miss Seeton ihre Einkäufe auf dem Tresen fallen und begann ein Formular auszufüllen. Zum Glück war vor ihr nur noch ein Mann am Schalter – manchmal mußte man länger warten. Der Mann vor ihr unterhielt sich mit dem Kassierer. Miss Seeton blickte auf. Also, das war doch interessant. Oder vielmehr – es war interessant, weil es so uninteressant aussah. Eigentlich ungewöhnlich, einen Epikanthus in einem Langschädel anzutreffen, aber dieser Schädelumfang und dann das glatte dunkle Haar, die dunklen Augen und die flachen Backenknochen ließen den Mann zwar fremdländisch, aber doch normal aussehen. Fast langweilig – vergleichsweise. Und natürlich völlig verschieden von dem andern Mann, dem Hauptkassierer, der kürzlich umgekommen war, mit seinen stechenden hellblauen Augen und lockigen blonden Haaren. Die Kopfform war natürlich die gleiche. Komisch, was so ein Farbunterschied ausmachte. Zweifellos ein sehr interessanter Vergleich. Ohne es zu wissen, drehte sie ihr Formular um und begann auf der Rückseite, den Vergleich mit ein paar Strichen festzuhalten.

Der Mann vor ihr wandte sich um. Als Miss Seeton sich beim Anstarren ertappt sah, lächelte sie unsicher. Die dunklen Augen verengten sich, die Lippen unter dem dünnen schwarzen Bärtchen setzten zum Sprechen an.

»Miss Seeton, nicht wahr?« Erstaunt nickte sie. »Da habe ich Glück«, sagte der Mann. »Hoffentlich halten Sie mich nicht für unhöflich, daß ich Sie einfach so anrede. Sie kennen mich nicht, aber ich habe Sie schon lange gern kennenlernen wollen.«

Miss Seeton wußte darauf nichts zu sagen als: »Oh –?«

Der Mann war fertig am Schalter und trat zur Seite. Miss Seeton reichte Mr. Jestin ihren Scheck und das Formular; er nahm beides und sagte freundlich: »Guten Morgen, Miss Seeton. Danke vielmals. Heute ist es viel wärmer, nicht wahr?«

»Guten Morgen, Mr. Jestin«, erwiderte Miss Seeton. »Danke schön. Ja, ganz anders heute.« Sie wandte sich um.

»Gestatten Sie.« Der dunkle Mann nahm ihren Einkaufsbeutel an sich. Ob sie hier in der Bank eine Szene machen würde? Oder hatte sie vor, die Schlaue zu spielen? Sie schien ja gern allein vorzugehen – brachte ihr wahrscheinlich mehr ein. Er ging zur Tür. Die alte Kuh hatte ihn erkannt, das hatte er an ihrem wissenden Lächeln gesehen. Aber daß er zuerst sprach, damit hatte sie nicht gerechnet, sie hatte ihn bloß blöd angesehen und »Oh –?« gesagt. Er hielt ihr die Tür auf und wartete. Wahrscheinlich wollte sie Jestin nach seinem Namen und seiner Adresse fragen, sobald er aus der Tür war, aber er ging nicht – er blieb, solange sie blieb. Sie mußte also entweder jetzt ihre Karten auf den Tisch legen oder seinem Spiel folgen. Miss Seeton murmelte »danke« und ging an ihm vorbei. Er folgte nach draußen. Wenn er sie glauben machen konnte, er habe nicht gemerkt, daß sie ihn durchschaut hatte, dann hatte er noch eine Chance und konnte gewinnen, auch wenn sie sich für noch so schlau hielt. Seine Adresse wollte sie –? Die sollte sie haben. Als Finale.

»Sehr freundlich.« Miss Seeton streckte die Hand nach ihrem Beutel aus. Der Mann behielt ihn in der Hand.

»Wenn Sie etwas Zeit hätten«, fragte er unbeholfen, »ob Sie mir vielleicht bei einem Problem helfen würden?«

»Bei einem Problem?« wiederholte sie erstaunt.

Auch noch sarkastisch? Na schön – sie wollt's also im Alleingang schaffen. War ja auch verführerisch: »Detektivin fängt gesuchten Mörder.«

»Ich weiß, es ist eine Zumutung«, fuhr er hastig fort, »aber ich habe meinen Wagen hier, und ich wohne in der Nähe, eben außerhalb von Brettenden. Sehen Sie, ich möchte nicht auf der Straße darüber reden oder in einem Café, wo einem Leute zuhören können. Sie werden schon erraten haben – es betrifft Superintendent Delphick. Wenn Sie einen Augenblick mit mir nach Hause kommen würden, wäre ich Ihnen wirklich sehr dankbar. Selbstverständlich bringe ich Sie nachher wieder heim.«

»Ja – aber ich weiß wirklich nicht ...« meinte Miss Seeton zweifelnd.

Aha: Sie wurde nervös. Nicht mehr ganz so sicher, was? Er ging zum Wagen und öffnete die Tür. »Bitte, Miss Seeton. Wenn es nicht so wichtig wäre, würde ich Sie gewiß nicht belästigen.«

Sie zögerte noch. »Ich ...« Ein merkwürdiger Mann. Geradezu unhöflich wollte man ja auch nicht sein. Und auch nicht unfreundlich, wenn man um Hilfe gebeten wurde. Er schien ja zu glauben, sie könne ihm helfen. Wieso sie allerdings einem völlig Fremden ... Andererseits: Sie hatten dieselbe Bank, das genügte vielleicht als Einführung. Auch Mr. Jestin schien ihn ja zu kennen; er war also wohl in Ordnung.

Aber merkwürdig war es doch, und sie konnte sich um die Welt nicht vorstellen – fragen konnte man ihn ja nicht gut, da er ganz einleuchtend gesagt hatte, vor anderen Leuten lasse sich so etwas nicht besprechen; und wenn es Delphick betraf, so war das natürlich ganz verständlich – was sie für ihn tun konnte. »Könnten Sie mir nicht sagen«, fragte Miss Seeton, »was Sie glauben, das ich für Sie tun kann?«

Doppelzüngige alte Natter. Was sie für ihn tun konnte? Unter den nächsten Autobus fallen. Als ob sie das nicht wüßte. Er hielt immer noch die Tür auf und sagte mit leicht beschämtem Augenaufschlag: »Ich weiß, es ist eine Zumutung, aber wissen Sie, wenn einer in Not ist, dann fragt er nicht nach so was, und da Sie den Superintendent kennen und mit der Polizeiarbeit vertraut sind ...«

»Ich –?« fragte sie erstaunt. »Aber ich habe doch keine ...«

»Verzeihen Sie«, unterbrach er. »Ich hatte mir vorgenommen, mich mit Delphick in Verbindung zu setzen – ich wollte ihn gerade anrufen und eine Zeit vereinbaren, da sah ich Sie in der Bank, und das kam mir vor wie eine Antwort auf meine Frage. Sie können mir raten, was ich tun soll, bevor ich mich noch weiter blamiere.«

Überrascht und ohne richtig zu wissen, wie sie in den Wagen gelangt war, fand sich Miss Seeton auf dem Beifahrersitz, die Tür wurde zugeschlagen, und der hartnäckige Bittsteller rannte um den Wagen herum und sprang auf den Führersitz.

»Sir ..., Sir ...«

Der Bankmanager blickte auf. »Man klopft gewöhnlich an, Jestin, bevor man hereinstürzt, nicht wahr.«

»Sir – wir müssen sofort die Polizei anrufen.«

»Die Polizei?« Der Manager schauerte zusammen. »Ich denke, von der haben wir erst mal genug. Der Vorstand war nicht gerade begeistert.«

»Ja, aber –« Jestin tanzte fast vor Aufregung. »Es geht um Miss Ess – sie hat mir ein Zeichen gegeben. Der Mann war es, das hat sie gesagt. Fabelhaft hat sie's gemacht – sicher hatte er 'ne Pistole gezückt, und ich hab' nichts davon gemerkt. Sie hat überhaupt nicht mit der Wimper gezuckt, hat einfach gesagt: ›Ja, ganz anders heute‹, ganz ruhig, als ob sie vom Wetter spräche, und dann gab sie mir die Skizze, die sie hinten auf ihr Kassenformular gezeichnet hatte, weil sie wußte, das würde ich schon verstehen. Fabelhaft, wirklich. Und dann ist sie mit ihm rausgegangen, wie im Film, wo sie doch wußte, er würde sie umbringen, und hat alles mir überlassen.« Stolzgeschwellt fügte er hinzu: »Sie verließ sich eben auf mich. Eine wundervolle Frau, Sir, das werden Sie zugeben.«

Der Manager schlug mit der Hand auf den Tisch. »Wovon reden Sie eigentlich, Jestin?«

»Von Miss Ess, Sir – das ist Miss Seeton.« Und er berichtete, wie sich in seinen Augen alles abgespielt hatte, und hielt dem Manager den Kassenzettel mit der Rückseite nach oben hin. »Hier, die beiden, Sir – genaues Ebenbild. Einmal mit dunklen Augen, dunklem Haar und Schnurrbart, der andere so, wie er früher war. Unverkennbar – ganz unverkennbar. Ich begreife nicht, warum ich das nie erkannt habe. Aber wir müssen die Polizei anrufen, Sir, sonst ist es um sie geschehen. Sie hat sich auf mich verlassen.«

Der Manager runzelte die Stirn. Hysterie? Wer weiß ... Und Miss Seeton arbeitete für Scotland Yard. Im Vorstand würden sie toben. Aber wenn irgendwas schiefging, mußte er es ausbaden. Bloß nicht noch mehr Schwierigkeiten. Er wollte hiermit nichts zu tun haben. »Wenn Sie sich mit Ihrer verrückten Idee an die Polizei wenden wollen, Jestin – bitte schön. Aber das nehmen Sie auf Ihre eigene Kappe.« Drohend: »Hören Sie zu, Jestin: Wenn Sie hier Stunk machen und es ist nichts dran, dann melde ich die Sache dem Vorstand. Tun Sie, was Sie nicht lassen können.«

»Ja, Sir, danke.« Jestin schloß die Tür, stürzte ans Telefon und ließ sich mit der Polizeiwache in Brettenden verbinden. »Polizei dort? Losung: Miss Ess«, sagte er mit der Begeisterung eines Indianerspielers.

»Ihr Name, bitte?« fragte das Telefon freundlich. »Und die Adresse?«

»Miss Ess«, wiederholte Jestin eilig. »Sie braucht Hilfe!«

Das Telefon blieb geduldig. »Wie war der Name, bitte? Und die Adresse?«

»Miss Seeton«, heulte Jestin. »Ihr Deckname ist doch Miss Ess! Sie arbeitet für Scotland Yard, und sie hat mir eine Nachricht zukommen lassen! Sie ist in Lebensgefahr!«

»Miss Seeton, sagten Sie? Für Scotland Yard? Moment bitte.« Telefon und Zeit standen still. Dann kam eine neue Stimme, ruhig und gelassen. »Wer spricht da, bitte?«

»Hier ist Jestin, von der Bank. Es geht um Miss Ess.«

»Ich dachte, Sie hätten Miss Seeton gesagt, Sir.«

»Ja!« schrie Jestin verzweifelt. »Begreifen Sie denn nicht, sie ist in Lebensgefahr, wir dürfen keine Zeit verlieren!«

»In Lebensgefahr?« wiederholte das Telefon überrascht. »Doch, ja – ich verstehe. Und von wem droht ihr Gefahr?«

»Von unserem Hauptkassierer!« rief Jestin außer sich. »Der neulich umgekommen ist.«

»Umgekommen –?« Das Telefon blieb gefaßt.

»Ja!« Jestin kreischte fast vor ohnmächtigem Zorn. »Er hat doch die ganzen Kinder umgebracht, und dann ist er neulich umgekommen. Und jetzt ist er wieder da und hat sie mit seiner Pistole bedroht und dann im Auto mitgenommen.«

»Bitte einen kleinen Augenblick, Sir«, bat das Telefon. Endloses Warten, dann klickte es wieder. »Hier Ashford Police, Chief Inspector Brinton am Apparat. Es handelt sich um Miss Seeton?«

Noch einmal mußte der arme Jestin alles erklären: Miss

Ess, den Decknamen, was sie skizziert hatte und wie sie ihm einen Wink gegeben hatte, und wie sie unter Gewaltandrohung in den Wagen gezwungen wurde; und schließlich gab er auf Befragen den neuen Namen und die neue Adresse des alten Kollegen an.

Sie fuhren die Virgin's Lane hinauf bis nach Les Marys – in tiefem Schweigen, das Miss Seeton gern unterbrochen hätte. Es war wirklich nicht einfach – was redete man in einer solchen Lage? Er hatte offenbar keine Neigung, über seine Sorgen zu reden, bevor sie ihren Bestimmungsort erreicht hatten. Andererseits kam es ihr unhöflich vor, gar nichts zu sagen. Sie sah aus dem Fenster. Das Wetter gab auch nichts her, und – sie blickte ihn an – persönlich durfte man natürlich niemals werden. Immerhin:

»Wissen Sie, Ihre Schädellänge«, bemerkte sie nachdenklich, »oder vielmehr Ihr Schädelindex, sicher weniger als fünfundsiebzig: Das ist interessant. Zusammen mit dem Epikanthus, meine ich. Soviel ich mich erinnere, habe ich das bisher erst einmal gesehen. Der Kassierer, der früher in der Bank war: der hatte es. Entsinnen Sie sich?«

O ja, er entsann sich sehr wohl. Alte Hexe mit ihren deutlichen Anspielungen. »Mein Bruder«, sagte er schlicht. Ogottogott, wie entsetzlich. Nein, wie taktlos. Sie hätte doch sehen müssen, daß hier ein Zusammenhang bestand. »Das war ja der Grund, warum ich Ihren Rat brauche«, sagte er mit gebrochener Stimme. Miss Seeton schwieg niedergedrückt. Wieder fuhren sie wortlos weiter.

Der Wagen hielt vor dem Haus. Er zeigte ihr die Diele und die Räume zu beiden Seiten. Ihr Geschmack waren sie nicht, doch sie stimmte ihm zu, daß der Grundriß geschickt und die Raumausnutzung gut war. Der arme Mann war offenbar nervös und unruhig, was man ja angesichts des Bruders und seiner Taten verstehen konnte.

Wie sollte er es jetzt anstellen? Einen Unfall mußte sie haben, und zwar ziemlich schnell. Moment – malte sie nicht, die alte Kuh? Also: das Dach; von dort konnte man meilenweit sehen. Jetzt hatte er's: sie war hergekommen und hatte gebeten, sich die Aussicht einmal ansehen zu dürfen, vielleicht würde sie sie später einmal malen. Er hatte gesagt, er habe nichts dagegen, hatte ihr den Weg nach oben gezeigt und sie dann alleingelassen. Wenn sie runterfiel, war das nicht seine Sache.

»Für eine Künstlerin wie Sie«, sagte er ernst, »ist das wichtigste natürlich die Aussicht von oben. Bißchen steil, aber wenn Sie die Treppe schaffen, könnte ich Ihnen alles zeigen.« Dann ein Stoß – und das sollte ihm mal einer beweisen, daß das kein Unfall gewesen war. »Ich weiß«, fuhr er traurig fort, »es klingt dumm, aber mir fällt das Sprechen dort oben im Freien viel leichter als hier im Haus.« Er streckte die Hand aus und wies in die Runde. »Dies alles, das wollte ich mit ihm teilen.«

Reuevoll und entschlossen, keinen weiteren Fauxpas zu begehen, folgte ihm Miss Seeton die Treppe hinauf, bis sie auf dem flachen Dach mit der niedrigen Brüstung standen, wo Miss Seeton etwas atemlos ihr Bestes tat, um bewundernde Worte für die Aussicht zu finden, was ihr jedoch nicht gelang.

»Hier kann man aber sehr weit sehen«, sagte sie, und das stimmte auch, nur war die Aussicht langweilig. Er führte sie an die Brüstung, und sie blickte hinunter. Sehr weit. Schwindlig wurde man davon. Schnell sah sie auf. Er legte ihr die Hand auf die Schulter. Na also – reichlich vertraulich, aber man durfte wohl nicht vergessen, was der arme Mann durchgemacht hatte.

Der helle Ton einer Polizeisirene durchschnitt die Luft. Die beiden blieben reglos stehen, als jetzt ein Streifenwagen mit blitzendem Blaulicht die Einfahrt heraufkam. Männer sprangen heraus und liefen rufend und gestikulierend auf das Haus zu. Noch mehr Wagen, noch mehr Uniformierte. Der Garten war auf einmal voll von Polizisten. Einer richtete ein Sprachrohr auf die beiden Gestalten auf dem Dach und rief etwas hinein, laut und lebhaft, aber technisch falsch: was herauskam, war dröhnend, hohl und unverständlich. Gespannt sah Miss Seeton dem Schauspiel zu; Höhe und Schwindelgefühl waren vergessen.

»Aber nein – das ist ja Superintendent Delphick!« rief sie. »Was für ein Zufall.« Sie sah die winkende Hand unten und winkte zurück. »Ein so verständnisvoller Mann«, wandte sie sich an ihren Begleiter. »Und so mitfühlend. Wenn Sie hinuntergehen und mit ihm reden, bin ich ganz sicher, daß er alles tun wird, um Ihnen zu helfen. Das heißt...« Sie hielt an. Der seltsame Mann neben ihr hörte gar nicht zu. Er starrte vor sich hin wie in Trance.

Er ließ ihre Schulter los und trat näher an die Brüstung heran. Instinktiv streckte Miss Seeton die Hand aus. Er stand viel zu nahe an der kleinen Mauer. Sehr gefährlich, so was.

»Sie haben gewonnen«, murmelte er. »Auf der ganzen Linie gewonnen. Dies ist das Ende – von Maryse, von mir. Von allem.«

»Wenn Sie nun hinuntergingen...?« schlug Miss Seeton noch einmal vor.

Wie im Traum trat er auf die Brüstung, tat dann noch einen Schritt und fiel hinunter, auf das Dach des Polizeiwagens. Der Fahrer fuhr entsetzt hoch. Das Wagendach wurde eingedrückt, was unter anderem den Genickbruch des einstigen Hauptkassierers der Bank von Brettenden zur Folge hatte.

11

Na ja, mir hat sie also mal wieder den Samstagnachmittag verdorben, und meine Kartoffeln habe ich immer noch nicht in der Erde. Wenn sie unbedingt unsere sämtlichen Fälle übernehmen will, weil wir alles falsch machen und sie alles besser weiß, warum tut sie es dann nicht etwas diskreter? Sie könnte einem ja einen kleinen Schubs mit dem Schirm geben und sagen: ›Das hast du mal wieder schön versaubeutelt, mein Lieber.‹ Dazu braucht man doch nicht auf die Dächer zu klettern mit einem Mann, den wir schon begraben haben, und ihn dann runterzustoßen und auch noch einen Wagen einzudätschen.« Brinton fing Delphicks Blick auf. »Schon gut, schon gut, hat sie also nicht getan. Ich hab' ja selbst gesehen, wie er ins Leere trat. Aber einen Stoß könnte sie ihm doch gegeben haben.« Er öffnete die Knöpfe seines Uniformrocks und lehnte sich im Stuhl zurück. »Mir langt's heute, aber reichlich. Dieser Coroner mit seinen ironischen Bemerkungen! ›Wirklich fabelhaft, wie Sie mit all Ihrem neumodischen Kram immer genau das richtige Geschlecht rauskriegen!‹ Aber er hat keine Lust, Sterbeurkunden für die falschen Toten auszustellen, sagt er. Er will wissen, wer die verkohlte Leiche von neulich war. Als ob wir das wüßten – oder je erfahren würden! Vermutlich irgendein Landstreicher. Wir werden ihn jetzt ausbuddeln und auf Eis legen und alles mögliche versuchen, aber was kann dabei schon rauskommen? Ich kann ja nicht gut eine Beschreibung von verkohltem Fleisch ausgeben.« Er gähnte und reckte sich. »Und Ihre teure Miss Seeton, Orakel – ich wollte, Sie könnten sie an die Kette legen oder sich auf ihren Kopf setzen, irgendwas. Nur Ruhe will ich jetzt haben für den Rest des Wochenendes.«

Delphick lachte. »Das nenne ich wahre Dankbarkeit. Alles hat sie für Sie in Ordnung gebracht, Chris; ein ganzes

Prozeßverfahren hat sie uns erspart. Heute abend übrigens werden Sie sicher ungestört bleiben – da ist doch der Dorfball im Gemeindehaus, an dem die Hiesigen alle teilnehmen, und Miss Seeton ist bei den Colvedens zum Essen eingeladen, um sich ein bißchen zu erholen von heute morgen. Ja, noch etwas: Sir George hat dem jungen Hosigg eine Stellung als Vorarbeiter unter Nigel angeboten. Er hält ihn für einen anständigen Kerl und einen tüchtigen Mechaniker. Ich hoffe, der Junge nimmt es an. Sicher viel besser für ihn als die Arbeit, die er jetzt als Nachtfahrer hat.«

»Schön.« Brinton stieß einen Seufzer aus. »Dann ist ja für Plummergen heute alles in Butter. Bloß . . .«, er beugte sich nach vorn und betrachtete das letzte Bild, das auf seinem Tisch lag. »Wissen Sie, Delphick, mein Büro wird allmählich zur Bildergalerie, wenn Miss Seeton so weitermacht. Ich werde Öffnungszeiten festlegen und Eintritt nehmen. Aber bei diesem hier, da bin ich nicht Ihrer Ansicht. Ich weiß, Sie haben mir alles erklärt, sehr schön weise und gelehrt mit Paras und Psychos – wir haben hier einen Inspector, der ist genau wie Sie, redet stundenlang von solchem Zeug, und alles auf chinesisch, ganz echt. Ich spreche aber bloß eine Sprache, das ist Englisch, und ich sehe auch aus diesem Bild nur eins: wir haben noch einen Toten vor uns, seien Sie ganz sicher. Ich schicke unsere zwei Leibwächter rüber, damit sie das kleine Luder im Auge behalten, bis wir alles an Land gezogen haben. Und wenn die beiden die Sache ebenso versauen wie bei dem Fall Goffer, dann gnade ihnen Gott.«

»Sehr richtig.« Delphick war stehengeblieben. »Damit wären wir dann auf jeden Fall gedeckt, egal wer von uns recht hat. Sie setzen also morgen Ihre Kartoffeln, und ich fahre nach Plummergen zurück und kann nur beten, daß alles klar geht. Montag sehen wir uns dann.«

Die Tür des Schuppens stand offen. Dick Quint machte sich an seinem Lastwagen zu schaffen, der bockte und nicht anspringen wollte. Doris lehnte neben ihm, um zu helfen; sie stiegen beide ein und versuchten es von neuem. Jetzt sprang der Motor an; sie schossen durch die Pforte, bogen nach links in den Weg zum Dorf ein und waren in der Dunkelheit verschwunden.

Bob schäumte. Sie hatten ihn reingelegt. Wo waren die Polizisten aus Ashford, die hier aufpassen sollten? Er nahm sein Sprechfunkgerät und gab durch, die Quints seien mit dem Wagen los, man solle sie anhalten, sobald sie gesichtet wurden. Er kroch aus dem Gebüsch, in dem er sich versteckt gehalten hatte, und machte sich auf den Rückweg zum *George und Dragon.* Beim Geräusch schneller Schritte hinter ihm fuhr er herum und ließ seine Taschenlampe aufleuchten. Ein junger Mann im Ledermantel, rotem Hemd und rosa Schlips lief auf ihn zu und stellte sich als D. D. Foxon von der Ashforder Polizei vor. Ob der Sergeant vielleicht den kleinen Bruder der Quints gesehen hatte? Er war hergeschickt worden, um ihn im Auge zu behalten, hatte ihn aber noch gar nicht zu Gesicht bekommen. Bob sagte, er habe keine Ahnung und habe den Jungen nicht gesehen, er glaubte nicht, daß er im Haus sei, und in dem Lastwagen auch nicht, da sei er ziemlich sicher.

»Wie soll ich ihn denn finden?« rief Foxon. »Ich habe mich so beeilt mit dem Herkommen, und jetzt kann ich ihn nirgends finden. Wenn ich hier was verbocke, geht der Chef mir an den Kragen.«

Bob schlug vor, er solle Potter fragen, den Dorfpolizisten; vielleicht wisse der was. Sie ließen die Wiese hinter sich und schritten zusammen dem Dorf zu.

An der Dorfstraße standen mehrere Wagen und Motorräder. Aus dem Gemeindesaal, der gegenüber der Garage lag, dröhnte laute Musik. Ein Haufen Jugendlicher drückte sich am Eingang herum. Bob setzte seinen Gefährten an der Polizeiwache ab und ging weiter. Plummergen schien eine lebhafte Nacht vor sich zu haben. Im *George and Dragon* fand er Delphick, der gerade angekommen war. Bob berichtete. Delphick ging sofort ans Telefon, erwischte Brinton, der gerade sein Büro verlassen wollte, und teilte ihm mit, die Quints seien mit ihrem Wagen unterwegs, und man habe die Streifen entsprechend informiert. Ferner habe sich der kleine Bruder anscheinend aus dem Staub gemacht, bevor der Beamte, der ihn bewachen sollte, angekommen sei. Brinton fluchte und sagte, na gut, dann werde er also dableiben und die weitere Entwicklung abwarten, man solle ihn auf dem laufenden halten.

Das Gemüse war fertig. Lady Colveden stellte die Schüssel auf die Wärmeplatte; dort konnte sie bleiben, bis man alles auf den Tisch brachte. Das Huhn war auch fast fertig und war in Folie eingehüllt, konnte also auch warten. Miss Seeton mußte jeden Augenblick hier sein; sie hatten noch Zeit für einen Drink vor dem Essen.

Die Küchentür sprang auf, und zwei schwarzmaskierte Gestalten in Motorkleidung stürzten herein. Lady Colveden schrie auf und ließ die Schüssel fallen.

»Maul halten.« Der Größere hielt ihr eine Pistole an die Stirn.

»Was ist los, Meg? Hast du ...?« Sir George blieb wie angewurzelt in der Tür stehen. Hinter ihm starrte Nigel, ebenso reglos.

»Ein Ton von einem von euch, und sie hat 'n Loch im Schädel.«

Der Mann mit der Pistole stieß Lady Colveden vor sich her und schob alle drei aus der Küche in die Diele. Die zweite schwarze Gestalt folgte, probierte zwei Türen, ließ die zweite offen, nahm den Schlüssel aus dem Schloß und machte eine

Handbewegung. Die Colvedens wurden hineingeschoben. Die Tür schlug zu, der Schlüssel wurde umgedreht. Sie waren eingeschlossen.

Wirklich – zu freundlich von Sir George und Lady Colveden, sie zum Essen einzuladen, wahrscheinlich fürchtete Lady Colveden, man werde sonst ins Grübeln kommen. Was natürlich Unsinn war. Sicher: Die Sache heute morgen war recht häßlich gewesen, aber schließlich hatte man den Mann ja nicht weiter gekannt, und nach dem wenigen, was man von ihm gesehen hatte, hätte man auch wohl keinen Wunsch dazu verspürt. Die Schädellänge – natürlich zusammen mit dem Epikanthus – deutete nach ihrer Erfahrung nicht auf den allerbesten Charakter hin. Für die Polizei stand es anscheinend fest, daß er der Bankkassierer war, und das war ja auch durchaus möglich. Sie hatten es sogar dadurch bewiesen, daß sie seine Fingerabdrücke nahmen und seine Haftschalen entfernten. Eine fabelhafte Erfindung – aus Deutschland, soviel sie wußte, obgleich es diese Gläser jetzt auch in England gab. Und der Schnurrbart sei auch falsch gewesen, hatten sie gesagt: ein weiterer Beweis. Sie hatten auch angenommen, daß sie – Miss Seeton – das alles wußte und immer gewußt hatte. Bißchen merkwürdig, denn woher sollte sie? Wie konnte sie das gewußt haben? Aber da sie so überzeugt davon waren und auch gerade soviel um die Ohren hatten und außerdem alle so besorgt waren, weil sie da oben auf dem Dach stand, da hatte sie nichts weiter davon gesagt. Tatsächlich aber hatte der Mann doch gesagt, er sei der Bruder von dem andern. Es war alles sehr schwierig und, offen gesagt, auch unerfreulich. Die Colvedens waren stets so rücksichtsvoll, so freundlich und großzügig, daß sie alle diese Liebenswürdigkeiten zu gern einmal erwidert hätte. Bloß womit, das war die Schwierigkeit. Angefüllt mit freundlichen Gedanken und guten Vorsätzen machte sich Miss Seeton auf den Weg.

Seltsam: Der Eingang war nicht erleuchtet. Soviel sie wußte, ließ man die Lampe über dem Eingang stets brennen, bis die Familie zu Bett ging. Heute brannte sie nicht. Es war überhaupt nirgends Licht. Miss Seeton tastete sich vorwärts. Sehr unachtsam: Sie hatte heute morgen vergessen, eine neue Batterie für die Taschenlampe auf ihre Einkaufsliste zu setzen. Ob sie wohl aus waren? Das sähe ihnen eigentlich nicht ähnlich und wäre wohl auch etwas sonderbar. Am besten jetzt also mal läuten. Die Glocke, das fiel ihr jetzt ein, hatte so einen Griff, an dem man zog. Sie war doch rechts von der Tür? Oder links? Sie suchte mit der Hand, fand sie aber nicht. Aber sie stellte fest, daß die Tür offen stand. Die Haustür offen, an so einem kalten Abend? Das war doch gewiß nicht das richtige. Eigentlich konnte man ja nicht so ohne weiteres in ein fremdes Haus eindringen, aber ... Vielleicht sollte sie einfach mal Licht machen, um zu sehen, daß alles in Ordnung war. Sie strich mit der Hand über die Wand, fand aber keinen Lichtschalter. Jetzt kam aus der Küche der Geruch des Essens; das beruhigte sie. Erst mal den Weg in die Küche finden. Sie wußte noch, er führte durch den Korridor, dann nach rechts, gleich hinter der Treppe. Den Schirm vor sich her haltend, ging sie auf Zehenspitzen weiter. Gleich darauf sank die Schirmspitze in etwas Weiches ein, das einen stöhnenden Laut von sich gab.

»Verzeihung«, sagte Miss Seeton verwirrt.

Ein Schreckensschrei ertönte, etwas schwang herum, und jemand schoß an ihr vorbei durch die offene Haustür, dann hörte sie hastende Schritte in der Einfahrt. Über ihr klirrte es, irgend etwas fiel zu Boden und polterte die Treppe herunter. Füße jagten hinterher, stolperten eilig in der Dunkelheit an ihr vorbei und folgten dem ersten Flüchtenden nach draußen. Zwei Motoren wurden angelassen, heulten auf und verklangen in der Entfernung.

Von irgendwo kam lautes Klopfen und Rufen. Genau wie auf der Poststelle damals, dachte Miss Seeton. Sie war jetzt sicher: hier war nicht alles in Ordnung. Wenn sie bloß sehen könnte. Sie stieß mit dem Schirm an einen Tisch und streckte die Hand danach aus, um die Oberfläche abzutasten. Sie probierte mehrere Gegenstände. Irgendwo – ja, hier – war eine Tischlampe, die sie jetzt anknipste. Jetzt hörte sie, das laute Klopfen kam aus einem Raum hinter der Tür rechts, gleich neben der Küche. Sie probierte: Die Tür war verschlossen. Sie drehte den Schlüssel um, und Sir George und Nigel drängten heraus, gefolgt von Lady Colveden.

»Es tut mir sehr leid, daß es so lange dauerte«, entschuldigte sich Miss Seeton. »Ich konnte das Licht nicht finden.«

»Immer habe ich gesagt: Schlüssel sind altmodisch«, sagte Lady Colveden. Sie steckte den Schlüssel wieder an den richtigen Platz und schloß die Tür. »Ein Riegel wäre besser gewesen – von drinnen. Sicherer und praktischer.«

»Eine dreisitzige Brille scheint mir wichtiger«, meinte Nigel.

Für Formalitäten war ihnen die Lust vergangen; jeder nahm ein Tablett mit seiner Mahlzeit, und sie setzten sich im Wohnzimmer vor das Kaminfeuer. Sir George telefonierte mit der Polizei und informierte sie von dem versuchten Einbruch. Nein, gestohlen war nichts. Miss Seeton hatte die Sache gemeistert, sie hatte auch die Einbrecher gestellt und in die Flucht gejagt. Das Silber und alles andere lag in einem Sack am Fuß der Treppe. Bisher festgestellte Schäden: eine zerbrochene Gemüseschüssel und ein gesprungener Handspiegel aus Silber. Pech für die Täter, hoffentlich.

Die Hoffnung hatte sich bereits erfüllt: Die Quints, so teilte man ihm mit, waren geschnappt. Ein Farmer, der bei der Entbindung einer kranken Kuh mithalf, hatte hinter den Ställen einen fremden Lastwagen bemerkt und ihn gemeldet. Die Polizei kam und identifizierte ihn als Eigentum der Quints, man fand Reifenspuren und Ölflecke auf dem Boden und an einem Haken im Wagen zwei schwarze Motorradanzüge. Die Beamten hatten sich daraufhin auf die Lauer gelegt, und als die Quints auf Motorrädern heimkehrten, hatte man sie verhaftet. Ihr Alibi für den Überfall auf die Poststelle war damit geplatzt. Mrs. Quint schien nicht ganz bei sich zu sein, sie brabbelte von Zauberei und Schwarzer Magie oder so was, aber die Kuh und das Kalb waren wohlauf. Der taubstumme Bruder war nicht dabeigewesen, er wurde noch gesucht.

Etwas später kam ein Anruf von Miss Treeves. Sie erzählte, aus Ashford sei ein Haufen junger Leute gekommen und habe im Gemeindesaal Krach geschlagen. Jetzt ging es auf der Straße weiter. Ihr Bruder sei aus, und sie sei etwas beunruhigt. Nigel machte sich gleich auf den Weg, um zu sehen, was er tun konnte. Sir George gab zu bedenken, er als Friedensrichter wolle sich nicht gern einmischen, wenn man ihn nicht ausdrücklich darum ersuchte, das könnten die Dorfbewohner sonst übelnehmen; wenn aber die Sache wirklich brenzlig aussähe... Ob sie ihn auf dem laufenden halten wolle? Ja, das wollte sie gern tun. Erleichtert legte Miss Treeves auf.

Miss Seeton stand jetzt auf und verabschiedete sich von ihren Gastgebern unter gegenseitigen Freundschafts- und Dankesbeteuerungen. Lady Colveden lieh ihr eine Taschenlampe und empfahl ihr, den schmalen Fußweg zu benutzen, der zum Kanal hinunterführte. So gelangte sie durch den Hintergarten in ihr Haus zurück, was in diesem Fall, wo vielleicht auf der Dorfstraße noch Prügeleien im Gange waren, ganz ratsam erschien.

Der Krach auf der Straße nahm zu. Geballte Fäuste kämpften gegen Knüppel, Steine flogen durch die Luft, Messer blitzten auf.

Der Pfarrer blieb auf dem Nachhauseweg stehen und besah sich das Treiben mit duldsamem Lächeln. Junge Leute waren junge Leute und mußten sich austoben. Ein Gemeindefest fiel ihm ein, wo er als junger Theologiestudent einer Dame einen Ohrwurm in den Ausschnitt hatte fallen lassen. Draufgängerisch geradezu. Wieder blickte er über das Schlachtfeld auf der Straße. Samstag abend war es, und die Jugend stürmte voran, aber das schadete nichts, es war nur Prahlerei; das konnte man ruhig zulassen, solange es nicht zu spät wurde und sie andere Leute im Schlaf störten. Als er sich nachsichtig lächelnd zum Gehen wandte, sah er wenige Schritte entfernt Stan Bloomer. Blut lief ihm übers Gesicht, er wankte.

»Stan!« rief der Pfarrer. »Was machen Sie hier? Für solche Sachen sind Sie zu alt!«

»Die Kerls aus Ashford schlagen das Dorf zusammen«, keuchte Stan.

Der Pfarrer sah sich um. Tatsächlich – es waren Fremde. Das Wohlwollen schwand aus seinem Gesicht, Zorn stieg auf. Stan hatte ganz recht: das hier war kein Übermut mehr, es war blutiger Ernst. Krieg war das. Der ganze Ärger über die Ereignisse der letzten Monate stieg in ihm auf und kochte über. Hier würde er Schluß machen – persönlich Schluß machen. Mit wenigen Schritten stand er unter ihnen.

»Schluß!« donnerte er. Niemand hörte ihn. »Sofort Schluß, hört ihr wohl!« Keiner beachtete ihn. Ein Stock stieß ihm gegen den Fuß, ein Stein schlug ihm den Hut vom Kopf. Bewaffneter Aufstand. Die waren bewaffnet? Gut, das konnte er auch. Er eilte ins Pfarrhaus, trat in die Gerätekammer und prüfte den Bestand an Waffen. Sense? Gartenhippe? Lieber nicht – zu gefährlich. Sichel? Er packte den Griff und befühlte das scharfe Ende. Nein, damit konnte man Schaden anrichten. Aber dies hier – glänzend. Schon hatte er den neuen Hofbesen gepackt. Die roten

Plastikborsten sahen gefährlich spitz aus. Seinen Hut hatte er verloren, doch am Balken sah er, aufgehängt am Kinnriemen, seinen pilzförmigen Luftschutzhelm aus den Kriegsjahren. Oben hatte er ein Loch, um das Wasser durchzulassen, denn er beherbergte jetzt Geranienpflanzen. Der Pfarrer kippte sie aus und stülpte sich den Helm auf den Kopf. Mit Schmutzstreifen und Spinnweben im Gesicht verließ er die Kammer. Halt, Steine – die warfen ja mit Steinen; da brauchte er einen Schild. Im Vorbeigehen riß er den Deckel vom Mülleimer. In dieser furchteinflößenden Aufmachung kehrte er auf die Straße zurück und trat todesmutig mitten unter die Kämpfenden.

Brinton hatte Delphick auf dem laufenden gehalten und ihm auch die Verhaftung der Quints mitgeteilt. Als Delphick die Kämpfenden auf der Straße sah und erkannte, daß die Dorfpolizei an Zahl hier hoffnungslos unterlegen war, hatte er um Verstärkung nachgesucht. Inzwischen war er mit Bob hinausgegangen, um durch seine Autorität die Kampfhähne auseinanderzubringen, was ihm jedoch nicht gelang. Er geriet in ein wildes Durcheinander; die Eindringlinge hatten die Zaunpfähle von der Einfriedigung des Gemeindehauses herausgerissen und als Wurfgeschosse benutzt, das eigene Arsenal an Spannern, Ketten und Messern wurde für den Nahkampf verwendet. Hier spielte Autorität keine Rolle mehr, und Delphick war in diesem Kriegsgetümmel nichts als ein unbedeutender kleiner Soldat.

Mel stand am Fenster ihres Zimmers im Gasthaus und blickte hinaus in das Getümmel. Hei – dies also war das Landleben. Sie zog sich feste Schuhe mit niedrigen Absätzen an, ergriff ihre Schultertasche und lief nach unten. In der Halle sah sie einen Messingtürklopfer hängen – genau das Richtige. Sie ließ ihn in ihre Tasche gleiten und schwang sie ein paarmal hin und her. Das würde reichen. Wenn sie damit ausholte und es dann jemanden an den Kopf knallte, dann war der erledigt. Erwartungsvoll mischte sie sich unter die Kämpfenden.

Ein Blechhelm tauchte im Getümmel auf und wieder unter. Der Pfarrer, eben noch unten, war gleich wieder oben und hielt schützend den Mülleimerdeckel in die Höhe. Triumphierend schwenkte er den Besen: Einer von den Ashforder Lümmeln hatte die Borsten in die Zähne gekriegt. Neben ihm focht Len Hosigg und schwang einen erbeuteten Zaunpfahl.

Delphick lag am Boden. Hoch über ihm stand Bob mit gespreizten Beinen, während drei Angreifer sich an seine breiten Schultern und an den Rücken hängten und versuchten, ihn in die Knie zu zwingen. Detective Foxon kam ihm zu Hilfe und erledigte den einen. Den zweiten packte Bob an einem Bein und warf ihm mit großem Schwung P. C. Potter zu, der ihn auffing, umdrehte und mit Handschellen versah. Den dritten schüttelte Bob ab, warf ihn zu Boden und stellte sich über ihn. Während Delphick auf die Beine kam, wandte Bob sich zur Seite, um seinem Helfer zu danken; doch der junge Mann im hinten aufgeschlitzten Ledermantel und mit schiefsitzendem rosa Schlips hatte sich schon abgewandt und war dabei, sich bis zum Pfarrer durchzukämpfen, der ebenfalls seiner Hilfe bedurfte.

»Geht's wieder, Sir?«

»Ja«, sagte Delphick. An der Stirn hatte ihn ein Spanner getroffen und einen tiefen Riß hinterlassen; er fühlte, wie die Stelle anschwoll. »Sehen Sie zu, daß Sie mit Potter zusammen in der Reihe bleiben. Wollen mal sehen, ob wir sie zurückdrängen können.«

Der Lärm hatte auch Miss Wicks nach draußen in ihren Garten gerufen. Was – Fremde? Und Prügel? Unerhört. Denen wollte sie's beibringen. Sie trippelte in den Geräteschuppen, wo der Gartenschlauch aufbewahrt wurde. Gummischlangen hinter sich her schleppend, kam sie zurück, schraubte das eine Ende an die Wasserleitung im Garten und trat, die Düse wie einen Revolver in der Hand, an die Pforte. Mel versuchte gerade, sich zu Nigel durchzudrängen, mit dem es nicht zum besten stand; er kämpfte mit einem Halbstarken, der sich eine Fahrradkette als Schlagring über die Hand gezogen hatte. Als ihn ein gezielter Tritt ans Schienbein traf, heulte er auf, und ein Gefährte mit einem Messer kam ihm zu Hilfe. Miss Wicks zielte sorgfältig und drehte an der Düse. Der Wasserstrahl traf Nigel ins Ohr. Zu dumm – sie hatte den Wind nicht berechnet. Nigel schluckte verstört, das Messer fuhr in die Höhe, der Gegner schrie siegesgewiß und sprang vor, doch Miss Wicks visierte noch einmal, hob ein wenig die Schlauchdüse und schoß den Wasserstrahl mitten in den triumphierend geöffneten Mund. Er hustete, spuckte Wasser wie ein Walfisch und wurde von Nigel überwältigt, der auch das Messer aufhob. Sein Kumpan hatte sich von dem Tritt inzwischen erholt und schlug mit der gepanzerten Faust einen kurzen Haken an Nigels ungeschütztten Hals. Jetzt war auch Mel da, holte mit der metallbewehrten Tasche aus und hieb sie dem Angreifer mitten ins Gesicht. Damit war der Kampf für ihn zu Ende.

Miss Treeves' zweiter Anruf bei den Colvedens war ein Trompetensignal, ein Ruf zu den Waffen. Sir George lief eilig den Gang hinunter in die Waffenkammer und holte sich eine Schußwaffe und die nötige Munition. Dann holte er den großen Kombiwagen aus der Garage und fuhr hinaus, hielt aber noch einmal an, als seine Frau in der Einfahrt auf ihn zulief.

»Nein, Meg, diesmal nicht. Das ist nichts für Frauen.«

»Red keinen Unsinn, George.« Sie stieg ein und schlug die Tür zu. »Wenn du glaubst, ich bleibe hier allein und laß mich noch einmal ins Klo sperren . . . Außerdem ist mir die Rassel eingefallen – du weißt doch noch, früher, wenn du zum Fußball gingst. Ich dachte, sie müßte noch irgendwo auf dem Boden rumliegen, und da war sie auch.« Befriedigt ließ sie sich in den Sitz zurückfallen, während Sir George schweigend den Wagen in Bewegung setzte.

Miss Seeton schloß die kleine Mauerpforte hinter sich ab. Wirklich zu nett von Lady Colveden, ihr die Taschenlampe zu leihen. Natürlich wußte sie genau, wo die Büsche und die Blumenbeete waren, aber im Dunkeln waren sie manchmal doch ganz woanders, erstaunlicherweise. Sie ging quer über den Rasen auf die Küchentür zu, als sich hinter ihr etwas bewegte. Hastig wandte sie sich um und sah im Strahl der Lampe ein Jungengesicht mit sanftem Lächeln, eine kleine schmale Gestalt, die ein Stück Draht in der Hand hielt und es sacht hin und her schwenkte. Sie tat einen Schritt zurück. Er tat einen Schritt auf sie zu. Angst –? Natürlich hatte man Angst, war das ein Wunder? Ziemliche Angst sogar. Sprechen hatte keinen Zweck, man konnte mit ihm gar nicht vernünftig reden. Er hörte ja auch nichts. Wieder tat sie einen Schritt rückwärts, und er freute sich und folgte ihr. Jetzt stieß sie mit dem Absatz an ein Hindernis. Was stand denn da …, ach ja, die Gartenwalze. Sie trat zur Seite. Er folgte wiederum und stand ihr immer noch gegenüber. Jetzt stolperte sie und wäre fast gefallen; die Schirmspitze klemmte sich hinter den Hemmer ein, der die Walze am Boden festhielt. Der Hemmer löste sich und war nun frei. Miss Seeton richtete sich auf. Die Walze, von nichts mehr gehalten, senkte langsam den Griff und setzte sich in Bewegung, knirschte über den Kies, schaukelte über den schmalen Pfad auf den Rasen zu, rollte weiter mit auf- und abwippendem Griff und wurde schneller und schneller. Entsetzt sah Miss Seeton zu. Ogottogott, gleich gab es ein Unglück. Der Junge, der nur sie im Auge behalten hatte, duckte sich und sprang. Sie hakte die Schirmkrücke in den Walzenrahmen und riß. Unbekümmert rollte die Walze weiter. Miss Seeton mußte den Schirm fahren lassen; er blieb an der Walze hängen, fuhr dem Jungen zwischen die Beine und riß ihn zu Boden. Miss Seeton sah das Unheil und wollte dem Jungen helfen, sie ließ die Taschenlampe fallen und riß mit aller Kraft an dem schaukelnden Griff. Die Walze schwankte: man hörte ein Geräusch wie das Knacken eines brechenden Zweiges, unartikuliertes Gestammel und einen erstickten Schrei. Dann war alles wieder still, und die Walze blieb nach vollbrachter Mission auf dem Opfer liegen. Miss Seeton fand die Taschenlampe und blickte auf die bewußtlose kleine Gestalt hinunter. Ein Bein lag verzerrt unter dem schweren Gewicht. Angstvoll betrachtete sie die schiefliegende Walze. Heben konnte sie sie nicht.

»Bleib ganz still liegen«, sagte sie. »Ja nicht bewegen. Ich hole Hilfe!« Sie ergriff ihren Schirm, wandte sich um und rannte fort.

Organisation und Training: das machte eben doch viel aus. Langsam gewann der Polizeikordon an Boden. Foxon war dazugekommen, und als Stan Bloomer die Absicht erkannte, hatte er noch ein paar Männer zusammengetrommelt, die die Reihe am Anfang der Straße verstärkten, wo Miss Seetons Häuschen stand. Delphick und Foxon hatten die Mitte übernommen und wurden von den Ortsansässigen unterstützt. Potter und Sergeant Ranger hielten die Flanken. Langsam, aber sicher kamen sie voran, mußte die Mehrzahl der Minderheit weichen.

Miss Seeton hatte keinen Blick für alles, was ringsum vor sich ging; sie hatte einzig ihr Vorhaben im Sinn. Als sie atemlos die Straße erreichte, sah sie als ersten P. C. Potter.

»Oh, Mr. Potter«, keuchte sie. »Bitte kommen Sie schnell mit! Es ist was passiert.«

Potter wandte sich um. Ein Stein traf ihn am Kopf, und er sackte zu ihren Füßen zusammen. Der Polizeikordon, eines Flügelmannes beraubt, gab nach. Hilflos blickte Miss Seeton sich um. Im schwachen Licht, das fernher aus den Häusern schien, sah sie nur eine unbestimmt wogende kämpfende Menge. Und nun Mr. Potter..., wenn jemand auf ihn trat... Sie kniete nieder und nahm seinen Kopf in den Schoß. Wieder flog ein Stein durch die Luft, dann noch einer. Wirklich unerhört. Wußten die denn gar nicht, wie gefährlich so etwas war? Sie spannte ihren Schirm auf.

Ein Druck auf einen Schalter, und plötzlich blendeten hinten zwei Scheinwerfer auf, schnitten mitten durch das Getümmel und blendeten die Angreifer. Ein Pistolenschuß folgte – dann ein zweiter und dritter. Etwas Maschinengewehrartiges begann zu knattern. Die Einheimischen öffneten eine Gasse, um ihren Anführer durchzulassen, und der große Wagen rumpelte langsam vorwärts. Vorn saß Sir George, die linke Hand am Steuerrad, die Rechte lag im offenen Fenster und feuerte aus der Startpistole Platzpatronen ab, während neben ihm Lady Colveden kurze knallende Stöße auf einer hölzernen Rassel von sich gab.

Die Bande aus Ashford war ehrlich entrüstet. Anonym und im Dunkeln zu kämpfen, wenn man an Zahl und Waffen überlegen ist, das machte Spaß. Der Spaß hörte jedoch auf, wenn man auf einmal im Licht stand und sah, daß der Gegner erhebliche Verstärkung mit besseren Waffen erhalten hat. Ganz und gar unfair so was. Messer, Schlagringe und schwere Fahrradketten wie sonstige ehrenwerte Kampfmittel der Ganoven – alles o. k. Bewaffnete Gegenwehr auf der anderen Seite war gegen die Spielregeln.

Als die ersten zögerten, gaben andere nach. Einige liefen zu ihren Wagen und Mopeds. Der Aufbruch wurde zur Flucht und die Flucht zur Panik, als sie merkten, daß es kein Entkommen gab, denn die Straße herab rollten langsam und majestätisch fünf Polizeiwagen, einer voran, die anderen je zwei und zwei dahinter. Männer sprangen heraus, blieben auf den Gehsteigen stehen und versperrten den Weg. Jetzt nahmen die Eindringlinge eine andere Haltung an. In mürrischem Schweigen blieben sie stehen und warteten das Weitere ab. Was kam, war klar: Sie würden es ihren Verteidigern vor Gericht überlassen, die nötigen Erklärungen abzugeben: wie man sie bedrängt und mißverstanden habe, wie sie nichts anderes getan als sich verteidigt hatten, wie es ihr einziges Bestreben gewesen sei, den Kampf zu beenden, den man ihnen aus völlig unerfindlichen Gründen aufgezwungen habe.

Nur ein Zwischenfall störte den Aufmarsch des Gesetzes: Miss Wicks sah aus Richtung Ashford neue Wagen kommen und bemerkte im Eifer das Blaulicht zu spät: Sie hob den Schlauch und schoß einen starken Wasserstrahl auf die Windschutzscheibe des ersten Wagens, der daraufhin mit Sir George Colvedens Wagen zusammenstieß. Blaß vor Wut sprang Brinton heraus.

Zusammen mit Delphick nahm er dann die Aufräumarbeiten in die Hand. Ein Krankenwagen kam, und ein Lastwagen nahm die gesamte ›Strecke‹ auf. Einheimische Verwundete wurden in Dr. Knights Klinik gebracht. Die Heerführer – einschließlich Sir George – schritten das Schlachtfeld ab und schätzten die Höhe der Schäden ab.

Ein leichter Sprühregen fiel. Lady Colveden blickte auf, runzelte die Stirn und sah sich um, dann stieg sie aus dem Wagen und ging über die Straße. Sie nahm Miss Wicks den Schlauch aus der Hand, drehte die Düse ab und gab ihn zurück. Der Sprühregen hatte aufgehört.

Foxon trat zu Brinton heran und erstattete Bericht.

»Ich hab' den Jungen gefunden, Sir. Er liegt hinten in Miss Seetons Garten – sie hat ihn mit der Walze am Boden festgepinnt. Sieht übel aus – ich glaube, das Bein ist hin.«

»Gut – wir werden ihn abholen.« Brinton musterte seinen Untergebenen: Das eine Hosenbein war verschwunden, das andere zerrissen; der nackte Oberkörper trug eine Schärpe aus zerfetzten Lederstreifen und rot-rosa Stoffetzen. »Wie kommen Sie dazu, hier splitternackt auf der Straße rumzutanzen?« fragte er grollend. Foxon öffnete den Mund. Ein Zahn fehlte. »Schon gut«, sagte Brinton eilig. Er rief einen der Polizeiwagenfahrer und wies auf Foxon. »Hier – bringen Sie dieses Überbleibsel schleunigst ins Krankenhaus, und sehen Sie zu, daß er versorgt wird.« Als die beiden sich umwandten, rief er Foxon nach: »In Ordnung, Sie brauchen neue Sachen – meinetwegen alles in Popfarben, ich zeichne es Ihnen ab, bloß sehen will ich's nicht!« Foxon grinste durch die Zahnlücke und ging. Brinton wandte sich zu Delphick und sah den blutenden Riß. »Sie könnten auch wohl 'n paar Stiche gebrauchen, was?«

Delphick lachte. »Ich geh' zu Dr. Knight, der macht das schon. Mensch, Chris – wir sind tatsächlich fertig. Den Killer haben wir, die Rocker haben wir, und Sie haben auch noch Ihren Kassierer. Alles dank Miss Seeton.«

Brinton verzog den Mund. »Na ja, sind eben alles Trottel – da kann man nix machen. Es gibt im Leben vier Dinge, gegen die soll man sich nicht auflehnen. Eins ist das Schicksal, aber zwei bis vier sind Miss Seeton, das steht fest.«

Aus THE DAILY NEGATIVE vom 1. April

Idyllisches englisches Landleben

IV. Die Schlacht von Plummergen

Von unserer Kriegsberichterstatterin

In diesem stillen Eckchen Alt-Englands hat das rustikale Leben plötzlich geradezu tollkühne Formen angenommen.

... behauptet, es sei ein Kombiwagen gewesen. Ich war jedoch zur Stelle und kann nur sagen, wie es mir erschien: ein Riesentank, ein Monstrum, ein Schlachtschiff auf Rädern, das aus allen

Rohren feuerte. Am Ruder stand Sir George Colveden und ihm zur Seite sein tapferes Weib. So eilten sie den Belagerten zu Hilfe.

Tapfer wurde gekämpft, und viele sanken um, stöhnend und verwundet. Der Gegner wurde überwältigt und von der Polizei mitgenommen. Und doch: der entscheidende Schlag dieser Schlacht fiel in dem stillen Gärtchen eines kleinen verträumten Häuschens. Auf dunklem Rasen, spärlich erhellt vom Strahl einer Taschenlampe, stand hier eine kleine alte Dame dem siebzehnjährigen Jungen gegenüber, der seit langem die ganze Gegend in Schrecken versetzt hat, dem Jungen, der sich jetzt unter der Anklage des Mordes an sechs Kindern in Polizeigewahrsam befindet. Unerschrocken trat sie ihm entgegen – unerschrocken, doch nicht allein, denn ihr kampferprobter Regenschirm kam ihr, zusammen mit der Gartenwalze, zu Hilfe. Blitzartig brachte er den Angreifer zu Fall, und Sekunden später versetzte ihm die Walze den Gnadenstoß und nagelte ihn am Boden fest.

Dieses kleine Dörfchen ist ein leuchtendes Vorbild für das ganze Volk. Wer will noch behaupten, unsere Nation, unsere Insel, unser England lägen am Boden, solange es Regenschirme und Walzen gibt, die so unermüdlich ihre Pflicht tun?

Amelita Forby
Klinik Dr. Knight
Brettenden Road
Plummergen/Kent

(Bitte keine Blumen. Im Augenblick könnten wir sie nicht mehr unterbringen.)